Friedrich Glauser · Morphium

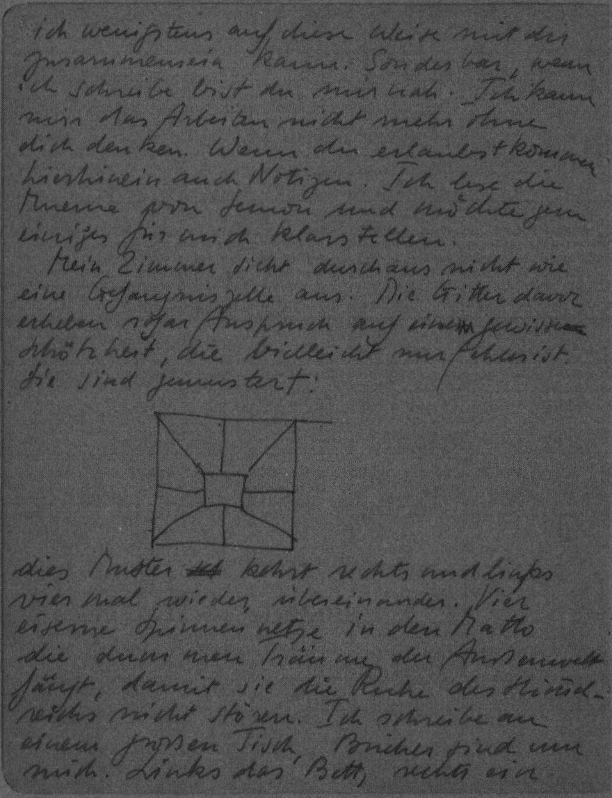
ich wenigstens auf diese Weise mit dir
zusammensein kann. Sonderbar, wenn
ich schreibe bist du mir nah. Ich kann
mir das Arbeiten nicht mehr ohne
dich denken. Wenn du erlaubst kommen
hierhinein auch Notizen. Ich lese die
Mneme von Semon und möchte gern
einiges für mich klarstellen.
Mein Zimmer sieht durchaus nicht wie
eine Gefängniszelle aus. Die Gitter davor
erheben sogar Anspruch auf einen gewissen
Schönheit, die vielleicht nur Fehler ist.
Sie sind gemustert:

dies Muster kehrt rechts und links
vier mal wieder übereinander. Vier
eiserne Spinnennetze in dem [illegible]
die dummen Träume der Aussenwelt
fängt, damit sie die Ruhe des [illegible]-
reichs nicht stören. Ich schreibe an
einem grossen Tisch, Bücher sind um
mich. Links das Bett, rechts ein

Manuskriptseite aus Friedrich Glausers
»Tagebuch aus dem Irrenhaus«.
Zürich, Burghölzli, 20. August 1920

FRIEDRICH GLAUSER

Morphium

Erzählungen und Erinnerungen

ARCHE

Die Texte, die dieser Band enthält, wurden für die 1980 unter gleichem Titel im Arche Verlag, Zürich, erschienene gebundene Ausgabe von Charles Linsmayer zusammengestellt, der auch Verfasser der bibliographisch-biographischen Anmerkungen ist.

2. Auflage 1988

Umschlaggestaltung: Hannes Binder
Druck, Bindung: Wilhelm Röck, Weinsberg
Printed in Germany
ISBN 3-7160-2063-X

INHALT

GESPRUNGENES GLAS

Ich hab dir's von weitem angesehen, dass du deutsch sprichst, Kamerad. Ich bin zwar schon lange Jahre durch Frankreich gewandert – ja, nach meinen Papieren bin ich sogar Franzose. Denn ich habe drüben zwölf Jahre gedient und beziehe jetzt eine Rente. Aber weisst du, meine Muttersprache ist doch das Deutsche. Ich bin in Wien geboren... Hast du Tabak?... Danke. Du siehst mich von der Seite an – meine rote Nase stört dich, meine geflickten Hosen, mein alter Kittel. Was willst du, dem Schicksal entgehst du nicht! Ich habe bessere Zeiten gesehen, denn ich stamme aus einer sogenannten «guten Familie»; mein Vater besass eine Fabrik, er war ein Gentleman – wohlgepflegt sein Bart, schöngescheitelt sein Haar. Zweihundert Arbeiter mussten ihm gehorchen, und wenn er um acht Uhr früh sein Bureau betrat, knallte der Prokurist mit den Absätzen und nahm Achtungstellung an: «Jawohl, Herr Direktor! Wie Herr Direktor befehlen!» Wie lang ist das her – 'long, long ago', wie das englische Lied singt.

Setz dich zu mir, wenn du magst. Während ich mir eine Zigarette drehe, sieh dir das Meer an, nun, da der Abend naht. Die Sonne sieht aus wie eine rote Filzscheibe, und ihre Farbe ist so stumpf, dass es ihr nicht gelingt, ein wenig Purpur auf den Himmel oder auf das Wasser zu legen. Aber hinter den Hügeln, in unserem Rücken, lauert schon die Nacht und schwärzt die bunten Mauern der Häuser... Hast du ein Zündholz? Danke!...

Magst du mir zuhören? Ich werde dich nicht mit einem aufregenden Abenteuer langweilen – aber während ich hier sass, erinnerte ich mich an eine Geschichte aus meiner Kindheit. Und plötzlich begriff ich ihre Bedeutung. Dreissig Jahre habe ich auf die «Erleuchtung» warten müssen; denn damals war ich zehn Jahre alt, und heut' zähl' ich dreiundvierzig.

Damals... damals ging ich ins Gymnasium, lernte Latein und Griechisch, Algebra und analytische Geometrie. Eine scharf parfümierte Klavierlehrerin gab mir Privatstunden. – Um zwölf Uhr war die Schule aus, ich lief durch den Kolschitzkypark (ob seine Bäume wohl seither gewachsen sind?), um Viertel nach zwölf war ich zu Hause, ging mir die Hände waschen, und fünfundzwanzig Minuten nach zwölf hockte ich auf dem runden Klavierstuhl, der immer quietschte, wenn man seinen Sitz höher oder tiefer schraubte. Hinter meinem Rücken, in einem roten Plüschfauteuil, sass meine Grossmutter, strickte und schlug zwischendurch den Takt mit ihrem knöchernen Zeigefinger. Mein Vater war Witwer, musst du wissen, und meine Grossmutter führte ihm den Haushalt. Sie stammte aus der französischen Schweiz, trug stets ein schwarzes, schwerseidenes Kleid und eine in Gold gefasste Kamee als Brosche auf der Brust.

Ich musste also üben, üben... Eine Stunde lang.

Punkt halb zwei rasselte der Schlüssel meines Vaters im Schloss der Wohnungstür. Der Herr Direktor trat ins Zimmer und legte die Mappe ab, die scharf nach Juchten roch.

«Guten Tag, mein Sohn!» – «Guten Tag, Vater!» – «Hast du gut gearbeitet?» – «Ja, Vater.» – «Die lateinische Schularbeit?» – «Genügend.» – «Was? Genügend? Nicht einmal befriedigend? Das muss anders werden. Ich war stets der Erste in der Schule. Nicht wahr, Mutter?» – «Ja, Alfons!» – «Guten Tag, Mutter.» – «Guten Tag, Alfons!» – «Können wir essen?» – «Gewiss, Alfons!»

Kannst du dir das vorstellen, Kamerad? Tagtäglich die gleichen Fragen, tagtäglich die gleichen Antworten. Schliesslich, das muss es doch auch geben, dass Worte anfangen zu schimmeln, oder?...

Nach dreissig Jahren kann ich mir gar nicht mehr recht vorstellen, wie eine Fünfzimmerwohnung aussieht. Da war der Salon, in dem das Klavier stand und der rote Plüschfauteuil, dann das Arbeitszimmer meines Vaters, das Speisezimmer, das Schlafzimmer meiner Grossmutter – und endlich ein Raum, der wie ein Schlauch aussah, ein Schlauch, dessen Mündung auf den Hof ging. Zwei Betten an der Wand, hintereinander, das Kopfende des meinen berührte das Fussende von meines Vaters Bett. Ein Waschtisch stand noch im Zimmer, die «Garnitur» war mit roten Tulpen verziert. Unter dem einzigen Fenster eine Truhe: sie enthielt die Kleider meiner verstorbenen Mutter...

Um sechs Uhr musste ich aufstehen – wie fade roch die Glyzerinseife! – und eine Viertelstunde später sass ich auf der Truhe und repetierte Latein und Griechisch, während drunten im Hofe die Dienstmädchen sangen:

«Sie hängen sie an die Leiste
die Teppiche klein und gross
sie hauen, sie hauen im Geiste
auf ihre Herrschaft los ...»

Unser Dienstmädchen hiess Marie, war noch nicht zwanzig und stammte aus Böhmen. Darum sprach sie das Deutsche sehr sehr schlecht. Aber ich habe sie nie ausgelacht, denn die Marie war gut zu mir. Aber unsere Köchin, die Frau Steindl, hab ich gehasst, weil sie falsch und klatschsüchtig war. Sie trank den Madeira aus, statt ihn in die Bratensauce zu leeren, sie horchte an der Türe, wenn mein Vater über mich zu Gericht sass – einmal in der Woche, am Samstag, von drei bis vier – und hielt mir alles vor, was sie so erfahren hatte, jedes Mal, wenn sie mich irgendwo allein antraf:

Wenn sie mir die Türe öffnete, konnte sie mich anfauchen: «Aha, der Herr Falott! Hat ein Nichtgenügend in Latein! Jaja! Die alte Steindl weiss alles!» Oder sie benutzte einige Minuten, während deren mich meine Grossmutter vor dem Klavier allein liess, um ins Zimmer zu schleichen und mir zuzuraunen: «Soso! Malzzuckerln leistet er sich jetzt, der gnädige Herr, Malzzuckerln!» Die Betonung des

«gnädigen Herrn» klingt mir jetzt noch in den Ohren.
Was willst du, nach dreissig Jahren begreife ich die Bosheit dieser alten Frau – und wenn ich ehrlich sein will, habe ich sie damals schon begriffen. Sie hatte immer Zahnweh, die Frau Steindl, und schoss herum, den Kopf in ein dickes Wolltuch eingebunden. Ausserdem war sie Witwe, und der Andrees, ihr Sohn, ging zu einem Schuster in die Lehre. Du musst nun nicht meinen, die Frau sei eine Sozialistin gewesen – eine Anhängerin etwa des Klassenkampfes. Dazu war sie eine viel zu strenggläubige Katholikin, zweimal die Woche ging sie zur Beicht', und nie versäumte sie die Frühmesse... Aber es wollte einfach nicht in ihren alten, schmerzenden Schädel, dass ihr Andrees (dreizehn Jahre alt war auch er) anderen Leuten die Schuhe sohlen sollte, während ich den «gnädigen Herrn» spielte, das heisst in Büchern las, Hefte vollschrieb und Klavier spielte. Sie hat mich gehasst, die alte Steindl, und ich war wehrlos ihrem Hass ausgeliefert, besonders, nachdem sie bei mir eine Schwäche entdeckt hatte... Dumm, wie so kleine Szenen in unserem Hirn haften bleiben!
Es fehlte ihr einmal Würfelzucker, ein halbes Pfund, und sie erhob darob ein grosses Geschrei, beschuldigte mich – meine Grossmutter stand dabei – bis das Stubenmädchen Marie erklärte, sie habe die Zuckerdose im Speisezimmer gefüllt. Jetzt erinnerte sich auch die Steindl an diese Tatsache, aber in ihren verschwollenen Äuglein blieb ein boshaft triumphie-

rendes Leuchten. Sie hatte meine Schwäche entdeckt. Ich war nämlich rot geworden, ganz, als sei ich schuldig, als sei ich der Dieb. Meine Wangen flammten, meine Stirne, meine Ohren – wahrhaftig, ich glich der Sonne, die wir ins Meer haben tauchen sehen.

Und nun begann die abscheuliche Zeit, denn die Frau Steindl verleumdete mich schamlos – jeden Tag hatte sie etwas zu melden, jeden Tag wurde ich rot, wie ein Schuldiger, und bestraft. Ohne Nachtessen ins Bett und was sonst dergleichen Erziehungsmassregeln mehr sind. Während die andern aber beim Nachtmahl sassen – die Frau Steindl durfte mit der «Herrschaft» essen – schlich sich die Böhmin Marie manchmal zu mir, hockte auf den Bettrand und sang mit ganz leiser Stimme:

«Schlanelinka doseli doseli...» ein altes tschechisches Kinderlied, das mich in meiner Einsamkeit tröstete. Dann assen wir zusammen Malzzuckerln, bis mir übel wurde...

Aber alles, was ich da erzähle, ist ja nur Nebensächliches – Beiläufiges, wie der Wiener sagt. Es soll dir nur die Umgebung schildern, in der die wirkliche Geschichte dann passiert ist. Ich wusste, dass ich machen konnte, was ich wollte: jeden Tag wurde ich bestraft. Und da ich es bald satt bekam, für nichts und wieder nichts bestraft zu werden, begann ich bösartig zu werden, lernte nicht mehr, schwänzte die Schule, fälschte Entschuldigungen – kurz, es gelang mir, sitzenzubleiben...

Es gelang mir; das ist der richtige Ausdruck. Mein Vater war verzweifelt – diese Schande! Und gleich nach dieser Katastrophe gab es eine zweite: Der Herr Direktor (so nannte ich ihn gewöhnlich bei mir) liess einmal zwei Kronen auf seinem Schreibtisch liegen, und ich steckte das Geld ein. Weisst du, ich bekam kein Taschengeld. Aber Frau Steindl hatte mich gesehen – am Abend wusste es der Vater.
Aber dieser Diebstahl wuchs sich zu einer Tragödie aus; auf die Feststellung, dass er sich zu einer Tragödie auswuchs, will ich mich beschränken, denn es wimmelt ja in der Literatur von Kindheitsdiebstählen, von den Folgen, die sie für den Erzähler gehabt haben. Vielleicht war es ein besonderes Raffinement, dass der Herr Direktor die Strafe aufsparte – erst nach drei Tagen prügelte er mich. Und an meinem Geburtstag, der fünf Tage später war, erhielt ich ein ausgesuchtes Geschenk: Ich wurde zu einem sogenannten Nervenarzt geführt, einem alten Herrn, der nach kaltem Pfeifenrauch roch. «Weisst du nicht, dass du später ins Zuchthaus kommst, wenn du stiehlst?» sprach er zu mir. Vielleicht, wenn er mich ausgefragt hätte, wäre es mir möglich gewesen, von Frau Steindl zu erzählen, von dem Schlafzimmer, das mit seinem einzigen Fenster auf den Hof führte, von den zwei Betten darin, vom faden Geruch der Glyzerinseife und der Truhe, in der die Kleider lagen, die Kleider meiner toten Mutter... Aber nach der ersten Frage schwieg der Herr Nervenarzt – und ich schwieg auch. «Ja, ja, Herr Professor, ein sauberes

Früchterl!» sagte der Doktor, als mein Vater mich wieder holen kam. «Macht hundert Kronen, wenn Sie wolln so gut sein. Für die Konsultation.»
Weisst, Kamerad, ich muss immer an eines denken. Später hab ich eine Zeitlang viel Bücher gelesen – und natürlich auch von einem Mann, der damals in Wien sein Wesen trieb. Der Mann ist auch Nervenarzt gewesen – Freud hat er geheissen, erinnerst du dich an den Namen? Und ich habe so bei mir gedacht: Wenn nun der Herr Direktor mich zu diesem Manne geführt hätte, vielleicht wäre mein Leben anders verlaufen. Aber was willst du. Mit «wenn» und mit «aber» hat noch niemand etwas ausgerichtet. Ich kann zwar nicht begreifen, wozu es gut gewesen ist, dass mich mein Vater zu einem solchen Trottel geführt hat – doch was verstehen wir von unserem Leben und seinem Verlauf? Wär ich zu dem nachher berühmten Doktor Freud gekommen, so sässe ich heute auf einem Schreibersessel oder wäre Angestellter in einer Fabrik. Ich hätte mein festes Auskommen und meine festen Bedürfnisse, wäre vielleicht verheiratet... Während ich dich jetzt noch um Tabak für eine Zigarette angehen muss – – danke! – – und um ein Streichholz...
Die Erkenntnis, zu der ich heute nachmittag gekommen bin, ist die: Wahrscheinlich hätte mir auch der nachher berühmte Professor, der damals erst anfing an seiner Lehre zu bauen, nicht helfen können. Denn die Steindl war ja auch noch da. Und die Steindl hätt' mir auch so die Knochen gebrochen. Warum? Das

hängt mit meiner Geschichte zusammen, zu der ich endlich kommen muss. Wie mild die Abende am Meer sind – stell dir vor, dort draussen fliesst ein riesiger Strom warmen Wassers vorbei, der von Mexiko her kommt (ich glaub wenigstens, dass er aus einer Bucht von dort in der Nähe kommt). Und darum spüren wir die Kälte nicht ...

Die Ferien waren traurig, das kannst du dir vorstellen, wir verbrachten sie, meine Grossmutter und ich, in der Heimat der Frau Steindl, in Mürzzuschlag. Einen Freund hatte ich dort, einen alten Knecht, der wunderschöne Bogen aus dicken Haselstecken machen konnte – die Pfeile machte er aus dünneren Ästen und liess sie an der Sonne trocknen. Dann schlug er einen Schuhnagel in die Spitze, und wenn ich einen Pfeil gen Himmel schoss, blieb er dreissig Sekunden in der Luft hängen. Im September kehrten wir in die Stadt zurück.

Im Oktober gelang es der Frau Steindl, meine Grossmutter von der Notwendigkeit zu überzeugen, das Mädchen Marie zu entlassen. Dann war ich allein, denn was ich an Freunden hatte – Kameraden waren es eher – war in die höhere Klasse aufgerückt.

Mitte Oktober etwa musste ich an einem Nachmittag eine Besorgung für meinen Vater machen. Um halb sieben Uhr abends kam ich heim, Frau Steindl öffnete mir die Tür. Wie gewöhnlich trug sie ein grosses Tuch um ihren Kopf gewickelt, aus dessen Falten nur Augen, Nase und Mund hervorsahen. Sie zeigte ihre schadhaften Zähne – und das sollte wohl ein Lächeln bedeuten –, drohte mir mit dem Finger und sagte: «Aberaberaber!» – «Was wollen Sie, Frau Steindl?» – «Der junge Herr wird es schon wissen!» zischte sie. Ich wusste nichts, das schwör' ich dir. – «Warum bist du so bleich?» fragte mich meine Grossmutter, als ich ins Zimmer trat. «Hast du dich erkältet?» – «Nein, aber Frau Steindl hat mir gedroht, als ich zur Tür hereinkam. Was will sie, Grossmutter?»

In der Küche draussen hob ein langes Geflüster an. Ich stand allein im Salon und lauschte, lauschte... Schwarz war der Plüschsessel in der Dämmerung. Ich schlich vorsichtig ins Arbeitszimmer meines Vaters. Die Nacht kroch durch die Fenster, schnell, dunkel und lautlos, wie ein Einbrecher. Unten auf der Strasse flammten die Gaslaternen auf, und ein gelber Schein fiel auf eine vergrösserte Photographie meiner Mutter, die über dem Schreibtisch hing. Dann ging die Türe auf...

Schweigend nahm meine Grossmutter den Glaszylinder von der Lampe – das Gaslicht entzündete sich mit einem Knall. «Komm her!» sagte die alte Frau, ihre mageren Hände packten die meinen, sie zogen mich hin zum Schreibtisch. «Nun erzähl!» Ich konnte nicht sprechen. «Jaja, das schlechte Gewissen!» Wieder Schweigen. Die Klinke wurde herabgedrückt, sehr vorsichtig, ein Spalt öffnete sich, und dann stand im Rahmen Frau Steindl...

«Zwei Kronen hat er mir gestohlen, der Lump! Im Schubfach vom Küchenschrank ist mein Portemonnaie gelegen, und bevor er fortgegangen ist, hat er sich in die Küche geschlichen, um mich zu bestehlen! Er hat nicht gewusst, dass ich in meinem Zimmer bin» (Frau Steindl schlief in einem Verschlag neben der Küche), «der Herr Räuber, der Herr Dieb! ... Mir – einer armen Frau!»

Meine Grossmutter sah mich an. Das Blut war mir in die Wangen gestiegen, noch jetzt stand ich da, und meine Stirne, meine Wangen waren rot.

«Sag die Wahrheit!» befiehlt die alte Frau am Schreibtisch.

«Ich hab das Geld nicht genommen!»

«Warum bist du dann rot? Warum zitterst du?»

Frau Steindl schliesst leise die Türe hinter sich, lehnt sich gegen den Flügel. Ihre Augen glänzen gelb und boshaft, wie Hühneraugen. Und rund um den breiten Mund, in den Falten, auf der Haut, liegt dick aufgetragen der Hohn ... Nun, denkt sie wohl, ist mein Sohn gerächt!

Säh sie mich heute, hätte sie Freude an mir. Vielleicht doch nicht. Denn ich bin am Leben. Ihr Sohn aber ist in den Karpaten gefallen – und war doch ein geschickter Schuster. Bis nach Graz hinunter schickte ihn sein Meister, den pensionierten Obersten die Schuh und Stiefel anmessen ...

Weisst du, Kamerad, ich hab viele Nächte erlebt: im Krieg, auf Wache und auf Patrouille; drunten dann, bei den Franzosen, in der Legion ... Solche und solche ... Die ärgsten Nächte sind die Nächte der Kindheit – red' mir nicht dagegen! – wenn man nicht schlafen kann und statt einer böhmischen Marie zum Beispiel die Angst auf dem Bettrand hockt. Gewiss, die Kinder der Reichen liegen in weichen Betten, sie leiden keinen Hunger – und darum beneiden die Armen sie. Aber vielleicht ist Erziehung ärger als Hunger – schliesslich darf ich mitreden, ich kenn' beides –, und die Kinder der Reichen werden erzogen. Wurden erzogen, wollen wir sagen, denn es hat sich ja vieles geändert...

Ich hörte meinen Vater heimkommen – er war ausgegangen –, und er blieb lange bei seiner Mutter. Dann kam er ins Schlafzimmer, knipste die Nachttischlampe an, trat an mein Bett und betrachtete mich schweigend. Lange Zeit. Ich stellte mich schlafend. Aber nachdem er sich ins Bett gelegt hatte, blieb ich noch lange wach und hörte deutlich das Ticken seiner Taschenuhr auf der Marmorplatte des Nachttisches. Das Ticken der Uhr, das Schlagen meines Herzens ergaben einen merkwürdig synkopierten Rhythmus. Genau den gleichen Rhythmus hab ich heute mittag gehört, da liess der Wirt den Lautsprecher erschallen, und er spuckte algerische Musik aus... Darum also...

Frierst du nicht? Willst du noch zuhören? Dann schenk' mir noch ein wenig Tabak... Das ganze Paket? Danke!... Als Bezahlung für die Geschichte, oder?

Am nächsten Morgen schwieg mein Vater – er weckte mich nicht, er schwieg beim Frühstück, er schwieg auch nachher, denn ich begleitete ihn immer ein paar Strassen weit. Er verurteilte mich also, ohne mich angehört zu haben? Gut! Ich fasse einen grossen Entschluss.

Ich ging in ein Antiquariat, verkaufte meine Schulbücher (und ich bemerkte, dass ich viele mitgenommen hatte, die ich gar nicht brauchte, am heutigen Tage), fuhr mit dem Tram auf den Staatsbahnhof und verlangte ein Billett nach Pressburg. Das ist eine Stadt, die schon in Ungarn liegt. Von dort wollte ich weiter wandern ans Schwarze Meer, in die Türkei, mich irgendeinem Pascha anbieten, als Kammerdiener, als Arbeiter, als Sklave...

Aber die Donau hatte es mir angetan. An ihr wollte ich entlang wandern, mich durchfechten, bei den Bauern um Arbeit bitten. Aber der Strom, der breite Strom, der war eigentlich die Hauptsache. Nichts von der «schönen blauen Donau»! Es war etwas anderes. Die Lockung des Meers... Schau, jetzt, wo ich meine Rente habe, gehe ich immer die gleiche Route: im Winter das Mittelmeer entlang bis zur spanischen Grenze, mit Aufenthalten, langen Aufenthalten in den kleinen Dörfern. Dann, im März etwa, schwenk ich ab, fahre bis Biarritz, bummele dort die Küste hinauf... Ein Leben, wie ein anderes auch. Glaub mir, es gibt genug Menschen, die betriebsam sind. Warum soll ich ihre Zahl noch vermehren?...

Als ich in Pressburg ausstieg, hatte ich Hunger und kein Geld. So machte ich mich auf die Suche nach der Donau – denn die Donau, die war wichtiger als das

Essen. Ich wurde müde und setzte mich an den Strassenrand – wie spät mochte es wohl gewesen sein? Ich glaube drei Uhr –, zog aus meiner Schulmappe, die ich behalten hatte, ein Heft; das bestgehasste war es, das für lateinische Schularbeiten. Die Noten waren besser geworden, denn ich repetierte ja, ich wiederholte die Klasse: «befriedigend», «lobenswert»... Dann schrieb ich mit Bleistift auf eine freie Seite meine philosophischen Betrachtungen. Sie werden danach gewesen sein – aber ehrlich waren sie sicher, was man nicht von allen Erzeugnissen der Philosophie behaupten kann. Dann versorgte ich das Heft wieder und wanderte weiter.

Eine Eisenbahnlinie lief neben der Strasse her, und ein Trupp Arbeiter säuberte mit klingenden Hauen den Schotter vom Unkraut. Ich trat näher und fragte, ob ich helfen dürfe. Die Männer unterhielten sich in einer fremden Sprache – es war ungarisch –, dann erklärte mir einer, ich solle zugreifen. Aber freigebig, wie die Armen nun einmal sind, boten sie mir zuerst zu essen und zu trinken an. Süsses Eierbrot mit Rosinen darin, süssen Wein dazu. Der Wein stieg mir in den Kopf. Aber ich half jäten, und kein einziger der braungebrannten Männer lachte mich aus, obwohl ich mich sicher reichlich ungeschickt anstellte. Dann kam ein höherer Bahnbeamter – er trug eine Uniform –, und diesen fragte ich, ob ich hier nicht weiter arbeiten könne. Der Mann nickte, erklärte mir dann aber in gebrochenem Deutsch, ich müsse zuerst mit ihm nach Pressburg zurückkommen, er werde bei der

Eisenbahngesellschaft ein gutes Wort für mich einlegen, und sicher werde man mich dann... – Da ging ich freiwillig mit.
Wir kamen nach Pressburg (die Leute auf der Strasse drehten sich neugierig nach uns um), gelangten vor ein Haus, das wie eine alte Burg aussah. Der Mann führte mich durchs Tor. Dann stand ich in einem kleinen Bureau, hinter einem Tannenholztisch sass ein Mann, der gut deutsch sprach.
«So!» sagte er, «haben wir den Ausreisser!» Da erst wurde mir klar, wer der Uniformierte war: Ein ungarischer Polizist...
Der Herr Kriminalkommissär benahm sich sehr freundlich. Ich durfte den ganzen Nachmittag mit seinen Kindern Ball spielen, im Hof. Aus einem Fenster, das hoch in der Mauer eingelassen war, erscholl Gesang, manchmal Fluchen und Schreien. Um halb sieben Uhr durfte ich mit dem Gefangenenwärter den Singenden das Nachtmahl bringen! Dünne Suppe, Brot...
Es stank arg in dem Verlies – verzeih das romantische Wort –, in dem Kotter, wenn du lieber willst. Und doch spürte ich weder Angst noch Ekel. Der Wärter wollte mich wieder mitnehmen – ich, als Direktorensohn, sollte doch nicht mit Vaganten zu Nacht essen – aber ich wollte bleiben. Schliesslich gab mir der Mann einen Napf, und ich ass mit den Menschen, die man gemeinhin Gesindel nennt. Was willst du, das ist so gewesen, ich kann nichts dafür. Ich fühlte eine Zugehörigkeit zu den Leuten, hier war man nicht

allein, Lärm gab es und Gesang und Flüche, die ich nicht verstand. Noch merkwürdiger vielleicht ist es, dass die Leute mich als einen der ihren ansahen. Sie waren freundlich, gar nicht untertänig. Eine alte Zigeunerin hing mir sogar ein Bleikreuz um den Hals, an einer Schnur, die vielleicht nicht ganz sauber war.

Leider dauerte die Herrlichkeit nicht lange. Der Wärter kam mich holen: Der Herr Kommissär habe befohlen, mich in eine Einzelzelle zu führen. Dem Befehl wurde auch nachgekommen. In dieser Einzelzelle schlief ich friedlich, bis mich Licht weckte. Vor der Pritsche stand mein Vater. Er nahm mich mit ins Hotel. An der Tür, die aus der Burg herausführte, sagte der Polizeimann noch: «Ein schönes Früchtchen, Herr Direktor. Stellen Sie sich vor, dass er hat bei dem Gesindel bleiben wollen.» – «Jaja!» antwortet mein Vater atemlos. Im Hotel angekommen, schloss er mich im Zimmer ein und ging, nach den Aufregungen des Tages, eine Flasche Wein trinken.

Im Zug las er am nächsten Morgen meine Aufzeichnungen – der Blick, der mich nachher traf, war schwer zu deuten. Ich erinnere mich noch an ihn. Eine derartige Verständnislosigkeit lag in ihm, dass mir der Herr mit dem gepflegten Bart leid tat. Er hat mir später noch oft leid getan.

Aber einen Fehler hat er damals gemacht – und diesem Fehler bin ich heut nachmittag, besser: heut mittag auf die Spur gekommen. Er hat die ganze Geschichte vertuscht. Er musste aus meinen Auf-

zeichnungen doch erkennen, dass ich an dem Diebstahl unschuldig war – denn ich war doch für immer von zuhaus fortgegangen, und dann lügt man doch nicht! Das hat er nicht verstanden. Er tat die Sache als Lausbüberei ab, murmelte etwas vom «verlorenen Sohn, für den man nun das Kalb schlachten müsse»... Das war alles. Und die Steindl durfte mich noch weitere zwei Jahre quälen.
Das hält kein Mensch aus, Kamerad. Darum sagte ich ja, dass mir die Steindl die Knochen gebrochen habe...
Du schweigst? Bist nicht einverstanden?
Ja. Es ist merkwürdig, wenn man solche alten Geschichten erzählt. Zuerst meint man – mit der algerischen Musik heut mittag hat es begonnen, die hat den eingeschlummerten Rhythmus geweckt von der Uhr auf der Platte des Nachttisches und meinem Herzschlag – und dann war die Steindl da, und alles und alles... Die Kindheit... Vielleicht sehnt man sich doch nach einer Heimat? Vielleicht gab es Augenblicke, wo man auch gern ein nützliches Mitglied der Gesellschaft wäre? Wer weiss? Ich gab der Steindl die Schuld, ich musste die Geschichte erzählen... Sie hatte mir doch die Knochen gebrochen? Oder? – – – Es stimmt nicht, Kamerad. Knochen – auch wenn wir einmal annehmen wollen, wir hätten ein seelisches Skelett – die Knochen sind stärker. Das, was für mich aus dem ganzen Erzählen herausschaut, ist etwas anderes. Vom ersten Augenblick an hab ich gefühlt: beim Gesindel ist deine Heimat. Dort

gehörst du hin. In Pressburg, im Verlies, dort hab ich's erfahren. Kann man dagegen etwas tun? Jetzt, wenn ich so nachdenke, tut mir mein Vater leid, – manchmal, während ich gesprochen hab, ist der Hass wieder aufgeflackert – «Herr Direktor» hab ich ihn dann genannt... Aber glaubst du, der Herr Freud, den sie nachher zum Professor gemacht haben, hätt' mir helfen können? Unsinn... Das wird niemand in der Welt ausrotten können, dass es zwei Sorten Menschen gibt: die einen lieben die Ordnung, die andern die Unordnung, das Chaos. Wenn ich im Chaos daheim bin? Merkwürdig ist nur, dass wir, die Leute der Unordnung, Disziplin brauchen. Darum hab ich zwölf Jahre lang gedient und drei dazu im Krieg... Medaillen soviel du willst...
So, und jetzt wollen wir schweigen und lauschen auf das Meer, das seine Wellen über den Sand rollt, lauschen dem Wind, der durch die Gräser pfeift. Das Summen der Wellen, das Pfeifen des Windes. Denk', meine Geschichte sei ein Lied gewesen, Wind und Wellen haben ihr Singen darein verwoben... Ein atonales Kinderlied, wenn du willst. Meinst du vielleicht, wir wüssten nichts von moderner Musik?

SCHREIBEN...

Die Schulbänke sind alt, alt wie der Raum, in dem sie stehen, alt wie die Schule. Und die Schule ist gegründet worden von Johannes Calvin im sechzehnten Jahrhundert. Das Collège de Genève hat seine Tradition, und diese Tradition schläft das ganze Jahr. Einmal jedoch, im Dezember, erwacht sie: dann versammeln sich die Schüler im Hof und singen im Chor ein altes Lied: «Cé ké léno...»
Die Schulbänke sind alt und verschnitzelt in der obersten, der ersten Klasse. Viele Generationen haben die Schärfe ihrer Taschenmesser am weichen Holz geprüft. In den Bänken, die unbequem sind, sitzen sechsundzwanzig Lernbegierige – dreiundzwanzig Schüler, drei Schülerinnen. Vor den Bänken erhebt sich ein Pult, über dessen Platte sich der Kopf des Griechisch-Lehrers erhebt: die Haare sind weich wie die Borsten jener Bürsten, mit denen man Zylinderhüten Glanz verlieh – damals, als man diese Kopfbedeckung noch trug. Sehr weiss ist die Stirne – und dann scheint es, als beginne schon der Bart; denn das Gesicht ist so klein, dass man es kaum beachtet, weil der Bart die Blicke an sich zieht; der Bart, der strömt und wogt, grau-schwarz, wie die Rhône bei Nacht...
«Meine Weisheit möchte eine geringe und eine zweifelhafte sein; da sie wie ein Traum ist...» übersetzt

Buscarlet, dessen Nacken mit Pickeln übersät ist. Sein Gesicht ist bleich. Er arbeitet zuviel, denn er ist Primus und will diesen Titel behalten...

(Zwölf Jahre später habe ich ihn in Charleroi getroffen; da hatte er es zum Pastor gebracht in dieser Kohlenstadt und predigte am Sonntag vor leeren Kirchenbänken... Und Plato, den er so fehlerlos übersetzt hatte, tat er mit einem Achselzucken als Jugendtorheit ab...)

«Da sie wie ein Traum ist...» wiederholt Professor Dubois, lässt seinen Bart durch die hohle Hand rinnen und fährt fort, fast ohne Pause: «Monsieur Glosère, ich erwarte Sie nach der Stunde. Ich habe Ihnen etwas mitzuteilen.»

In der obersten Klasse werden die Schüler höflich behandelt. Die Lehrer rufen sie nicht einfach beim Familiennamen – jeder von uns ist ein «Monsieur», ein «Herr».

«Monsieur Glosère» hockt in der letzten Bank, und bei Nennung seines Namens schreckt er auf. Er hat ein schlechtes Gewissen, denn statt der Übersetzung von Platos «Gastmahl» zu folgen, hat er unter der Bank Dostojewskys «Idiot» gelesen.

«Oui monsieur!» stottere ich, stehe auf – und natürlich fällt das dicke, rotgebundene Buch zu Boden. Herr Dubois lächelt in seinen Bart und bedauert in wohlgesetzten Worten, augenblicklich kein platonisches Zitat zu kennen, das auf den Zustand meines Gewissens passen würde.

Es ist Viertel vor drei. Noch eine Viertelstunde. Ich

gehe meine Sünden durch: Die letzte Griechisch-Stunde habe ich geschwänzt, weil ich das psychologische Seminar Professor Claparèdes an der Universität nicht habe verpassen wollen. Die Entschuldigungskarte habe ich vergessen. Aber Professor Dubois ist sonst nicht pedantisch.
«Monsieur Glosère» seufzt so tief und geräuschvoll, dass es in der Stille widerhallt. Alles lacht.
Die Stunde geht weiter. Buscarlet übersetzt fliessend.
Ich warte, bis das Glockenspiel von St. Pierre ertönt: «Allons danser sous les ormeaux...» Und es ertönt.
Ich bleibe in der Bank sitzen, bis die Klasse leer ist. Dann gehe ich langsam nach vorne und stehe endlich vor dem Lehrerpult.
Der Herr Professor räuspert sich, zieht aus seiner Ledermappe eine Zeitung, setzt einen Hornkneifer auf seine winzige Nase, glättet das Blatt, liest, und während des Lesens bewegen sich die Barthaare rund um seinen Mund, so dass man annehmen kann, er lächle...
Und ich weiss nun, welche Sünde ich begangen habe.
Vor zwei Monaten hat man meinem Freund Georg die Feuilletonredaktion einer Zeitung angetragen, die dreimal wöchentlich erscheint. «Journal helvétique» heisst diese Zeitung, aber nur dem Namen nach ist sie helvetisch. Wir haben erfahren, dass sie mit deutschem Gelde finanziert wird – aber ganz sicher sind wir doch nicht. Es ist während des Krieges – im Jahre 1915 –, und Georg redigiert also das Feuilleton, umsonst, für nichts, nur um eine Tribüne zu haben,

von der herab er seine Erkenntnisse proklamieren kann. Er ist zwanzig Jahre alt, hat schon die Matur hinter sich und studiert die Rechte an der Universität Genf. Er kann also schreiben, was er will; und unter seinem eigenen Namen. Ich muss vorsichtiger sein und mich mit einem Pseudonym begnügen. Nach vielen Beratungen haben wir eins gefunden: «Pointe-sèche», auf deutsch: «Grabstichel»; das Gerät, das die Radierer brauchen, um direkt auf die Kupferplatte zu zeichnen...

Letzte Woche ist im «Journal helvétique» ein Artikel erschienen, der die Unterschrift trägt: «Pointe-sèche». Wie schön war es, Korrektur zu lesen; welches Wunder bedeutete es, die Sätze, die ich mühsam in einer Algebrastunde geschrieben habe, nun plötzlich gedruckt zu sehen. Was, ist es möglich, dass die Sätze gedruckt so anders aussehen als handgeschrieben. Dass ihnen die Druckerschwärze Geist verleiht?...

Nur – der Artikel behandelt den Gedichtband eines Lehrers am Collège. Zwar unterrichtet Herr Professor Frank nicht in unserer Klasse – überhaupt, ich habe nie mit ihm gesprochen. Gesehen hab ich ihn bisweilen: Ein kleiner, runder Mann mit so kurzen Beinchen, dass es aussieht, als rolle er über den Hof.

Herr Professor Frank hat ein Buch über Bergson geschrieben – er ist ein Philosoph. Hätte er nur dieses gelehrte Werk verfasst, niemals wäre es mir eingefallen, mein Missfallen über ihn auszudrücken. Aber er hat einen Gedichtband verbrochen, ein Epos, und das heisst: «Der Sang des Einzelgängers.» Verse stehen darin, wie die folgenden:

«Das Weib, es ist ein warmes Bad
Darin mabon sich die Adern schneidet
Sie ist ein Strauss von Blumen fad,
Der ganz morbide Düft ausscheidet...»

Wir haben das Buch gelesen, mein Freund und ich, wir haben gefunden, dass eine derartige Versündigung gegen den Geist der Poesie bestraft werden müsse. Und da ich das bösere Maul habe, bin ich mit der Abfassung des Artikels beauftragt worden.
Es war nicht schwer. Der «Einzelgänger» im zweihundert Seiten langen Epos spricht viel von sich und idealisiert sich dabei. Bald ist er Apoll, schlank gewachsen, mit klarem Blick aus feurigen Augen, bald ist er ein Weiser Griechenlands, der in zwölffüssigen Alexandrinern (ein französisches Versmass) moralische Erkenntnisse regnen lässt. Was liegt näher als festzustellen, dass Apoll in Wirklichkeit nicht schlankgewachsen, sondern kugelförmig und dick ist, dass die klaren Blicke verschlafen sind und die Augen nicht feurig, sondern vorgewölbt.
Dies alles stand, gespickt mit Zitaten aus dem Epos «Sang des Einzelgängers», in dem Artikel, der unterschrieben war: «Pointe-sèche».
«Glosère, mein Freund», sagt der alte Griechisch-Lehrer, faltet die Hände und stützt sein Kinn auf die Fingerknöchel – und der Bart wölbt sich vor wie eine merkwürdige Krawatte, «ich will von Anfang an

betonen, dass Sie mir Ehre machen. Zwei Jahre habe ich versucht, Ihnen die Schönheiten der französischen Sprache zu zeigen – und mein Versuch hat Früchte getragen. Natürlich, Ihr Stil weist noch da und dort Rauheiten auf, die sich mit der Zeit verlieren werden, dessen bin ich gewiss. Aber, mein Freund, hier handelt es sich nicht um mehr oder weniger gutes Französisch, hier handelt es sich um mehr: um Ihr Schicksal, mein Freund. Sie stehen knapp vor der Matur, im allgemeinen sind Sie bei Ihren Lehrern schlecht angeschrieben, man verzeiht Ihnen nur schwer Ihren Mangel an Ernst, Ihren Dilettantismus... Wie oft habe ich Ihnen gesagt, lieber Freund: Das Paradox wird Ihr Untergang sein, am Paradox werden Sie scheitern. Warum? Weil Sie das Paradoxe nicht als eine nützliche Geistesübung auffassen, sondern auf ihm Ihr Leben aufbauen wollen. Das geht nicht, geht auf keinen Fall. Ihr Artikel ist heute an der Konferenz besprochen worden. Sie wundern sich, dass Herr Frank überhaupt von diesem Artikel erfahren hat? Er ist am ‹Argus der Presse› abonniert, denn er ist ein Mann, der jede Zeile sammelt, die über ihn geschrieben worden ist. Und Sie wundern sich noch mehr, dass man ohne weiteres gewusst hat, Pointe-sèche seien Sie? Ich weiss, ich weiss...» Professor Dubois winkte ab, als ich den Mund öffnete zu einer Unterbrechung, «Sie haben es nur einigen in der Klasse mitgeteilt – unter dem Siegel der Verschwiegenheit. Sie sind noch jung, mein Freund, sehr jung... An der Konferenz ist beschlossen worden, Sie an der Matur durchfallen zu lassen. Schwer wird es nicht sein – es braucht nur ein wenig schlechten Willen. Und der wird bei allen meinen Kollegen vorhanden sein. Bei mir nicht – das brauche ich Ihnen wohl nicht zu sagen. Aber was nützt Ihnen eine Sechs in Griechisch, wenn Sie in den anderen Fächern lauter Dreier und Zweier haben? – Ich sehe nur einen Ausweg. Sprechen Sie mit Herrn Professor Frank, entschuldigen Sie sich bei ihm. Vielleicht lässt er sich erweichen. Und nachher kommen Sie zu mir – meine Adresse kennen Sie ja.»

Ich kannte die Adresse. Professor Dubois war der einzige Lehrer, der seine Schüler zu sich einlud. Zwei Jahre war er mein Lehrer gewesen, in der zweiten Klasse und vorher, in der dritten war er unser Klassenvorstand gewesen. Es hatte ihm damals Spass gemacht, unsere Klasse nach parlamentarischem Muster in Parteien einzuteilen: es gab eine «äusserste Rechte», bestehend aus den Nachkommen der Genfer Aristokraten, ein Zentrum, Mittelstand und Majorität, und eine «äusserste Linke»: Baranoff, ein Russe, und ich...

An all dies dachte ich, während ich die Treppen hinabstieg, die in den Hof führten. Der Februarnachmittag war kalt, die Bise klapperte mit den leeren Ästen der Bäume, und die Sonne wollte schon untergehen. Sie sah aus wie eine weisse Fastnachtsmaske, und Wolken umgaben sie, flatternde, rote Tücher...

Herr Professor Frank habe bis vier Uhr Unterricht, erklärte mir der Portier auf meine Frage. Ich solle vor dem Lehrerzimmer warten... Dann verliess er mich, um eine Glocke in Bewegung zu setzen; sie tönte dünn und trostlos, wie ein Armesünderglöcklein... Und Herr Professor Frank rollte über den Hof. Sein schwarzer Winterpaletot war auf Taille geschnitten, und auf dem Samtkragen lagen Schuppen, wie winzige Schneeflocken. Dazu trug der Professor einen steifen Hut – einen Gox, eine Melone... Unter dem rechten Ärmchen trug er eine rote Ledermappe, und seine Händchen steckten in gefütterten Glacéhandschuhen...

«Sie wünschen, mein Herr?» Seine Stimme war hoch, piepsend fast. Er runzelte die Stirn. Über glänzenden Lackschuhen trug er kurze, mausgraue Gamaschen – «spats», wie der Engländer sagt.

«Ich möchte mich entschuldigen, Herr Professor...» sagte ich. «Mein Name ist Glauser, ich habe jenen Artikel verfasst, der unter dem Pseudonym ‹Pointesèche› erschienen ist...»

Weiter kam ich nicht. Das Händlein, bekleidet mit dem pelzgefütterten Handschuh, hob sich senkrecht im Gelenk, abwehrend, tadelnd. Und im Gesicht, das rund war und rosig angehaucht von der Bise, öffnete sich der winzige Mund, und Worte entströmten ihm. Es war ein Schwall.

Was er mir getan hätte, fragte der Herr Professor. Soviel er wisse, könne ich keinen Hass gegen ihn haben, denn ich sei ihm unbekannt und er mir wohl auch... Oder? Warum dann dieser Angriff? Dieser taktlose Angriff? Mehr als taktlos sei er. Es sei uner-

laubt, dass ein junger Mensch, kaum der Schule entwachsen, sich erlaube, sich erfreche, einen Mann zu kritisieren – was! zu kritisieren!... Das sei keine Kritik mehr! Das sei offenkundige Gemeinheit! Gemeinheit, jawohl! Das übersteige, das überflute alle Grenzen der erlaubten Kritik! Kritik habe objektiv zu sein. «Objektiv! Jawohl mein Herr! Und nicht persönlich! Sie werfen mir vor, dass ich dick bin. Was kann ich dafür? Mein Vater ist dick, meine Mutter ist dick... Ich selbst, mein Herr, ich habe drei Entfettungskuren hinter mir... Ich faste, mein Herr, ich kasteie mich – kann ich etwas dafür, dass mein Fettansatz zunimmt? Es ist eine Störung der Drüsenfunktionen, mein Herr... Kann man mich für die gute oder die schlechte Funktion meiner Drüsen verantwortlich machen? Antworten Sie mir! Nein, schweigen Sie! Ich will nichts von Ihnen hören. Nichts, gar nichts! Verstehen würde ich Sie noch, mein Herr, wenn Sie aus Rache gehandelt hätten – aber nein! Wir kennen uns nicht. Nie habe ich Ihnen etwas in den Weg gelegt. Und Sie wollen mich rücklings erdolchen? Wie ein Meuchelmörder? Mein Herr, Sie haben ein Verbrechen begangen, ein widerwärtiges Verbrechen. Mein Vater war dick, meine Mutter war dick. Ich selbst, mein Herr, habe drei Entfettungskuren durchgemacht; bin ich für meine Hormone verantwortlich?...»
Die letzte Silbe wurde mit so hoher Stimme gesprochen, dass sie nur ein Kreischen war. Der steife Hut war in den Nacken gerutscht, Schweissperlen stan-

den auf der Stirn. Und ich senkte den Kopf. Der Mann hat recht, dachte ich. Es ist eine Gemeinheit gewesen, diesen Artikel zu schreiben. Schliesslich, er kann wirklich nichts dafür, dass er dick ist – und wenn auch die Art seiner Verteidigung lächerlich wirkt, so ist das nicht seine Schuld. Er ist im Recht, er ist vollkommen im Recht! Angenommen, ich hätte ein krummes Bein und jemand würde dieses Bein verspotten – was würde ich dann sagen? Auch ich würde finden, es sei gemein. Und ich senkte den Kopf und sagte:
«Ich gebe gerne zu, dass ich gemein gewesen bin. Aber wollen Sie nicht bedenken, Herr Professor, dass es mir leid tut und dass ich bereit bin, einen Widerruf zu veröffentlichen...»
Weiter kam ich nicht. «Einen Widerruf? Einen Widerruf? Um sich weiter über mich lustig zu machen? Nicht wahr? Sie wollen erklären, ich sei weniger dick? He? Erzählen, was ich Ihnen mitgeteilt habe? Von meinen Abmagerungskuren sprechen? Meine Eltern in die Geschichte hineinziehen? Wie?»
«Das liegt mir vollkommen fern...»
«So? Fern liegt Ihnen das? Das glauben Sie selbst nicht. Ich will nichts, keinen Widerruf. Nichts. Ich werde dafür sorgen, dass Sie an der Matura durchfallen; wenn Sie wollen, dürfen Sie dies in Ihrem Käsblatt publizieren... Meinetwegen... Aber ich werde Sie vernichten! Vernichten werde ich Sie!»
Und Herr Professor Frank stapfte davon.

Die Sonne war untergegangen, und die Strassen, durch die ich ging, waren kalt und grau. Ich ging zu meinem Freund Georg. Er versuchte mich zu trösten. Was nützt Trost? Der kleine dicke Mann hatte recht, es war gemein von mir gewesen. Nun musste ich die Suppe auslöffeln.

Und ich habe sie ausgelöffelt. Es ging alles in einem: grosse Liquidation. Ich verliess Genf und liess mich in Zürich für die kantonale Matura einschreiben. Ja, ich bestand sie sogar, zwei Monate später, ein Vierteljahr vor meinen Mitschülern in Genf. Aber in Zürich wollte man mir das Zeugnis nicht geben, es sei denn, ich könne beweisen, dass ich das Genfer Collège freiwillig verlassen hätte.

Ich schrieb meinem ehemaligen Griechisch-Lehrer, und er setzte sich für mich ein. Mein Fall wurde im Staatsrat verhandelt. Und mit Stimmenmehrheit wurde beschlossen: Die Kritik über den «Sang des Einzelgängers» sei als eine rein literarische Angelegenheit zu werten und nicht als Angriff eines Schülers gegen seinen Lehrer.

Der Direktor des Collège de Genève musste mir ein Abgangszeugnis schreiben; und ich konnte mich an der Zürcher Universität immatrikulieren. Ich wollte Chemiker werden...

Aber statt Chemie zu studieren, wurde ich Dadaist. Man entgeht seinem Schicksal nicht. Und wenn ich später oft habe hungern müssen, so war das eine Strafe: «Mein Vater war dick, meine Mutter war dick, ich selbst, mein Herr, habe drei Entfettungskuren durchgemacht... Bin ich für meine Hormone verantwortlich?»

Nein. Herr Professor Frank war nicht für seine Hormone verantwortlich. Und darum ist es ganz in der Ordnung, dass «Pointe-sèche» hat hungern müssen...

TAGEBUCH AUS DEM IRRENHAUS

Samstag, 14. August 20

Für dich schreib ich das, kleines Lison, weil ich allein bin und niemandem erzählen kann als dir. Es hätte keinen Sinn für mich zu schreiben. Dies ist nicht Pose oder Literatur, sondern es ist ganz einfach so. Ich bin müd heute und dumm, es regnet. Der Saal, in dem ich sitze, ist voll Rauch und Geschrei. Zwei braune Tische langweilen sich und dehnen sich gegen die harte Wand der (sie) umgebenden Stühle. Und das grüne Tuch bedeckt das Billard. An den Fensternischen jassen die Leute, kreischen, lachen. Ein kleiner Buckliger mit grüner Schürze (er schläft in meinem Zimmer und hat Schweissfüsse) krächzt ein heiseres Lachen, wenn er Karten mit geballter Faust auf den Tisch trumpft. Ein dicker alter Mann, Schaeppi heisst er, steht daneben und gibt Ratschläge. Weisse Watte quillt hervor unter einem schwarzen Kreis, der sein Auge bedeckt. Sein Sohn habe ihn hierher getan, klagt er, weil er zuviel trank. Er ist wie ein guter alter Papa, gar nicht alkoholikergrob, verschenkt Äpfel und lächelt gütig unter gelblichem Schnurrbart. Der Kopf ist rund wie der Körper: er hat fleischige Hände und klopft mir bisweilen väterlich auf den Kopf. Draussen regnets ununterbrochen, und der Tag war lang. Am Morgen im Saal, der überfüllt war, denn heute wird nicht gearbeitet, weil man rasiert. Am Nachmittag Kohl gepflanzt. Dann in einem Schundroman gelesen bis zum Abendessen. Gestern hab ich dir einen langen Brief geschrieben und wollte ihn mitgeben, aber Monsieur hat, scheint es, das letztemal geflucht. Nun weiss ich nicht mehr, wie ich zu dir kommen soll, Kleines. Bist du weit oder nah? Mir ist sentimental zu Mute, und ich sehne mich. Lebwohl.

Sonntag, 15. August 20

Ein langer Regentag, Kleines, ohne Nachricht von dir. Nur erfahren, du habest mir einen Brief und Manuskripte geschickt, die zu meinem Vormund gewandert sind. Heut morgen zweites Interrogatorium durch Dr. Klaus, das sich auf einen Monolog meinerseits beschränkte, und Kritiken über meine Sachen. Nichts Palpitantes. Langweile, furchtbar. Der Saal stets überfüllt, nicht zum Aushalten. Ich soll einem kleinen Buben Stunden geben, sagt man, Lesen, Schreiben.
Bücheler: Commis voyageur in Spitzen, Spatzengesicht, rötlich, sehniger Hals, weite, stets erstaunte Augen. Lang, hager, mit faltigen Hosen. Gestikuliert naiv beim Sprechen. War krank in Amerika. Wurde von Rorschach unter falschem Vorwand zu seiner krankgesagten Mutter gelockt, dann ins Irrenhaus

getan, wo er auf Bäume kletterte und sang. «Ein klein wenig verrückt» sagt er, «15 Tage Bad.»

Montag, 16. August 20

Heute morgen wieder B II6, d.h. das Zimmer war besetzt, so dass Hr. Dr. mich in sein Privatkabinett nahm. Assoziationen. Kindlich durchaus. Sonderbar seien nur die «Schlangen»-Assoziationen. Auf Hütte, Adler, Kamin – Schlange. Du entsinnst dich, Kleines. Das Motiv. Dann weiterarbeiten am Vaterkomplex, den ich schon die früheren Male angedeutet hatte. Es hat mich gefreut, dass ich *bewusst* assoziiere, logisch-sprachlich oder klanglich.
Zuerst die Reizwörter mit einmaliger Assoziation und Zeitkontrolle, dann Wiederholen der Wörter ohne Zeitkontrolle. Dann Anhören einer Wortreihe und Frage, welche behalten wurden («Vater, Reue, *Braut, Genuss:* Zusammenstellung des Arztes. Es ist gut, selber bisweilen dem Psychiater gegenüber den Analytiker zu spielen), dann Reihenfolge von Gedanken auf die behaltenen Reizwörter. Ein paar Witze: mit dem Dröhnen der gnostischen Formeln losgedonnert bei Gott-Himmel-Teufel. Strindberg. Die Untersuchung ist für mich interessanter als für den Arzt. Er gähnt oft. Ich beobachte viel und gewinne ein ziemliches Bild von dem Menschen. Einmal führe ich es aus, wenn es klarer ist. Auf alle

Fälle sind die «Psychophagen» (ein Wort Amsteins) hier sehr menschlich, versuchen es mit naiver Schlauheit, die sie stolz Raffinement nennen.
Amstein ist Sohn eines Professors, Kocainist und ein bisschen sehr bewandert: «denn die Schönheit, kleiner Phaidros, nur sie ...»

Dienstag, 17. August 20

Mein Kleines; nun hab ich ein Zimmer, in dem ich allein bin und für mich arbeiten kann. Dieu soit loué. Ich wurde ganz nervös im grossen Saal, wo die Billardkugeln klappern und die Leute stumpfsinnig auf schwarzen Ledersofas exekrablen Tabak aus Holzpfeifen rauchen. Gestern bin ich unterbrochen worden, musste wieder zur Untersuchung. Dr. Col. gab mir eine Karte von Raschles, die den Besuch absagten. Es war eine Abbildung einer Archipenko-skulpto-peinture. Daraufhin wurde ich über meine Ansichten betreffend moderne Kunst ausgefragt. Ich sprach lobend von A's kubistischen Statuen, versuchte dem Herrn klarzumachen, es handle sich um neue Kunstwege, schmiss ihm Cézanne, Van Gogh etc. an den Kopf, warf noch ägyptische Kunstwerke und Negerplastiken nach, protzte mit dem «Geistigen» in der Kunst, um auf die Impressionisten überzugehen und deren «art» in den Himmel zu heben, sprach von Arp und Dada, so dass der Herr zum Schluss nicht wusste, was ich eigentlich über dies

spezielle Kunstwerk dachte. Es war erstaunlich, die Miene zu beobachten, als ich schloss: «Und was halten Sie davon?»
«Ja, ich meine, natürlich ...» (Stottern)
Ich: «Übrigens ist mir ein Arch(ipenko) immer noch näher als ein Defregger» (dies peremptorisch).
Damit war das Thema erschöpft. Es kamen die Assoziationen an die Reihe. Wenn die Ps(ychiater) doch raffinierter wären. Diebstahl (assoziiere ich): Reue, Zwang, Hunger.
Vater: Strafe, Hass, nutzlos. Auf *Hass:* Vater, Schläge, Mitleid, Tränen, nutzlos, Hass, Literatur.
Der arme Herr. Lison, ich bin so glücklich heute, mit dir allein schwatzen zu können. Man hat sonst niemanden. Amstein vielleicht, doch ist er launisch. Ich erzähl dir dann von ihm. Zum Schluss ein kleiner analytischer Witz. Herr Dr. Col intrigiert mein Schlangenkomplex. «Wollen Sie mir nicht helfen, ihn zu lösen, Herr Dr.?»
«Wir sprechen noch drüber.»
«Ich habe viel darüber nachgedacht. Vielleicht ist es bei mir eine unterdrückte homosexuelle Komponente.» Er (hastig abschiednehmend, verlegen):
«Es wird Ihnen schon einfallen, Herr Gl.»
Am liebsten hätte ich gegrinst. Es entstand aber nur eine höfliche Verbeugung. Heute morgen hab ich Briefe von dir bekommen, die eine Woche alt waren. Du schicktest die Manuskripte von [...] und einen Brief von Goesch Hans. Ich freu mich auf sein Manuskript.

Im Zimmer neben mir singt ein Herr Lehmann patriotische Lieder.
«Ja, das Berner Oberland
Ist in aller Welt bekannt...»
Meinetwegen!
Ich möchte gerne wissen, was du machst und wohin ich dir schreiben soll. Verzögerungen von einer Woche sind unglaublich. Manchmal bekomme ich Wutanfälle.
Frau Dr. Morgenstern, die Abteilungsärztin, ist die Tante eines früheren Glariseggers, der mein Klassenkamerad war. Sie ist alt und bezwickert, mit einem Tantengesicht, knolligen Wangen und anderen ebensolchen Gesichtsvorsprüngen. Doch kann das Gesicht sehr freundlich werden, und «un gracieux sourire» lässt manchmal die Knollen verschwinden.

Donnerstag, 19. August 20

Endlich bist du wieder in Zürich und nicht mehr weit. Gestern erhielt ich ein Paket Manuskripte und deine Karte aus Ascona. Sie ging nicht durch Schiller, was mich freute. Heut morgen kam das Obst, wahrscheinlich warst du gestern abend da. Wirst du morgen kommen? Ich kann bald nicht mehr, Kleines, die Sehnsucht wächst stets. Und das Traurige ist, dass dies keine Phrase, sondern Wirklichkeit ist. Gestern

hab ich an meinen Gedichten abgeschrieben und bin bald fertig.
Dienstag abend war Dr. R. noch hier. Ich wurde zum Dr. zitiert und traf ihn dort. War wütend über Vormund, erzählte dein Abenteuer in Ascona. Armes. Hoffentlich kommst du morgen.

Freitag, 20. August 20

Du bist nicht gekommen, Lieb. Warum? Fr. R. war da, sehr lieb, konnte mir keine Nachricht von dir geben. Vielleicht siehst du sie heute. Es ist scheusslich, dass ich dir nicht schreiben kann, aber es ist so kompliziert, bis man Brieferlaubnis bekommt, und ich habe schon den Vorwurf hören müssen, ich schreibe zuviel. Nacht schlecht geschlafen. Gestern abend Gewitter. Nervosität. Heut morgen ein wenig Fieber. Schreckschuss: ich musste in den Wartesaal B II, langweilte und ängstigte mich eine Stunde lang, dann kam ich wieder auf meine Abteilung zurück.
Ich bin froh, jetzt wieder mit dir allein zu sein. Nur mein Hirn funktioniert schlecht. Durchaus unproduktiv. Die Speisen werden hier mit Soda gewürzt, um den Sexualtrieb (on dit) zu bezähmen. Dies erzeugt auch geistige Impotenz, leider. Mein Zimmerkamerad ist sehr nett. Ein Konkurrent, der schon ein Buch herausgegeben hat. Eugen Wyss: «Zwischen Hell und Dunkel.» Ein paar gescheite Ideen,

richtige sogar. Grosser Verehrer des Symbols im Künstlerischen. Dabei grosser Mangel an Kritik, aber fähig, synthetisch zu denken. Ist nach fast bestandener Diplomprüfung am Poly aus Wut über einen Professor fortgelaufen, mit seiner «Braut» herumgereist und schliesslich auf dem Land in einem einsamen Haus gelandet. Dort gehungert mit ihr, bis im Auftrag seiner Mutter ein Doktor ihn holen kam und hierher brachte. Sie ist schwanger.

Bisweilen Ansichten, die meinen gleichen. Das Gefühl, wie bei mir, wenn ich horche: es kann mir nichts mehr geschehen. Er, nach einer Blutvergiftung im Militär, wo er von den Ärzten aufgegeben wurde. Ich, nach den drei Tagen Gefängnis in Bern. Krisen sind gut, wenn nachher eine vollständige Ruhe eintritt, die den plötzlich erworbenen Erkenntnissen die Möglichkeit gibt zu reifen. Sonderbar ist mir, dass ich weder vor Wärtern noch vor den Ärzten mehr den gefürchteten Autoritätskomplex habe. Auch ein Brief von meinem Vormund hat mich vollständig kalt gelassen, gestern. Lieb, ich sehn mich so mit dir zu sprechen, tagelang, glaub ich. Wie an dem wunderbaren Morgen damals in Baden. Fast elegisch werd ich. Es ist gut, dass ich wenigstens auf diese Weise mit dir zusammensein kann. Sonderbar, wenn ich schreibe, bist du mir nah. Ich kann mir das Arbeiten nicht mehr ohne dich denken. Wenn du erlaubst, kommen hierhinein auch Notizen. Ich lese die «Mneme» von Sernon und möchte gern einiges für mich klarstellen.

Mein Zimmer sieht durchaus nicht wie eine Gefängniszelle aus. Die Gitter davor erheben sogar Anspruch auf eine gewisse Schönheit, die vielleicht nur Fehler ist. Sie sind gemustert:

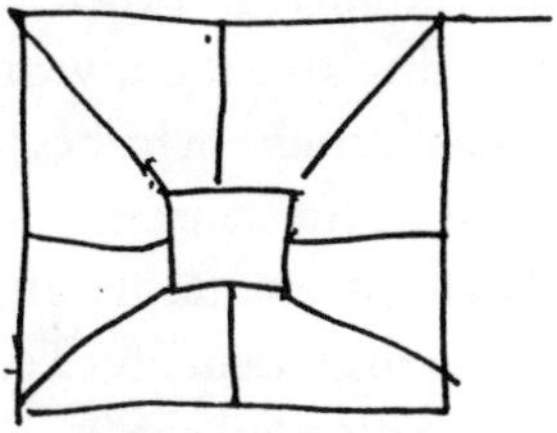

dies Muster kehrt rechts und links viermal wieder, übereinander. Vier eiserne Spinnennetze, in denen Matto die dummen Träume der Aussenwelt fängt, damit sie die Ruhe des Himmelreichs nicht stören. Ich schreibe an einem grossen Tisch, Bücher sind um mich. Links das Bett, rechts ein tantenhaftes rotes Plüschsofa, ein viel zu glänzend polierter Schrank, dann ein Waschtisch. Das Zimmer ist für die II. Klasse bestimmt, doch mein Bildungsgrad scheint für Frau N. N. den Mangel an Geld zu ersetzen, so dass ich dieser Seligkeit teilhaft werden durfte. Es ist nämlich wirklich erlösend, hier zu sein, *allein.* Das unerträglichste in den Anstalten ist ja immer der Mangel an Einsamkeit. Man muss wirklich zur Tobsucht greifen, um in einer Zelle dies Unentbehrliche geniessen zu können. Heut bin ich sehr schwatzhaft, Kleines. Vielleicht langweilt dich das zu lesen. Aber dann denk ich, dass es dich einmal freuen kann, wenn du weisst, wie stark ich jeden Tag an dich gedacht

habe. Meinem Freund Wyss hab ich von dir erzählt und von deiner Klugheit. Vielleicht hat ihm der Mund gewässert, denn bis jetzt hat er immer versucht, Frauen zu erziehen, und schlechte Erfahrungen gemacht. Es macht mich glücklich zu denken, dass es Frauen gibt wie du. Weisst du, wenn mein Fall einmal klar liegt, möchte ich ein halbes Jahr arbeiten und sparen. Du auch. Und dann gehen wir nach Paris zusammen. Dies ist meine Hoffnung. Nur der Schweiz den Rücken kehren. Pfui Teufel, das Land.
Kleines, ich bin bei dir alle Tage.

Samstag, 21. August 20

In die Hölle des Lebens kommt nur der hohe Adel der Menschheit. Die andern stehen davor und wärmen sich.
Hebbel.

Mittwoch, 25. August 20

Ich war sehr faul in diesen Tagen, mein Kleines. Besonders weil ich keine Nachricht von dir erhielt. Heut habe ich drei Briefe auf einmal bekommen und bin wieder getröstet. Gestern war R. da. Wie fremd er ist. Ich bin so weit von ihm fort, wie nie. Ich kann das, was ich früher begreiflich fand und sogar an ihm liebte, nicht mehr verstehen. Angst vor dem Leben, oder wie man es nennen will, Angst vor dem Dunklen, Problematischen, das er durch Vagheit und Kopf-in-den-Sand-Stecken klären will. Als müsste ich die ganze Zeit gegen einen schön gestrichenen Stock sprechen, der behauptet, ein Zauberstock zu sein und meine Sprache zu sprechen. Hat R. überhaupt eine Ahnung, was *sprechen* heisst. Suchen, im tapferen Sinn (bitte das scheussliche Wort nicht misszuverstehen). Suchen ganz unten im Schlamm, tauchen können, und doch den Körper so glatt zu behalten, dass an der Oberfläche der Schlamm abfliesst. Weiss Gott, ich mache nicht den Pharisäer, aber ich bin glücklich, manchmal, nein immer, nicht so zu sein wie er. Wie gefällt der Hebbel-Poseur? Ein wenig Wahrheit ist sicher in den Worten. Und warum soll ich nicht ehrlich sein. Ich glaub, ich darf mich zum Adel zählen. R. ist hoffnungslos Plebs. Schad um ihn. Bitte, Kleines, nicht an Selbstüberhebung denken. Aber Ehrlichkeit darfst du mir zusprechen. Und gequält habe ich mich wie selten einer. Aber in der Hölle finde ich Erlösung. Das ist Trost. Und Höllenbrüder treff ich hier genug. Wenn man erzählen könnte.

Müller Gottfried ist ein kleiner Junge, kaum achtzehn. Vater Säufer, Einbrecher, Heiratsschwindler (was nichts heissen will), aber brutal gegen Frau und Sohn. Der Kleine wurde, als der Vater einst wegen Einbruch 3 Jahre bekam, in eine Erziehungsanstalt gebracht. Musste, obwohl schwächlich, von morgens 7 Uhr bis abends 7 Uhr auf dem Feld arbeiten. Man gab den Jungen keine Hosenträger, um sie am Durch-

brennen zu (ver)hindern. Trotzdem flieht er nach zwei Wochen zu der Mutter. Ist vier Tage in den Wäldern. Dort will ihn die Polizei wieder holen. Da nimmt sich ein früherer Lehrer seiner an, lässt ihn die Sekundarschule machen. Er findet eine Stelle mit 185 Frs. Gehalt. Da schreibt ihm der Vater, er müsse 80 Frs. nach Hause schicken, bedroht ihn mit Tod, wenn er es nicht täte. Der Sohn bekommt Angst, brennt mit dem ersten Monatsgehalt nach Chiasso durch, nachdem er alle seine Schulden noch gezahlt hat. In Chiasso gelingt es ihm nicht, über die Grenze zu kommen. Er reist nach Zürich zurück, fast kein Geld. Wartet, bis alle ausgestiegen sind, öffnet sich die Adern. Doch macht er es ungeschickt. Es geht nicht. Er steigt noch aus, fällt im Wartesaal in Ohnmacht. Dann erwacht er von einem Nadelstich in die Backe. Im Kantonsspital. Hört, wie der Arzt sagt: «Der Simulant gehört ins B.» Um 12 Uhr nachts wird er hierher gebracht. Kommt in den Wachsaal der Tobsüchtigen. Nach einer Woche zu uns.
Nur eine Anekdote. Nun kommt der Kleine bald fort, zu dem Lehrer, der sich seiner angenommen hat. Interessant besonders Protest gegen den Vater. Der Vater will, er soll stehlen, wie er. Der Sohn will ehrlich werden. Hat strohblondes, mit Wasser an den Kopf gepapptes Haar, ein nervöses, aber ausdrucksloses Gesicht mit einem sonderbar gemeinen Lächeln. Er wird ein guter Bürger werden. Schade.
Nun ist ein neuer Dr. bei uns. Stäheli. Basler. Lang, schmal.

Montag, 30. August 20

Nun hab ich dir so lang nimmer geschrieben. Ich war sehr herunter. Bei meinem letzten Interrogatorium las ich die Diagnose, die man in Genf gestellt hatte. Dementia praecox und konstitutionelle Psychopathie; Complication: Morphomanie. Ich hab ein paar Tage gebraucht, um dies zu verdauen. Besonders half H. Staeh. mir dabei. Wir sprachen von Hölderlin, und ich fragte, welche Geisteskrankheit bei ihm erkannt worden sei. Dasselbe. Man weise das bei allen Dichtern nach, Goethe ausgenommen, fügte er ironisch hinzu. Das hat mich ein wenig getröstet. Und dann kam der Trotz und der richtige Protest gegen Psychiatrie. Wenn ich dich nur sehen könnte, Lieb. Die Atmosphäre hier. Ich habe Angst bisweilen, wahnsinnig zu werden. Immer die dumme Frage: Haben die Leute nicht doch recht? Hilf mir, Lieb, ich bin schwach, du bist weit. Denkst du manchmal an mich? Und dann ist Wahnsinn nicht doch vielleicht Erfüllung? Bei Hölderlin unbedingt. Lies die Fassung «Der blinde Sänger» (Vor der Wahnsinnszeit) und «Chiron» (das gleiche Gedicht umgeändert im Wahnsinn, neu, zu uns passend, die erste Fassung hingegen bleich, idealistisch – griechisch). Ich lese Hölderlin und Schopenhauer. Trost, sehr. Werfel sinkt immer tiefer in meiner Achtung. Nun hab ich tagelange Depressionen, wo ich stumpfsinnig bin, und nur hin und wieder ein paar Stunden geistiges Angeregtsein? Ich ängstige mich, ob das Wahnsinn ist. Oh, die Stille der leeren Gänge und der Gitter. Stummheit vor singenden Bäumen. Kälte, der Morgen, wenn die Sonne zögert, und das Schreien in unsichtbaren Kerkern. Lautlose Tropfen fallen in meinen Kopf, wenn aus Mattos Stundenglas fliesst der Sand, ohne Lärm. Wer findet den Weg der Fremde in sichere Dunkelheit, wo leuchtende Becher uns bieten kühlenden Trunk. Niemals finden Vergessen wir in elfenbeinernen Türmen des Schlafs; immer ruft uns der Stunde Gebell Vergangenheit zu und Taten, längst geschehene, war es im Traum?

Laut weinen und winseln die Wiesen und Häuser, weil (bunt flattern klirrende Bänder) Irrsinn tanzt auf den Wolken des Abendrots.

So, Lieb, nun bin ich wieder glücklich. Solange ich noch mein Unbewusstes lyrisch expektorieren kann, droht mir der Wahnsinn nicht. Nun bin ich erwacht, wie schnell dies geht. Leb wohl. Ich kann mich wieder *kräftig* nach dir sehnen.

DER VIERZEHNTE JULI

Eigentlich ist es ein wenig rätselhaft, warum Frankreich ausgerechnet den 14. Juli als höchsten Feiertag des Volkes proklamiert hat. Denn was an diesem Tage im Jahre 1789 passiert ist... Doch wir wollen uns einer Kritik enthalten und kurz an die Tatsachen erinnern. Herr de Launay, der Gouverneur der Bastille, ein sensibler Herr, dem jedes Blutvergiessen ein Greuel war und der vor allem, wie es dem Geiste der Zeit entsprach, für das Volk schwärmte (wobei er es leider versäumte, sich über den Unterschied zwischen Volk und Pöbel klarzuwerden), hatte zwei Delegierte der Belagerer zum Mittagessen eingeladen, ihnen hernach die Festung gezeigt, in der nur sieben Gefangene eingesperrt waren: vier Fälscher, zwei Verrückte und ein junger Anhänger des Marquis de Sade, den seine Eltern wegen einiger dummer Streiche hatten einsperren lassen. Aber alle Höflichkeit und Humanität schützte den armen Herrn de Launay nicht davor, dass er im Laufe des Nachmittags erschlagen wurde und dass ihm ein Küchenjunge, der etwas vom Tranchieren verstand (französisch klingt es noch besser: «comme il savait travailler les viandes»), mit einem kleinen Messer den Kopf abtrennte. Später wurde das Kopfabtrennen rationeller betrieben. Die Gefangenen wurden befreit, die Fälscher drückten sich so schnell, dass niemand mehr sie sah, der Jünger des Herrn von Sade wurde beklatscht und hielt eine Rede, die Begeisterung erregte. Zuerst wollten auch die beiden Verrückten sich zur Geltung bringen, aber was sie zu erzählen hatten, langweilte. Darum beschloss man, sie nach Charenton zu bringen. Was sicher das klügste war. Diese Grosstat, die Erstürmung der Bastille nämlich, wird auch heute noch mit viel Marseillaise gefeiert. Warum auch nicht?

Wir vom zweiten Bataillon, die wir in Sebdou (einem kleinen Dorf in der Nähe von Tlemcen) nicht viel Abwechslung hatten, war es recht, dass gefeiert wurde. Am Morgen gab es Schnaps zum Kaffee, zu Mittag Schweinebraten, Kartoffeln, roten und weissen Wein, und am Abend dasselbe wie zu Mittag. Einzig die Köche fluchten. – Wir waren zufrieden. Und am Abend hatten wir beschlossen, eine Vorstellung zu geben. Für diesen Plan waren wir vom Bataillonschef Borotra («le commandant Borotra») belobt worden.

Mit dem Tennischampion hatte der Kommandant nur den Namen gemeinsam: er war dick, sehr dick, und die weisse Uniform, die er gerne trug, machte ihn auch nicht schlanker. Ihm hatte ich es zu verdanken, dass der alte Pater des Dorfes mir sein Harmonium geliehen hatte. Es war ein richtiger Wimmerkasten, aber wenn man alle Register zog, so klang die Marseillaise immerhin erkennbar.

Für das Fest hatten wir eine Scheune möbliert, über acht Weinfässer Bretter gelegt: das war die Bühne.

Sogar ein Vorhang aus zusammengenähten Leintüchern war vorhanden. Die Sperrsitze waren Stühle, auf dem Ehrenplatz stand ein riesiger Fauteuil, der war für den Kommandanten bestimmt. Hinter den Stühlen waren ein paar Bänke für die Sergenten, sonst gab es nur Stehplätze...

Als Borotra den Saal betrat, gefolgt von den Offizieren, begann ich mit der Marseillaise. Der Kommandant nahm sein Käppi ab, alles folgte seinem Beispiel, man sang. Dann liess sich Borotra in den Fauteuil fallen, spreizte die Beine (kreuzen wäre zu schwierig gewesen) und legte seinen dünnen Spazierstock waagrecht auf die Schenkel. Er pustete.

Der Vorhang ging auf. Vier Mundharmonikaspieler standen auf der Bühne und spielten ein russisches Lied. Es wurde still im Saal. Zwei Acetylenlampen warfen ihr grelles Licht auf die vier Gestalten. Capitaine Pécould von der Mitrailleusencompagnie strich seinen Schnurrbart, der blond und seidig war. Er war stolz auf die Leute, weil sie aus seiner Kompagnie waren. Die vier traten ab. Ihr Schritt war schwer.

Sergent Baguelin, der Bataillonsordonnanz war, hatte um seine knochigen Hüften ein buntes Tuch und um den nackten Oberkörper einige Bändchen gewunden. Eckig pendelnd kreuzte er über die Bretter, wobei die hölzernen Absätze, die er an seine Tuchschuhe geleimt hatte, im Stepptakt klappten. Mit hoher Stimme sang er:

«Et puis si par hasard, tu voyais ma tante...»

und zwinkerte dazu mit den Augen. Borotra bekam einen Hustenanfall, an dem er schier erstickte. Capitaine Pécould klopfte ihm respektvoll den Rücken. Auf den Bänken der Sergenten wurde gewiehert, und die Stehenden dahinter blieben meistens stumm. Dicker Zigarettenrauch stand im Raum.
Der Lärm flaute ab. Eine schier ehrfurchtsvolle Stille legte sich über die Köpfe, die wie abgelöste bleiche Ballons auf dem Dunst schwammen.
Eine Frauengestalt stand auf der Bühne. Ihr braunes Kleid fiel gradlinig herab. Die Haut des Gesichtes war blass. Ruhig, ein wenig matt, blickten die Augen in die Ferne. Erst stand die Gestalt reglos und liess die Arme entspannt hängen. Der Scheitel, der ihr dunkles Haar teilte, war ein sehr weisser Strich. Und sie begann zu singen, in deutscher Sprache, ohne merkliche Bewegung, nur der Kopf schwankte sacht auf langem Hals im Takt der Melodie:

«Wir sind die Dollarprinzessen
Mädchen aus purem Gold...»

Deutlich war die Wirkung des Gesanges: die schwere Stummheit der Lauschenden füllte den Raum... Und die Seufzer, die manchmal laut wurden, waren wie die Fetzen all der bunten Vergangenheiten.
Als sie geendet hatte, verbeugte sich die Frauengestalt leicht und bescheiden. Klatschen schwoll an und Füssegetrappel, immer stärker wurde der Lärm, Pfiffe zerschnitten ihn und begeisterte Rufe. Die Gestalt

verbeugte sich, unberührt vom Applaus, und ging dann ab, mit leichten, wiegenden Schritten.
Es war nur Linder gewesen, Capitaine Pécoulds Ordonnanz, ein junges Bürschchen aus Frankfurt, das immer behauptet hatte, es sei einmal Damenimitator gewesen. Vielleicht stimmte es. Die Wirkung, die dieser Linder ausgeübt hatte, war stark gewesen... Begreiflich: die Verkörperung einer weissen Frau...
Ein sonderbares Wesen betrat die Bühne. Es schien auf einem Schiebkarren eine alte Frau vor sich herzuschieben. Aber bei aufmerksamem Hinschauen erkannte man, dass der Mann den Oberkörper einer Puppe auf den Rücken geschnallt hatte, die in seinen lebenden Beinen auszugehen schien, während ein Paar ausgestopfte Hosen auf dem Schiebkarren mit dem Oberkörper des Mannes verbunden waren. Das Doppelwesen sah grob und grausam aus, die Züge der Puppe waren wild gemalt, der Mann selbst trug eine Larve mit einer langen, roten Nase. Und die Puppe zeigte spitze Holzzähne und schlenkerte erschreckend mit den weichen, knochenlosen, verdrehten Armen. Aus dem knallroten Mund der Larve sang es:

«Enfin, j'ai une auto, et j'y promène ma femme...»

Das Harmonium brummte die Begleitung.
Das Doppelwesen verschwand, und Borotra stand auf. Mit Hilfe Pécoulds erkletterte er die Bühne. Oben stehend winkte er den Sergenten Sitnikoff und

den Korporal Lös zu sich. Und zwischen seinen beiden Untergebenen stehend, begann er eine Rede zu halten. Man feiere heute in ganz Frankreich den Gedenktag der Erhebung eines Volkes gegen die Tyrannei. Vor mehr als hundert Jahren sei eine tapfere Nation aufgestanden, wie ein Mann, um die Prinzipien der Freiheit, Gleichheit, Brüderlichkeit zu verkünden. Borotras Bewegungen gerieten immer zu kurz. Aber es schadete nichts. Die Offiziere gähnten, die Sergenten zündeten sich frische Zigaretten an, und die Masse hinter ihnen glotzte stumm. Frankreich sei weiter seinen edlen Traditionen gefolgt, indem es ein Asyl errichtet habe für die Flüchtlinge aller Nationen, welcher politischen Richtung sie auch angehören mochten: den Deutschen gegen die Reaktion, den Russen gegen die bolschewistische Diktatur. Ob Sozialist, Kommunist oder Royalist, ob Verbrecher oder Unglücklicher, Frankreich frage nur nach Tapferkeit und Treue. Und diese Eigenschaften seien stets hochgehalten worden in der Legion. Worauf Borotra Sitnikoff aufforderte, seine Rede ins Russische zu übertragen, Lös musste sie ins Deutsche übersetzen. Es geschah. Dann wurde noch einmal die Marseillaise gespielt und gesungen, und dann ging man auseinander.

Aber die vier Russen, die zu Beginn der Feier das russische Lied auf ihren Mundharmonikas gespielt hatten, mussten die Rede des Kommandanten wohl missverstanden haben. Denn sie desertierten in selbiger Nacht; die Einwohner des Dorfes behaupteten am nächsten Morgen, bald nach Mitternacht die Takte der Marseillaise gehört zu haben. Es konnte stimmen. Die Russen hatten ihre Mundharmonikas mitgenommen. Und warum hätten sie nicht darauf spielen sollen? Man hat sie nie wieder eingebracht. Vielleicht schippen sie Kohlen auf einem Schiff, vielleicht haben sie sich mit Russland ausgesöhnt. Es waren Bauernsöhne, sie hatten mit Wrangl gekämpft; vielleicht hatten sie erst nach Borotras Rede die Bedeutung einer Revolution begriffen... Wer weiss?

Ich bin sicher, dass Herr de Launay, dem ein Küchenjunge «qui savait travailler les viandes» den Kopf abgeschnitten hat, schon lange sein Martyrium verschmerzt hat und dass er vielleicht gelächelt hat über die vier Mundharmonikaspieler, die an seinem Todestag das Wort «Freiheit» auf ihre Art ausgelegt haben...

COLOMB-BÉCHAR-ORAN

In Colomb-Béchar warfen wir die Tornister in die Ecken. Und dann keuchte der Zug durch Ebenen zuerst, dann durch Felsen. Die Wagen waren wie bei uns gebaut: Holzbänke zu beiden Seiten eines breiten Ganges. Beisel war Württemberger und hatte ein lahmes Bein, Jacky war Schweizer, aber seine Gesichtsmuskeln führten wilde Tänze auf. Ich war Korporal und Detachements-Chef. Bei mir sass es drinnen: im Herz. Wir drei waren Ausschussware, die Legion konnte uns nicht mehr brauchen, darum schickte sie uns nach Oran. Reform! Das war Europa! Freiheit! ...

Solange wir Geld hatten, holten wir in den Bahnhofbüfetts Wein. Ein Neger trank mit uns. Die Landschaft draussen war eintönig: Salzseen, Felsen, Ebenen. Ein Araber wollte mit uns Karten spielen. Wir schickten Beisel vor, der tätowiert war von oben bis unten, auch im Gesicht. Beisel spielte mit dem Araber ein geheimnisvolles Spiel, in dem nur drei Karten eine Rolle spielten. Dann verschwand der Araber, Beisel stieg an der nächsten Station aus und brachte fünf Liter Rosé mit.

Der Abend kam, mein Landsmann Jacky behauptete melodisch, das Oberland sei schön, bis ich ihm das Maul stopfte... Am nächsten Morgen waren wir in Oran.

Jacky und Beisel trugen Säcke. Ich fragte, was in diesen Säcken sei. «Halt's Maul!» sagte der Tätowierte und stiess mir seinen sehr spitzen Ellbogen in die Seite. Gut also! Ich hielt das Maul. Am Abend drückte mir mein Landsmann einen Feldstecher in die Hand. «Verkaufen!» sagte er. Ich ging ins Negerdorf, ein Jude wollte mir den Zeiss abnehmen.

Als ich das Geld brachte, wurde der Betrag geteilt. Jeder von uns erhielt zwanzig Franken...

Brenzlig wurde die Sache zwei Tage später, als unser Detachement – Beisel, Jacky und ich – im Hof des Fort Ste-Thérèse antreten musste. Unsere Tornister, unsere Taschen wurden durchsucht. Nichts.

Nachher erklärte mir mein Landsmann und liess seine Gesichtsmuskeln wilde Tänze aufführen: Der Neger, der mit uns gefahren sei, habe zuviel Wein getrunken. Und dann hatten ihm die beiden, der Beisel und der Jacky, den Tornister ausgeräumt: drei Hemden, eine Flanellbinde, zwei Paar Unterhosen, fünf Paar Socken, ein Paar Wadenbinden. Der Neger hatte reklamiert – darum die Durchsuchung!... Und ich hatte den Zeiss verkauft! Ein Trost blieb mir: der Neger hatte den Feldstecher sicher ebenfalls irgendeinem Adjutanten oder Leutnant geklaut!...

Aber Sie werden zugeben, dass es traurig ist, wenn man von einer vierundzwanzigstündigen Fahrt kein anderes Angedenken behält, als das an einen Diebstahl. Ich will zugeben, dass die Landschaft draussen nicht erhebend war, – dass nachher die Nacht überm Land lag, als es begann, in der Gegend um Oran zu grünen ... Und schliesslich: eine Beschäftigung muss der Mensch auf der Reise haben. Geärgert hat es mich aber doch, dass ich nicht habe zuschauen können, wie die beiden den Tornister des Negers geleert haben. Schliesslich – man lernt nie aus! ...

NACHTASYL

Die Bänke im Luxemburggarten in Paris waren an dem Frühlingsabend feucht. Darum sassen auch wenig Leute herum. Nur ein kleiner, uralter Mann, mit Augen, die boshaft beobachteten, wie die eines greisen Papageis, sass neben mir. Ich hatte Hunger, nichts zu rauchen und wusste nicht, wo ich diese Nacht schlafen sollte.

Der Alte zündete eine halbe Zigarette an, blickte mich noch einmal böse von der Seite an: «Und?» fragte er. Ich zuckte mit den Achseln. «Komm», sagte er, «wir müssen uns beeilen, sonst kommen wir zu spät, und dann lässt uns der Höllenhund nicht mehr ein.» – «Welcher Höllenhund?» fragte ich. Der Alte schüttelte den Kopf über meine Dummheit. «Wo willst du eigentlich heute übernachten? He? Unter den Brücken? Ich weiss einen bessern Ort. Hast du noch Geld?» Ich nickte und zeigte ihm mein letztes Zweifrankenstück. «Das vertrinken wir morgen früh, wenn sie uns um fünf Uhr hinausschmeissen», sagte er trocken. «Am Morgen ist's immer kalt.» Dann bot er mir auch einen halben Zigarettenstummel an und winkte mit der Hand. Ich ging mit.

Wir überquerten die Seine, und dann ging es durch endlose Strassen, an einem Kanal vorbei und schliesslich bogen wir in kleine Gassen ein, in denen die Häuser alle aus rotem Backstein waren. Und vor einem dieser Häuser blieb der Alte stehen. Am Tor empfing uns ein bleicher Jüngling, der aussah, als sei seine Jugend ewig und verstaubt. Er führte uns zu einem Fenster, hinter dem ein Mann sass mit einem langen, weissen Bart. Er sah ein wenig aus wie der Gründer der Heilsarmee. Der trug unsere Namen in ein grosses Register ein. Dann übergab uns der Türhüter einem andern greisenhaften Jüngling, dessen Gesichtshaut farblos war. Nicht einmal grau war sie. Er führte uns in einen Raum, wo er uns ein rauhes Hemd, ein Handtuch und ein Stück Seife gab. Wir mussten uns ausziehen, das Handtuch um die Lenden knüpfen, unsere Kleider zu einem Bündel zusammenschnüren und abgeben, dafür erhielten wir eine Marke. Der Alte zeigte mir, dass man sie wie ein Amulett an einer Schnur um den Hals binden musste. Aus einem Nebenraum drang Geschrei und weisser Dampf. Auch wir traten in diese Wolkenwerkstatt, wo viele Männer, in kleinen hölzernen Waschzubern stehend, den Schmutz der Aussenwelt von sich abwuschen. Uniformierte Engel reichten mit Schmierseife bedeckte Bürsten herum. Der bleiche Türhüter teilte den Gereinigten saubere Handtücher aus.

Wir durften endlich das rauhe Hemd anziehen, dann erhielten wir aus einem Wäschekorb, der mit Brot gefüllt war, ein Stück. Und weiter geleitet, gelangten wir auf eine offene Terrasse, wo schon andere Gestalten standen, alle nur mit einem Hemd bekleidet. Der Frühlingsabend war lau und der Himmel über dem Hofviereck von einer zartblauen Farbe. Ich hielt mich an den Alten, der mich hierher geführt hatte. Er sah sonderbar aus. Seine nackten Waden waren mit Krampfadern überzogen, und sein altes struppiges Gesicht war sanft gerötet.

«Nur zu rauchen geben sie einem nichts», sagte er, «sonst wär's hier ganz schön. Manchmal, wenn ich das Ganze satt habe, das Herumlaufen und Betteln, geh ich ins Spital. Dort hat man ein gutes Bett. Nur die Freiheit hat man nicht. Weisst du, andere gute Plätze zum Schlafen sind die Eingänge der Untergrundbahn. Ich wäre auch heute hingegangen, der beste Platz ist beim Metro Pigalle. Aber mir geht's nicht gut. Das Herz, weisst du. Lange mach ich's nicht mehr. Nur, im Spital will ich nicht sterben. Dort ist es noch trauriger, obwohl die Betten besser sind, und Essen bekommst du auch genug. Nicht nur so ein Stück Brot.» Sein Atem ging schwer beim Sprechen, und ich sagte ihm, er solle doch ein wenig ruhig sein und sich nicht ermüden.

«Ich werde mich lang genug ausruhen können», sagte er, «ich weiss selbst nicht, warum ich nicht schon lange Schluss gemacht habe. Weisst du, ich habe einmal ein gutes Geschäft gehabt und eine gute Frau. Aber die Frau ist gestorben, und Kinder hatte ich auch keine. So hab ich angefangen zu trinken und dann mein Geschäft verkauft. Natürlich, ich hätte mich in einem Altersasyl einkaufen können. Aber weisst du, ich liebe die Stadt und die Strassen und die Leute, die immer rennen und die kleinen Beizen an der Seine. Und besonders lieb ich die Morgen in der Stadt, wenn die Karren mit Blumen und Gemüse durch die Strassen ziehen und der grosse Lärm noch nicht aufgewacht ist. Dann setz ich mich in irgendeinen Park und les die Zeitungen. Das ist sehr schön.»

Von der kleinen Terrasse konnte man dem heiligen Petrus zusehen, dem Alten mit dem langen Bart, der aussah wie der General Booth selig. Er sass immer noch über sein Register gebeugt und kritzelte weltvergessen Zeichen auf die Weisse des Papiers vor ihm. Im Abendfrieden verging wohl eine Stunde. Dann kamen zwei Polizisten, und ihre Uniformen wirkten grell in all dem Farblosen um uns. Ich sah, dass mein Nachbar, der Alte, zusammenzuckte. Vielleicht hatte er Angst, geholt zu werden. Aber die Polizisten gingen in das Innere des Hauses und kamen bald wieder mit einem schlanken Mann. Unbeschwert ging er zwischen seinen beiden Häschern. In seinem Ausschreiten war viel Sicherheit und Spottlust.

Es mochte acht Uhr sein, es war noch hell und der Himmel fliederfarben geworden: da wurden wir in die Schlafräume gejagt. Einer der uniformierten Engel blieb im Zimmer; er hatte auf einem Podest ein Bett, und dieses wurde von einer grünen Lampe beschienen. Er betete zuerst laut und deutlich den Rosenkranz, hin und wieder murmelte eine der Gestalten im Raume die Antworten mit. Die Betten waren hart und die Leintücher rauh. Der Alte, der mich hierher geführt hatte (richtig, er hiess Gaston),

hatte das Bett neben mir. Er schlief ein, sobald das Licht im Saal erlosch. Wie gesagt, nur die grüne Lampe oben auf dem Podest brannte. Auch ich schlief bald ein.
Dann wachte ich auf, weil neben mir ein Murmeln und Stöhnen laut wurde. Unser Schutzengel, oben unter der grünen Lampe, schlief fest. Ja, es war wirklich Gaston, der so laut tat. Zuerst dachte ich, er rede im Schlafe. Aber dann war es doch etwas anderes, denn er kratzte mit seinen Nägeln über die rauhe Decke, und das Kratzen kannte ich. Ich stand auf und setzte mich an sein Bett. Ob ich den Aufseher wecken solle, fragte ich. Der alte Gaston schüttelte den Kopf. Er murmelte etwas von «ruhig sterben». So blieb ich auf dem Bettrand sitzen. Er sah gar nicht mehr aus wie ein boshafter, greiser Papagei, es war keine Angst mehr in seinem Gesicht. Nur sein Atem ging schwer. «Wird bald vorbei sein», murmelte er, «kannst dann deine zwei Franken behalten und einen Kaffee auf das Wohl meiner armen Seele trinken. Und dann musst du mir versprechen, dass du nach Notre Dame gehst und dort eine Kerze für mich anzündest. Ich hab noch Geld. Hier hast du meine Marke.» Und er streifte sich die Marke, die wir für unsere Kleider erhalten hatten, vom Halse. «Verlang das Bündel.» Dann phantasierte er, sprach von Elise (das war wohl seine Frau), murmelte etwas von blühenden Kirschbäumen, wurde wieder klar, sagte, es freue ihn, dass er nicht ganz alleine zu sterben brauche. Ich schlug vor, den Aufseher zu wecken, vielleicht könne der einen Arzt

holen. Gaston, der Alte, schüttelte den Kopf. Ich verstand nur noch die Worte: «So am besten!» Er griff nach meiner Hand, hielt sie fest, dann wurde die Umklammerung lockerer, sein zahnloser Mund presste sich zusammen, und seine Augen, diese merkwürdigen Papageienaugen, blieben halboffen stehen. Er streckte sich und seufzte. Ich hab ihm die Lider geschlossen.

Sein Bündel haben mir die Leute dann doch nicht geben wollen. Aber die Kerze in Notre Dame habe ich für ihn angezündet. Er hat doch einen guten Tod gehabt, der alte Gaston. Und wirklich, nicht alle Leute können auf so ruhiges Sterben hoffen.

STÖRENFRIEDE

Es ist eine alte Geschichte
Doch bleibt sie ewig neu...

Letzthin habe ich aus dem Rechnungsbericht des Kantons Bern die Summe zusammengestellt, die der Staat für die Aufrechterhaltung der Ordnung, für die zeitweise Unschädlichmachung der störenden Elemente braucht. In dieser Summe waren inbegriffen: die Ausgaben für die Polizei, für die verschiedenen Gerichte, die Unterhaltungskosten für die Irren-, Straf-, Zwangserziehungs- und Armenanstalten. Die Summe betrug etwas über 13 Millionen Franken. Für einen einzigen Kanton sind 13 Millionen viel, auch wenn man zugeben muss, dass der Kanton Bern nicht nur der grösste, sondern auch der am stärksten belastete der Schweiz ist. Er besitzt die zahlreichsten Versorgungsanstalten. Den Gründen dieser Tatsache nachzuforschen, ist hier nicht der Platz; auch überlasse ich es andern, die Summe auszurechnen, welche die Aufrechterhaltung der Ordnung in der ganzen Schweiz ergeben würde.
Halten wir eines fest. Eine im Verhältnis zu andern staatlichen Ausgaben riesige Summe wird angewandt, um gewisse Individuen, die sich den herrschenden Grundsätzen nicht zu fügen vermögen, zu isolieren, damit sie die andern ruhigen Bürger nicht

beim Ausüben ihrer sozialen Tätigkeit stören. Diese Individuen sollen nach den Grundsätzen des herrschenden Rechts nicht bestraft, sondern erzogen werden, man sperrt sie deshalb ein und zwingt sie zur Arbeit. Durch das Anhalten zu regelmässiger Arbeit hofft man, aus ihnen, wie der Ausdruck heisst, wieder «nützliche Mitglieder der Gesellschaft» zu machen. Schon hier klafft ein Widerspruch, wenn man in Betracht zieht, dass die Betonung auf der *Arbeit* liegt. Einige dieser in der Gesellschaft Unerwünschten sind arbeitsscheue Elemente: Stromer, Säufer, Pennbrüder, Gewohnheitsverbrecher. Sie wandern in der Welt herum, stehlen manchmal, betteln öfters, frieren, hungern im Winter, liegen im Sommer gern im Gras und kümmern sich keinen Deut um die Regel «Wer nicht arbeitet, soll auch nicht essen». Diese Leute nun sollen erzogen werden, und welcher Aufwand für ihre Erziehung, für ihr Wohlergehen! Sie werden interniert, ein Jahr, zwei Jahre, manchmal mehr. Sie werden zu regelmässiger Arbeit angehalten, bekommen ein Dach über den Kopf, jede Woche saubere Wäsche, Kommissionen wachen über ihr Wohlergehen. Wenn sie krank sind, werden sie wohl zuerst auf Faulheit untersucht, aber wenn die Krankheit gefährlich scheint, werden sie ins Spital gebracht und dort verpflegt. Stellt es sich aber heraus, dass auch ihr Geist nicht mehr richtig funktioniert und kann man diesem schlechten Funktionieren auch einen wissenschaftlichen Namen geben, so werden sie in eine Heil- und Pflegeanstalt verbracht, in der besorgte Menschen darüber wachen, dass sie nur ja nicht zu wenig von dem Gelde verzehren, das der Staat für sie bestimmt hat. Denn es könnte ja sein, dass sich diese Menschen ein Leid antun, und derartige Fluchtversuche kann unsere Humanität nicht dulden. Sind nun diese Leute genügend erzogen, haben sie gelernt zu arbeiten, so werden sie entlassen, und man erwartet von ihnen, dass sie nun auch wirklich Arbeit suchen.

Aber...

Wir haben Arbeitslose, und diese Arbeitslosen möchten gerne arbeiten, um ihre Familien zu unterhalten. Das ist doch ein Zeichen, dass wir nicht genügend Arbeitsmöglichkeiten besitzen. Und diese Arbeitslosen würden sich bedanken, wenn man ihnen die aus den Versorgungsanstalten entlassenen Stromer vorziehen würde. Was sollen also die Arbeitsscheuen machen, wenn der Staat sie zur Arbeit erzogen hat? Wenn sie keine Arbeit finden (und sie werden sich sicher nicht viel Mühe geben, solche zu suchen), so werden sie stromern, bis man sie wieder interniert. Sie wären dumm, täten sie dies nicht. Denn dadurch verdienen sie sich ein sicheres Leben; viel sicherer ist dieses Leben als jenes, das viele Arbeiter in der Freiheit führen, ja, fast sieht es so aus, als würde das «unsoziale» Leben prämiert. Es muss doch einen Grund geben, warum die Gesellschaft so erpicht ist, diese Existenzen zu erhalten. Vielleicht lässt sich dieser Grund finden.

Aber nicht nur Stromer werden versorgt, um zu

neuen Menschen erzogen zu werden. Es gibt sogenannte Verbrecher, die hatten einen Beruf, die waren nützliche Mitglieder der Gesellschaft, betätigten sich politisch, indem sie Stimmkarten abgaben, waren vielleicht Präsidenten eines frohen Sangesvereins, einer Aktiengesellschaft oder einer Kirchgemeinde. Oft hatten sie sogar in einer Partei eine gewichtige Stimme. Da passierte irgend etwas: Entweder ein Revolver ging los, und die Kugel traf die Gattin, weil diese untreu war oder weil sie den Mann allzusehr quälte. Oder das Gehalt langte nicht, und eine öffentliche Kasse war in Reichweite. Noch eine Möglichkeit: Der Betreffende nahm seine politischen Überzeugungen, die mit den herrschenden Überzeugungen im Widerspruch standen, zu ernst, ein Krawall entstand durch seine Schuld. Kurz: es begab sich etwas.

Nehmen wir den Fall eines Mörders. Es nützt ihm nichts, wenn er ein Geständnis ablegt und Reue empfindet und um Bestrafung bittet. Wir leben in einem deterministischen Zeitalter. Wir müssen die Ursachen einer Tat wissen, bevor wir uns dazu herbeilassen, sie zu bestrafen.

Und ausserdem, wozu haben wir Millionen im Budget? Wozu haben wir Untersuchungsrichter, Advokaten, Kriminologen, Polizei, Ärzte? Wozu haben wir die Wissenschaft, die spezialisierte, exakte Wissenschaft? Wir vermögen es, den Spirochäten auf die Schliche zu kommen, wie sollten wir nicht der Seele auf ihre Schliche kommen und sie zwingen, uns klar

und deutlich herauszusagen, warum sie in einem gewissen Moment so wenig Hemmungen produziert hat, dass jene unsoziale Tat zustande gekommen ist?
Der Mann wird untersucht, natürlich zuerst vom Untersuchungsrichter. Seine Kindheit wird unter die Lupe genommen, seine Schulzeugnisse seziert (obwohl der Untersuchungsrichter im normalen Leben von seinen eigenen Schulzeugnissen sagt, sie bewiesen nichts), seine Lehrer müssen Auskunft geben, er selbst (der Mörder) wird befragt: über seine Ahnen bis ins dritte Glied, über die Gesundheit seiner Onkel, Tanten, Grossonkel, Grosstanten, er muss Auskunft geben über sein Sexualleben, wann es sich geregt hat, ob und welche Gelüste er gehabt hat, wie oft und wie lang er mit seiner Frau geschlafen hat und was er dabei verspürt hat. Falls er sich nicht an alles erinnern kann, so entsteht der Verdacht, er könne vielleicht doch pathologisch sein – auch dies muss untersucht werden, gewissenhaft, da geben dic Assoziationen Auskunft, die Reflexe, zahllose Dinge, die, trotz Hamlet, immerhin zwischen Himmel und Erde vorkommen. Ein Gutachten wird abgegeben über ein als Tatsache dekretiertes Faktum, über das sich Philosophen- und Theologengenerationen die Köpfe zerbrochen haben, über das aber unser wissenschaftliches Zeitalter genauen Bescheid weiss: nämlich über die freie Willensbestimmung.
Gewiss, alle diese Untersuchungen, die notwendige Beantwortung aller dieser Fragen, haben sich aus einer durchaus löblichen Tendenz entwickelt.

Ursprünglich entstand dies alles aus dem Bedürfnis, so gerecht als möglich zu urteilen, der Gerechtigkeit und der Menschlichkeit zum Triumph zu verhelfen.
Denn die Gerechtigkeit, wie man sie früher darstellte und auch heute noch, wenn man sie symbolisieren will, vor Gerichtspalästen, präsentiert sich als eine wohlgenährte, ziemlich vollbusige Krämerin, die sich für irgendeinen Kostümball auf griechisch verkleidet hat. Ausser der Binde über den Augen, die wohl ebensogut und stilecht eine Dominomaske vorstellt, trägt sie in der einen Hand ein Schwert, während sie, ganz ihrem unterschobenen Berufe gemäss, zwischen den Fingern der andern den Galgen einer Waage hält. Und das Zünglein der Waage soll senkrecht nach dem (ach so leeren!) Himmel weisen. Was wägt die Gerechtigkeit? Sie versucht Tat und Strafe ins Gleichgewicht zu bringen. Es heisst dies nichts anderes, als dass eine Tat, die in einer Sekunde geschehen ist (im Bruchteil einer Sekunde zumeist), durch soundso viele Jahre oder Monate Einschliessen in einen wenig Quadratmeter grossen Raum aufgewogen werden kann.
Sie werden mit Recht einwenden, was geht dies die Schweiz an? Die Justiz der ganzen zivilisierten Welt ist an diese Tatsachen gebunden, daran rütteln heisst an den Fundamenten der ganzen Gerechtigkeit rütteln. Gewiss. Zwar wäre zu erwidern, dass gerade die Schweiz damals genauso respektlos an einem feststehenden Begriff, dem der Feudalherrschaft, gerüttelt hat. Die Zeiten sind andere, zugegeben, und gegen

die Kompliziertheit der heutigen Justiz wäre nichts einzuwenden, hätte man nicht den unangenehmen Eindruck, sie sei nichts anderes als die Flucht vor eigener Verantwortlichkeit. Eine Ausflucht, ein Kompromiss. An und für sich wäre dies gar nichts so Übles, denn schliesslich steht unser ganzes soziales Leben auf Kompromissen, auf Ausflüchten.

Wir brauchen nicht einmal die Psychoanalyse zu mobilisieren, um ehrlich sagen zu dürfen, dass wir alle, mehr oder weniger, Verbrecher sind. In unseren Träumen, in unseren Phantasien. Um daneben bescheiden zuzugeben, wir wüssten nicht, warum es uns gelungen ist, die, sagen wir einfach, Hemmungen aufzubringen, um ehrlich zu bleiben. Inwieweit da die von den Sozialisten verfochtene Milieutheorie das Bestimmende ist oder, was wahrscheinlicher ist, irgendeine Gleichgewichtsstörung in den Beziehungen zwischen Leib und Seele vorhanden ist, die zu beheben wir augenblicklich nicht imstande sind, wollen wir beiseite lassen. Wir möchten nur eines betonen: In unserer sachlichen Zeit, in unserer überorganisierten, rationellen Zeit arbeitet der Gesellschaftsschutz träge, teuer, unwirtschaftlich. Das gesprochene Recht hat weder mit Gerechtigkeit noch mit Wahrheit etwas zu tun, sondern mit einer bisweilen ziemlich ekligen Schnüfflerei. Um den Beweis dieser Behauptung zu finden, braucht man nur einmal eine Schwurgerichtsverhandlung zu verfolgen.

Unrationell arbeitet das Gericht. Wenn es nur das wäre! Aber auch widerspruchsvoll. Wenn bei Leidenschafts- oder Notverbrechen von einer erziehenden Wirkung der Strafe gesprochen wird, so ist das ein Unsinn. Wenn jemand im Affekt seine Frau erschiesst, so ist doch tausend gegen eins zu wetten, dass dieser Mensch eine gleiche Tat nicht mehr begehen wird. Denn sie ist doch aus einer einmaligen Situation entstanden, die aller Wahrscheinlichkeit nach nicht mehr eintreten wird. Warum dann einen derartigen Menschen jahrelang auf Staatskosten pensionieren, um ihn zu erziehen. Denn nominell strafen wir heute nicht mehr, wir erziehen nur. Das hindert nicht, dass ein Totschlag im Affekt doch einfach soundso viele Jahre kostet. Bringt das den Leichnam wieder zum Leben zurück? Der Zimmermannssohn hat es sich leicht gemacht: «Gehe hin und sündige nicht mehr.»

Sie werden einwenden, nicht alle Verbrechen seien Affekt- oder Notverbrechen. Es gibt die sogenannten Asozialen, eben jene Typen, von denen wir zu Beginn sprachen: Gewohnheitsdiebe, Raubmörder, Sittlichkeitsverbrecher. Man muss derartige Typen gesehen und gesprochen haben, um erst recht zu erkennen, wie unglaublich verwirrt, unsicher die Einstellung der Vertreter unserer Gesellschaftsordnung solchen Menschen gegenüber ist. Die Akten über diese Menschen wachsen zu kleinen Hügeln an, sie selbst tummeln sich in den Anstalten wie Fischlein im Wasser, man zerbricht sich den Kopf darüber, sind sie geisteskrank, sind sie es nicht? Eine Änderung ist von ihnen nicht zu erwarten, aber ihr Leben wird behütet, sie scheinen eine gewisse okkulte Nützlichkeit zu besitzen, die es der Gesellschaft einfach nicht erlaubt, sich ihrer schlankweg zu entledigen. Sogar Institute wie die Fremdenlegion sperrt man ihnen jetzt unter Strafandrohung.

Wir sind noch nicht in «Erewhon». Erewhon ist ein utopisches Land, das der Engländer Bulwer (nicht jener Bulwer der «Die letzten Tage von Pompeji» in Hollywood verfilmt hat, sondern ein anderer) entdeckt hat. Dort, in Erewhon, werden die Verbrecher in Sanatorien, Spitälern behandelt, man ist um sie besorgt und betreut sie, verwöhnt sie, bis sie wieder gesund sind. Die körperlich Kranken aber werden zu schweren Zuchthausstrafen verurteilt. Auf Tuberkulose zum Beispiel steht lebenslängliches Zuchthaus. Sie meinen, diese Gerechtigkeit in Erewhon sei eine paradoxe Gerechtigkeit? Bei uns sei es anders? Der Unterschied ist geringer, als man denken könnte.

Wir haben uns schon zweimal gefragt, warum wohl der Staat ein derartiges Interesse hat, gewisse, von seinem Standpunkt aus schädliche Elemente zu konservieren. Bei den Tieren, soweit sie in Rudeln leben, werden Einzelgänger ausgestossen (bei den Elefanten), werden Kranke (bei den Störchen vor dem Flug, bei den Murmeltieren vor dem Winterschlaf) getötet. Wir haben uns sozial so weit entwickelt, dass wir überzeugt sind, einer für den andern verantwortlich zu sein. Da dies praktisch nicht möglich ist, haben wir unsere Verantwortlichkeit auf eine Behörde abgewälzt, der wir aufgetragen haben, diese Verantwortlichkeit auf sich zu nehmen. Und nach dem bewährten Prinzip, dass eine Verantwortlichkeit leichter und bequemer zu tragen ist, wenn sie auf viele verteilt ist, haben wir sie so verteilt, dass jedem einzelnen die Verantwortung federleicht ist. Der Staatsanwalt teilt sie mit dem Richter, der Untersuchungsrichter wälzt sie auf die Psychiater, der Richter auf die Geschworenen. Und schliesslich, wenn ein ganz hoffnungslos asozialer Fall vorliegt, wird noch die Verwaltungsbehörde bemüht. Aber all dies erklärt uns noch nicht, warum wir gerade diese Menschen dem Lebenskampf fernhalten, der doch immerhin für eine gewisse Auslese sorgen würde, und sie absondern, konservieren.

Ist es Ihnen nie aufgefallen, dass die erste Tat einer Revolution stets das Öffnen der Gefängnisse ist? Die Freilassung der Gefangenen? Liegt hier der Grund? Ich möchte es fast glauben.

Ich habe wenig politische Überzeugungen, ich kann auch an den ewigen Frieden nicht glauben. Und ob das Leben gerechter wird, wenn eine andere Partei ans Ruder kommt, scheint mir mehr als hypothetisch. Es ist eine Banalität zu sagen, dass das ganze Sein nur bestehen kann, weil es sich aus Gegensätzlichem zusammensetzt. Licht allein gibt es nicht, wir erkennen es erst durch seinen Gegensatz, die Dunkelheit. Schon der alte Jakob Böhme, ein Theosoph, hat behauptet, Gott als die alleinige Güte sei undenkbar, er müsse sein Komplement in der Schlechtigkeit des Teufels haben. Also sei Gott und Teufel im Grunde eins. Mit jeglicher Art Ordnung ist es wohl gleich. Sie kann ohne das Chaos gar nicht wahrgenommen werden. Nun ist wirklich der Schritt nicht allzu gross, zu behaupten, die «Asozialen», wie schon ihr Name es sagt, seien die Vertreter der Unordnung, seien mithin notwendig, unausrottbar, ja ihr Ausrotten sei sogar eine Unmöglichkeit, denn ohne sie gebe es ja keine Ordnung. Wir haben ja auch festgestellt, dass wir, wenn wir ehrlich sein wollen, zugeben müssen, dass in uns allen der Verbrecher wohnt. Dass es schwer ist, gegen einen unsichtbaren Feind in uns zu kämpfen, braucht wohl nicht weiter betont zu werden. Wie einfach hingegen ist es, wenn wir uns von diesem Feinde ein Bild zu machen vermögen, ihn nicht mehr in uns, sondern ausser uns sehen. Wie leicht kann man sich dann den Stosseufzer der Befriedigung erklären, der den Lippen aller Gerechten entströmt, wenn ein Verbrecher «seine verdiente Strafe erhalten hat». Im Grunde ist etwas bestraft worden, was in ihnen selbst vorhanden ist, und ihre Befreiung gilt der Tatsache, dass ein Teil ihres Selbst, gerade der Teil, von welchem sie am wenigsten zu wissen begehren, bestraft worden ist, ohne dass sie darunter zu leiden haben.

Somit sollte die Gerechtigkeit ein Kampf sein, ein ehrlicher Kampf meinetwegen, eine Auseinandersetzung. Sie ist aber eine Begleiterscheinung unserer Zivilisation geworden, nicht anders als die Eisenbahn, die auch fahrplanmässig läuft. Sie mit einer gewissen Humanität verbrämen (dass sie nicht human ist, wird jeder Untersuchungsgefangene bestätigen), ist nicht nur verlogen, sondern, was ärger ist, unwirtschaftlich. Ich gebe zu, dass ein einzelner Staat gegen die Kriegsgefahr nicht viel tun kann und dass uns alle Rüstungskonferenzen nicht darüber hinwegtäuschen können, dass im Grunde der Mensch immer wieder ganz zufrieden ist, sich mit staatlicher Erlaubnis als Mörder betätigen zu dürfen. Aber dass ein einzelner Staat, die Schweiz zum Beispiel, die Kosten der Juristerei ein wenig beschneiden würde, scheint mir gar nicht so unmöglich. Aber gerade das Gegenteil scheint heute Trumpf zu sein. Immer komplizierter werden die Gesetzesbücher, immer erweiterter die Richterkollegien, immer verwässerter die Tatsache, dass die Vertreter der Unordnung für das Bestehen eines Staates gerade so notwendig sind wie die Vertreter der Ordnung. Aber sollte es nicht möglich sein, den notwendigen Kampf gegen sie einfacher und fairer zu führen, mit weniger Theater und mehr Sachlichkeit? Es ist ja nicht unbedingt nötig, zu diesem Zweck eine Studienkommission nach Erewhon zu schicken oder bei dem heiligen Ludwig in die Schule zu gehen, der unter einem Baume Recht sprach. Obwohl man auch dies «in Betrachtung ziehen» könnte, wie der schöne Ausdruck lautet.

BAUMSCHULEN

Wie und warum ich in die Baumschule und Rosenkultur Eduard Schmocker in Randlingen gekommen bin, tut nichts zur Sache. Begnügen Sie sich mit dem Faktum, dass ich mich an einem Abend um halb sechs Uhr in einem schwarzen Anzug (mein einziger) bei diesem Herrn Schmocker gemeldet habe. Es goss, und es war Juli, ein richtiger penetranter Juli-Landregen. Und wissen Sie, was dieser Schmocker Eduard sich erlaubt hat? Er hat mich gleich geschickt Himbeeren ablesen, und dabei war es genau eine halbe Stunde vor Arbeitsschluss, und Sie können sich lebhaft vorstellen, wie mein schwarzer Anzug, den ich doch geschenkt bekommen hatte, nachher ausgesehen hat.
Dieser Eduard Schmocker war verheiratet, und seine Frau hatte eine spitze Stimme und eine schlecht verheilte Hasenscharte; daran war sie ja unschuldig, aber vielleicht hätte sie doch, wenn sie sich ein klein wenig Mühe gegeben hätte, ihre Giftigkeit unterdrücken können. Der Mann hatte es wahrscheinlich auch nicht immer gut bei ihr. Er war gross und knochig, trug Reitgamaschen, obwohl das einzige Tier, das er im Stall hatte, eine Kuh war, und das war ein armes Tier: es war mager wie ein Kleiderrechen, musste nicht nur Milch produzieren, sondern auch Mist, und dann wurde es noch vor den Wagen

gespannt und musste den eigenen Mist hinaus aufs Feld karren. Ich habe oft Mitleid mit dem Tier gehabt. Sonst bestand die Arbeitsgemeinschaft aus dem Obergärtner Weissmann, einem Holländer, einem gelernten Gärtner namens Schreiber und aus drei Lehrlingen. Lehrlinge sind immer rentabel: sie müssen arbeiten, zahlen für die Lehre und bekommen fünf Franken Taschengeld im Monat. In Baumschulen nämlich. Darum bekreuzigt sich jeder Gärtner vor Baumschulen, weil er nämlich den Instruktor für Lehrlinge machen muss, darum und noch wegen anderer Sachen, die auch noch auskommen werden.
Mein schwarzer Anzug war also verdorben, und dafür hatte ich etwa ein Kilo Himbeeren gepflückt. Es war sechs Uhr, ich ging ins Haus zurück, das auf einem Hügel lag, und die Frau keifte mich giftig an, ich müsse dann mehr arbeiten. Der Schmocker kam dazwischen und rührte auch seinen Senf darein, bei ihm gäbe es dann kein Faulenzen, und man müsse sein Brot hart verdienen, und ich wisse doch, was mir bevorstünde, wenn er mich nicht mehr wolle. Das wusste ich allerdings, und darum schwieg ich auch. Merkwürdig ist nur, dass Männer, die sonst schlecht mit ihrer Frau stehen, plötzlich ein strahlendes Lächeln ins Gesicht bekommen, wenn sie mit der Frau einverstanden sind, und einige andere stehen daneben. Das sind so psychologische Merkwürdigkeiten.
Es war schon Viertel ab sechs, als ein kleines Männchen angetrabt kam, dessen Alter schwierig zu

bestimmen war. Denn seine Haare, soweit vorhanden, waren farblos und sein glattes Gesicht mit vielen Runzeln durchzogen. Das sei der Mann, bei dem ich das Zimmer hätte, sagte Schmocker. Und ich ging mit dem Männchen. Unterwegs erzählte es mir, es sei Mazdaznananhänger. Ich hatte schon von der Sekte gehört und verband damit die Vorstellung von Würmern als Erreger aller Krankheiten, die mittels Schnapskuren aus dem Körper entfernt werden mussten. Nun erzählte mir aber das Männchen, dass es auch Gärtner sei und dass man die Gemüse ohne Dünger ziehen müsse, denn dann seien sie ungiftig; alle Krankheiten kämen von gedüngtem Gemüse. Das konnte ja sein, und ich hatte dagegen nichts zu erinnern. Das Zimmer, das mir zugedacht war, ging auf einen Hof, aber der Hof war ganz schön. Es wuchsen ein paar Holunderbüsche drin, und ich mag diese Büsche gern. Auch hatte das Männchen eine sehr nette kleine Frau, und das war erquickend, als Erholung gegen meine hasenschartige Meistersfrau.
Ich zahlte das Zimmer im voraus, sehr zum Erstaunen des Männchens, das mir sagte, der Zins werde von meinem Meister bezahlt und mir am Lohn abgezogen. Davon wollte ich nichts wissen. Man muss sich doch auch in unserer überorganisierten Gesellschaft ein kleines Stückchen Freiheit sichern, sonst lässt man sich lieber gleich begraben oder auf Lebenszeit internieren. Und das kommt ja aufs gleiche heraus.
Es war nur gut, dass ich schon in Belgien, in den Kohlenbergwerken, Erfahrungen gesammelt hatte.

Hier konnte ich sie verwerten. Etwa hundert Franken hatte ich noch, das musste langen, einen Monat lang. Ich wollte einfach nicht im Rückstand sein mit meinen Ausgaben und immer auf den Lohn plangen. Dann hat man ja keine ruhige Minute mehr. Und als ich so mein Budget aufstellte, schien es ganz gut zu gehen. In der Baumschule bekam ich als ungelernter Arbeiter sechzig Rappen Stundenlohn bei zehnstündiger täglicher Arbeitszeit, das macht sechs Franken im Tag, sechsunddreissig Franken in der Woche und etwa hundertfünfzig Franken im Monat. Es geht, wenn man die Sache versteht: Zum Beispiel trinkt man zum Mittagessen einen Liter Milch und isst ein halbes Pfund Brot dazu, auch Käse kann man sich leisten, dann kostet das Ganze doch nur sechzig Rappen. Am Morgen nimmt man das Frühstück dort, wo man das Zimmer hat, das kostet auch sechzig Rappen, wenn man sich mit Rösti begnügt und keinen Kaffee complet verlangt. Und am Abend kann man in einem Alkoholfreien essen, für einen Franken oder ein wenig mehr, so kommt man doch erst auf etwas mehr als zwei Franken im Tag. Mit den Zigaretten macht es drei Franken, und dann bleibt einem doch noch etwas für Zimmer, Wäsche, Schuhe.

Aber vielleicht interessiert Sie das gar nicht. Und ich will lieber von der Baumschule erzählen. Da waren also meine Kameraden: zuerst Weissmann, der Obergärtner. Der hatte einmal ein eigenes Geschäft gehabt, dann aber Konkurs gemacht (er spuckte nicht in sein Glas, wie der Franzose sagt) und war froh gewesen, bei Schmocker unterkriechen zu können. Kein unebener Mann, wenn es ihm gelungen war, einen für die Krankenkasse zu keilen, deren Kassier er war. Er bekam nämlich Tantiemen für jede neue Aufnahme und 50 Rappen für jeden Monatsbeitrag. Wenn man ihn dann noch hin und wieder zu einem Glas Bier einlud, tat er nur wüst, wenn der Meister dazukam, aber dann wusste man, dass er es nur pro forma tat. Erfüllte man aber diese Anforderungen nicht, so striezte er einen. Mich hat er die ersten Tage auch gestriezt, bis mir Schreiber die Situation klarmachte. Ich vergess' eben immer, dass wir im Zeitalter der Hygiene leben, in dem eine Hand die andere wäscht, und glaube, alles mit meinem persönlichen Charme machen zu können. Aber auf den pfeifen die Leute gewöhnlich, und da haben sie recht.

Diesen Schreiber kannte ich nämlich schon. Wir waren zusammen gewesen bei einer früheren Gelegenheit, das heisst, er kannte mich, weil ich dort, wo wir zusammen gewesen waren, einen Druckposten gehabt hatte und deshalb die andern Insassen mich alle gesehen hatten. Ich kannte selber nur wenige. Er war sehr taktvoll, der Schreiber – übrigens ein netter Bursch –, ein hübscher Bursch, mit schwarzen Lokken und einem sehr sinnlichen Mund. Er trank ganz gerne über den Durst, aber er konnte sich das nur einmal im Monat leisten. Weiter reichte das Geld nicht. Er hatte nur zwanzig Rappen Stundenlohn mehr als ich. – Am besten kam ich mit dem Holländer aus, obwohl der Abstinent war und nicht rauchte. Aber

fluchen tat er gerne, und er tat es auch ausgiebig mit «Chottverdammi», weil er auf den Schmocker hereingefallen war. Der hatte ihm goldene Berge versprochen, weil er jemanden brauchte, der sich aufs Okulieren und Veredeln verstand (der gute Schmokker, der nie eine Lehre gemacht hatte, konnte gerade eine Hippe von einem Okuliermesser unterscheiden – eine Hippe ist nämlich jenes gebogene Messer, das man braucht, um Hochstämme aufzuschneiden, und es sieht aus wie eine kleine abgebrochene Sichel). Schmocker (übrigens nennt man solche Leute im Berufsjargon Krauterer) hatte dem Vermuylen einen hohen Monatslohn versprochen, ohne sich auf eine Summe festzulegen natürlich, er werde sich ausbilden bei ihm und viel dazulernen, und Vermuylen war eingestiegen. Jetzt bekam er fünfundachtzig Stundenlohn, trug immer braune Manchesterhosen und eine blaue Überbluse, rasierte sich täglich, weil er eine Rasiermessergarnitur hatte, von seinem Taufpaten, für jeden Wochentag ein anderes Messer, und die Namen der Wochentage waren auf den Griffen der Messer mit Silberschrift aufgelegt. – Obwohl so etwas nur in Romanen vorkommt, stimmt es hier zufällig, und ich kann Ihnen nicht helfen.
Dieser Vermuylen nun hat mir das Okulieren beigebracht, trotz dem Schmocker, der fand, ich sei da, um Handlangerdienste zu verrichten. Damals im Juni waren die Tage lang, wir haben uns wilde Rosenstämme aus dem Wald geholt, und er hat es mir erklärt. Und dann haben wir dem Schmocker Reiser

gestohlen und angefangen. Sie glauben gar nicht, wie schwer es ist und wieviel Speuz es braucht, bis man gelernt hat, ein Messer richtig abzuziehen. Die Coiffeure, die ihre Rasiermesser schleifen, die können sich überhaupt verstecken, die sitzen im schattigen Laden und befeuchten mit Öl. Aber was ein Gärtner ist, der muss mitten in der Baumschule abziehen können, und Okuliermesser darf man nur auf einer Seite schleifen, denn die andere muss flach bleiben, sonst kann man die Augen überhaupt nicht korrekt schneiden, entweder man schneidet zuviel Holz mit, oder das Auge fällt einem heraus. Wasser ist sowieso keins in der Nähe, und wenn Sie glauben, dass Sie mit Ihrem Abziehstein jedesmal zu einem Brunnen laufen können, da haben Sie sich geirrt. Item, wenn Sie ein Messer richtig abziehen können, so dürfen Sie sich ganz beruhigt in den Völkerbund melden: Sie werden auch bei den längsten Reden keinen trockenen Mund bekommen.

Die Lehrlinge waren frech, weiter ist über sie nichts zu sagen. Vielleicht noch dies: Dass man ein Geschäft nach seinen Lehrlingen beurteilen kann, genau so, wie man einen Hundebesitzer nach seinem Hund beurteilen kann. Die Erklärung, warum das so ist, liegt so auf der Hand, dass Sie mir wohl die Ausführung erlassen werden.

Nun, den Sommer hindurch haben wir brav gejätet. Von sieben bis zwölf und von eins bis sechs. Wir fluchten alle, denn die Arbeit war stumpfsinnig, und dann kam Schmocker manchmal vorbei und hatte immer etwas zu reklamieren, weil wir nicht mehr geschafft hätten. Dann nahm auch er einen Schaber in die Hand und wollte uns antreiben, aber er war doch nicht schnell genug. Denn er schabte korrekt, aber wir schwindelten einfach, warfen das Abgekratzte von einem halben Meter auf einen Meter Ungeschabtes und kamen ihm leicht vor. Bis er es keuchend und schwitzend aufgab. Einmal merkte er unsern Schwindel doch, da waren wir sehr erstaunt, zuckten die Achseln, und Vermuylen, der sich etwas erlauben konnte (Schreiber war geradeso schlecht dran wie ich), sagte in seinem gaumigen Holländerisch, er habe geglaubt, «wir müssten schaffen in den Akkord.» Da verzog sich dann Schmocker Eduard, «Baumschulen und Rosenkulturen».

Die Sonntage waren schon langweilig. Schreiber war gut dran, der hatte ein Dienstmädchen aufgetrieben, die bei einer Herrschaft war, deren Garten von Schmockers Geschäft besorgt wurde. Die Marie steckte ihm immer Geld zu, und der Wein der Herrschaft war gar nicht so übel, wie er erzählte. Einmal hat er auch eine Flasche mitgebracht, und ich habe gekostet. Es war ein weisser Bordeaux, nur zu süss für meinen Geschmack. Schreiber sprach schon davon, das Mädchen einzuseifen (worunter er verstand, ihr die Heirat zu versprechen und ihr bei dieser Gelegenheit und unter irgend einem Vorwand das Geld, das sie auf der Sparkasse hatte, abzuknöpfen), oder er phantasierte von einem Einbruch, der in der Villa zu machen sei, aber ich predigte ihm Moral: ob er wieder dorthin zurückwolle, woher er gekommen sei, fragte ich ihn und erzählte ihm die Geschichte von der Henne, die goldene Eier legte, die dann abgeschlachtet wurde und gar keinen Goldklumpen im Bauche hatte, wie die Frau vermeint hatte. Das wirkte gewöhnlich. Dann ging er sich einen antrinken und kam gegen drei Uhr morgens auf allen vieren die Treppe hinauf. Nun, auf irgendeine Weise muss der Mensch eben seine asozialen Komplexe abreagieren, und besser noch, er trinkt sich einen Rausch an, als dass er hingeht und einen Einbruch verübt. Übrigens vertrug Schreiber den Wein noch ganz gut, er wurde nicht bösartig, am nächsten Tag hatte er bis zwölf Uhr Grindweh, ging aber doch schaffen. Nur hatte er dann, wie er sagte, keine Sprechstunde. Es war dann gut, ihn in Ruhe zu lassen. Was wollen Sie, es ist schliesslich kein Wunder, wenn Dionysos auf unsere Zeit schlecht zu sprechen ist und sich rächt, wie er kann. Denn nicht nur die Temperenzler, auch die Brauer und die Weinhändler lästern ihn.

Die Saison in den Baumschulen dauert von September bis in den Frühling hinein, im Sommer ist flaue Zeit, und im Winter, wenn es zu hart friert, darf man auch nicht versetzen. Ob das Versetzen im Frühling oder im Herbst am günstigsten ist, haben die Fachleute noch nicht endgültig festgestellt. Die Baumschulenbesitzer haben sich geeinigt, den Herbstkäufern *und* den Frühlingskäufern recht zu geben und die einen auf Kosten der andern zu loben. So sind beide zufrieden und halten sich beide für intelligent, und das ist ja die Hauptsache. Als es dann ans Aufschneiden ging, machten wir hintereinander bezahlte Ferien. Und das ging so zu: Hochstämme, seien es nun Pflaumen oder Äpfel oder Birnen, werden ja auf Wildlingen gezogen. Es dauert dann drei Jahre, manchmal vier, bis sie verkaufsfähig sind, und die Veredelungsstelle ist am Schluss knapp über dem Boden. Dem Stamm entlang lässt man immer kleine Zweige stehen, damit er die richtige Dicke bekommt. Und vor dem Verkauf werden die Stämme dann aufgeputzt, die kleinen Zweige mit der Hippe abgehauen; auch das muss verstanden sein. Man zieht das Messer, so dass die gebogene Spitze den letzten Rest Holz nimmt. Aber die Wunde darf nicht gross werden. Wenn man nun tiefe Zweige schneidet und den Stamm mit der linken Hand festhält, so kann es leicht geschehen, dass das Messer abrutscht und in einen Finger fährt. Der Schnitt geht gewöhnlich bis auf den Knochen – und das gibt Unfall. Versichert muss der Meister ja sein, und die Ärzte sind auch nicht so. Sie haben, wenn sie anständig sind, ein Einsehen mit dem schweren Leben des Proletariers, der keine Ferien hat, und dem Meister ist es auch egal, da ja doch die Versicherung zahlt und nicht er.

Ich habe den Anfang gemacht, dann kam Schreiber dran, nur der Holländer wollte nicht. Natürlich schneidet man sich nicht extra in den Finger. Da spielt das sogenannte Unterbewusstsein eine Rolle. Wenn das einmal findet, der Körper brauche Ruhe,

so setzt es seinen Willen durch. Das bisschen bewusste Nachhelfen spielt keine Rolle. Die Lehrlinge verstanden die Sache auch nicht recht, nur ein Bauernsohn aus der Umgebung, der bei seiner Mutter wohnte und dieser den Lohn abliefern musste, liess sich zu unserem Beispiel bekehren. Aber es nützte ihm nicht viel, daheim durfte er doch nicht faulenzen, die Mutter trieb ihn zur Arbeit an.
Was ist ein Hochstamm wert? Vier, wenn es hochkommt fünf Franken. Bis er verkauft werden kann, vergehen mindestens fünf Jahre. Das Land, das die Bäume trägt, muss billig sein, die Arbeitskräfte brauchen nicht viel zu können, denn auch sie dürfen nicht zu hoch bezahlt werden. Es ist also kein Wunder, wenn Baumschulen in Gärtnerkreisen als ‹Bruchbuden› gelten. Auch Schmocker hatte es nicht leicht. Es ist ja nicht schwer einzusehen, dass für Absatz gesorgt werden muss; die Kunden laufen einem nicht das Haus ein. Also muss ein Reisender her. Da ich nicht ganz dumm aussah, wurde ich einmal auf die Reise geschickt. Und das war eine Katastrophe, obwohl ich für sechzig Franken Bestellungen mit heimbrachte. Ich bin an einem Morgen zu Fuss losgegangen, bin oft eingekehrt und habe wenig gegessen, nur um mir Mut anzutrinken. Ich bin oftmals an den Häusern vorbeigegangen, bevor ich mich hineingetraut habe, und dann ist es doch gegangen. Sobald nämlich mein schlechtes Gewissen betäubt war. Ich sollte doch die Rosen anpreisen, und die Hochstämme, und versuchen, Zwergobstbäume zu

verkaufen. Dabei wusste ich, dass die Hochstämme Blutläuse hatten, und diese Biester waren nicht zu vertreiben, wir hatten den Sommer durch die Stämme oft mit Carbolineum abgebürstet. Aber die Nester, die aussahen wie schmierige Wattebüschel, in denen sich gestockte Blutströpfchen festgesetzt haben, waren einfach nicht wegzubringen, sie wuchsen täglich neu. Und sie konnten eine ganze Gegend verseuchen. In einem Industriedorf in der Nähe hat mir dann ein Werkmeister, der seinen Garten neu anlegte, eine riesige Bestellung gemacht. Ich hoffe noch heute, dass Schmocker vergessen hat, die Bestellung zu liefern. Er ist dann durch einen Reisenden von Beruf (ich glaube, der machte noch in Kakao, Kaffee, Feuerversicherungen und Überkleidern) so mit Bestellungen überschwemmt worden, dass mein Debut in dieser Flut unterging. Schmocker kaufte sich einen Ford-Camion aus dritter Hand, lernte chauffieren und liess seine Produktion über die benachbarten und ferneren Dörfer niedergehen. So waren wir ihn los. Übrigens nahm der Reisende dreissig Prozent vom Verkaufspreis. Er kam uns einmal besuchen in der Baumschule, dieser Reisende, gerade als wir zu dritt einen Birnenhochstamm mit einer gemeinen Pfahlwurzel ausgruben und schwitzten, obwohl der Oktobermorgen von einer tiefen Kühle war. Er trug eine Armbanduhr, ein rohseidenes Hemd, und da er keine Weste zu seinem graukarierten Sportanzug anhatte, sah man, dass er den Ledergürtel, der ganz wenig sein Bäuchlein einkerbte, nur der Mode wegen umgeschnallt hatte, denn seine Hosen hingen an blauseidenen Trägern. Das muss man den Reisenden lassen: sie finden den Ton mit jedem Menschen, und auch mit uns fand ihn der Mann. Er fluchte nämlich auf Schmocker und liess vier Flaschen Bier kommen. Wir tranken sie stehend und wurden guter Laune. Der Reisende erzählte Witze, und selbst der alte Obergärtner taute auf. Die Stunde, die wir da vertrödelt haben, war uns viel wert. Es war uns wie Dieben zu Mute, die stehlen, während sie die Gewissheit, nicht ertappt zu werden, auf hundert Prozent veranschlagen können. Dass die Arbeiter so sehr gegen die Akkordarbeit ankämpfen, ist selbstverständlich. Darum ist sie ja auch unter der Herrschaft von Sichel und Hammer wieder eingeführt worden.

Es war doch merkwürdig, dass wir gegen diesen Schmocker einen derartigen Hass hatten. Im Grunde war auch er ein armer Hund. Es ist wahr, er machte mit seinem Ford und seinen Blutläusen das Land unsicher. Aber er protzte nicht. Die Lehrlinge fluchten über das Essen, aber er selber ass nicht besser. Er war genügsam, er hatte Sorgen, besonders im Sommer, um am Ende des Monats den Lohn ausbezahlen zu können – und wenn nichts einging? Er hatte nicht viel Rückhalt, das Haus gehörte ihm, aber es lagen Hypotheken darauf; seine Frau hatte nicht viel Geld mitgebracht: Er hatte sie im Zug zufällig kennengelernt und sie nach vierzehn Tagen geheiratet, weil er sich vor dem Dorfe blamiert hatte; eine reiche

Bauerntochter hatte ihn abfahren lassen. Vielleicht war er doch mehr in das Mädchen als in das Geld verliebt gewesen. Jetzt erwartete seine Frau ein Kind.

Später, wenn die schwierige Situation vorbei ist, kann man für die Leute Entschuldigungen finden. Aber wenn man in der Situation drin ist, regiert der Hass. Dass dieser Hass besonders in Kleinbetrieben gedeiht, ist begreiflich, weil die täglichen Beziehungen mit dem Meister persönlicher Art sind. Der Kontakt ist zu eng, die Zwischenstufen, die in grossen industriellen Betrieben zwischen dem Leiter des Unternehmens und den Arbeitern eingeschaltet sind, fehlen hier. Der Arbeiter in den Kleinbetrieben, in den Gärtnereien besonders, kann sich genau ausrechnen, was der Meister einnimmt, und er sieht nur die Einnahmen. Man kann von ihm nicht verlangen, er solle sich auch über die Ausgaben des Betriebes Rechenschaft geben. Der Arbeiter, der Handlanger, ist nur von seinem kleinen Lohn fasziniert, er kann nicht einsehen, warum er, der doch manchmal besser arbeitet als der Meister, weniger verdienen soll. Ist der Meister dazu noch undiplomatisch, fehlt ihm die Fähigkeit, den richtigen Ton im Umgang mit seinen Untergebenen zu finden, so hat er verspielt. Das Geschäft wird weiter laufen, dem Trägheitsgesetz folgend, die Arbeiter treten ein und kündigen wieder – ein solches Geschäft ist bald bekannt. Erscheint im Fachblatt fast alle Monate ein Inserat des betreffenden Meisters, er suche Arbeitskräfte, so wissen die Eingeweihten sofort, dass da etwas nicht stimmt, und meiden das Geschäft: Der Meister wird immer nur den Abfall vom Arbeitsmarkt bekommen, das Geschäft ist als ‹Bruchbude› bekannt; dies schadet aber auch dem Verkauf. Denn die Tatsache, dass die wirksamste Reklame immer noch die mündliche Empfehlung ist, gilt auch hier. Heutzutage, wo so viele Leute einen eigenen Garten besitzen, sind viele kleine Lieferungen gerade so wichtig wie eine grosse Bestellung. Nun haben aber auch die kleinen Gartenbesitzer, und wenn es nur am äussersten Horizont ist, einen Bekannten, der im Gärtnergewerbe tätig ist. Sagt dieser nun bei der Nennung des Namens Schmocker: «Der?» und schüttelt den Kopf dazu mit angewidertem Mundverziehen, so genügt das vollständig, um die Bestellungen der ganzen Kolonie einem Grossbetrieb zuzuführen, der besseren Ruf hat.

Schmocker sündigte in dieser Beziehung viel. Seine Rauhbauzigkeit versuchte er manchmal mit klebriger Familiarität gutzumachen. Dann konnte es vorkommen, dass er uns (auch wenn Lehrlinge dabei waren) die Geschichte seiner Heirat zum besten gab – und dann wunderte er sich, wenn die Lehrlinge gegen seine Frau frech wurden.

Bis tief in den Dezember hinein arbeiteten wir am Versand. Da machte Schmocker im Oktober noch einen grossen Fehler. Er spannte einer grossen Baumschule den zweiten Obergärtner aus, einen noch jungen Kerl von etwa achtundzwanzig Jahren, der aber schlauer war als Schmocker. Er liess sich einen Kontrakt auf zwei Jahre geben, zügelte mit seiner Familie (der Frau und zwei kleinen Mädchen) nach Randlingen, und den Umzug besorgte Schmocker mit seinem Ford-Camion. Aber es kam nicht gut. Der alte Weissmann, der, bei gleichem Lohn zwar, dennoch ein Untergebener des Jungen wurde, machte in passiver Resistenz. Und da er sich in der Baumschule (die Plätze waren nicht an einem Stück, sie lagen zum Teil viertelstundenweit auseinander) auskannte, stockte der Versand. Der junge Obergärtner Wyss kam gut mit uns aus, und wir halfen ihm, so sehr wir konnten. Auch mit dem Meister ging es eine Zeitlang gut. Dann aber wollte die Meistersfrau sich zu eng mit der Frau des Obergärtners befreunden, ihr in ihren Haushalt dreinreden, sie lebe nicht sparsam genug, und dann bekamen die beiden Weiber Krach. Und von dieser Zeit an war auch die Harmonie zwischen den Männern gestört. Der junge Obergärtner Wyss schaffte sich einen bequemen Ischias an, blieb einen Monat im Bett, Schmocker war wütend. Als der Neue dann fand, er habe sich genug ausgeruht, kam er wieder ins Geschäft, und dann gab es jeden Tag Krach zwischen ihm und dem Meister. Schliesslich musste Schmocker seinem Obergärtner kündigen, wohl auf Betreiben der Frau mit der Hasenscharte, musste eine Entschädigung zahlen und den Umzug vergüten. Weissmann wurde wieder Obergärtner, seine Stellung war gefestigt, er verlangte Aufbesserung und Beteiligung am Gewinn. Schmok-

ker musste nachgeben. Doch das war erst im Frühling.
Aber den Winter durch passierte noch allerlei. Erstens wurde unsere Arbeitszeit auf acht Stunden reduziert, und dann wurden uns noch fünf Rappen am Stundenlohn abgezogen. Was wollten wir machen? Im Winter konnten wir keine neue Arbeit finden, also fügten wir uns. Jetzt waren wir froh, dass wir in Weissmanns Krankenkasse eingetreten waren. Wir meldeten uns krank und blieben im Bett liegen, wenn das Wetter gar zu schlecht war. Ein Katarrh war schliesslich bald aufgelesen. Aber wir schworen uns, es dem Schmocker noch zu zeigen.
Es wurde ‹rigolt›. Das Wort klingt ähnlich wie das französische ‹rigoler›, das man am besten mit ‹seinen Spass haben› übersetzen kann. Aber mit Spass hat das ‹Rigolen› nichts zu tun. Es ist ein komplizierteres Umstechen, und zwar so, dass ein Graben ausgehoben wird, gewöhnlich einen halben Meter breit und sechzig Zentimeter tief. Dieser Graben wird gefüllt mit dem Aushub des Grabens, der vor ihm ausgehoben wird. Und so geht dies weiter über das ganze Feld. Das Land, das im Herbst abgeräumt worden ist, wird gewöhnlich so behandelt oder eine ehemalige Wiese, die für Hochstämme bestimmt ist. Die Arbeit ist eintönig.
Inzwischen hatte ich meinen Mazdaznanjünger verlassen und war zu den Leuten gezogen, bei denen Schreiber wohnte. Das Zimmer war dort billiger, auch konnte ich das Nachtessen im Haus haben, und

auch das war billig. So konnten wir uns durch den Winter schlängeln; im Frühling könnten wir uns dann eine neue Stelle suchen, dachten wir. Aber Schreiber war ungeduldig. Auch sein Verhältnis mit der Köchin Marie schien nicht mehr zu klappen.

Eines Abends nun kam Schreiber ziemlich aufgeregt in mein Zimmer. Ich solle aufstehen und mit ihm kommen, er müsse mir etwas erzählen, hier ginge es nicht, die Wirtin habe lange Ohren. Ich lag schon im Bett, obwohl es erst halb acht war, aber mein Zimmer war ungeheizt, und es war kalt.

Auf der Strasse fasste mich Schreiber unter; das tat er sonst nur, wenn er einen sitzen hatte, aber heute schien er nüchtern zu sein, nur sehr erschreckt. Er begann zu erzählen: Jener Bauernbursche, der als Handlanger arbeitete, dem die Mutter immer den Lohn aus der Tasche nahm, hatte ihn dazu verführt, einen Einbruch zu begehen. Dieser Bursche hatte nämlich früher bei einem andern Gärtner Randlingens gearbeitet, er wusste, dass dieser Gärtner, der ein einsames Haus vor dem Dorf bewohnte, es allabendlich verliess, um bei seiner Mutter in Randlingen zu Nacht zu essen. Das Haus war also während anderthalb Stunden unbewacht. Die beiden waren durch ein Kellerfenster eingedrungen, Schreiber hatte unten Schmiere gestanden, während der andere in den ersten Stock hinaufgelaufen war, dort aus einer unverschlossenen Schublade Geld genommen hatte; dann waren beide ausgezogen. Der Bursche hatte Schreiber fünfzehn Franken in die Hand gedrückt und behauptet, er habe nur dreissig gefunden. Merkwürdig war, dass Schreiber Angst hatte, er hatte vollkommen die Nerven verloren, er, der doch früher... Aber was er früher getan hat, tut hier nichts zur Sache. Kurz, er bat mich, auf Fragen hin zu bestätigen, dass er den ganzen Abend mit mir zusammen gewesen sei. Wir berieten, wie das am besten zu machen sei, es war ein kalter Januarabend mit einem drückend-schwarzen Himmel ohne Sterne, aufregend warm war es dazu, wie Föhn in der Luft, oder vielleicht lauerte ein Schneefall im Dunkel. Die Strasse, auf der wir gingen, war aufgeweicht, das Geräusch unserer Schritte war ein Quietschen, das klang wie das Klagen eines kleinen, aufgeschreckten Tieres. Schreiber begann plötzlich zu heulen, und die Töne, die er schluchzte, klangen ähnlich wie die Laute, die unsere Schritte hervorbrachten. Ich suchte ihn zu beruhigen, und da mir das nicht gelang, schleppte ich ihn ins Dorf zurück, in eine Wirtschaft, und liess ihm Glühwein bringen. Er zitterte nämlich auch, ob vor Furcht, ob der Nässe wegen? Vielleicht klang beides zusammen. Dann brachte ich ihn nach Hause und zu Bett und blieb noch ein wenig bei ihm. Ich mochte ihn gut leiden, den Schreiber. Er war ein guter Kamerad, und wir lebten ja zusammen in einer Art Gütergemeinschaft, was so Zigaretten, Krawatten und Socken betraf. Man half sich aus. Aber was den Ausschlag gegeben hat: er hatte einmal bei mir einen kleinen Band Rilke gefunden und ihn mitgehen lassen. Und an einem Morgen, beim Jäten, fing er plötzlich an (wir schabten nebeneinander, und es war ein Herbstmorgen mit vielen klaren Geräuschen und einer dünnen hellen Luft):

«Herr: es ist Zeit, der Sommer war sehr gross
Leg Deinen Schatten auf die Sonnenuhren...»

Ich hab ihn erstaunt angesehen. Da bekam er ein hinterhältiges Lächeln und sagte, ja, er verstehe sich eben auch auf schöne Verse. Seit diesem Tag hatte ich ihn besonders gern. Was wollen Sie, ich bin eben doch eine Literatennatur, und mich freut es, wenn ein Mensch schöne Verse liebt. Ob er daneben einbricht oder sich dem Trunk ergibt, das sind seine Privatangelegenheiten, die er mit der Gesellschaft abzumachen hat. Menschlich, dünkt mich, bedeutet das andere mehr. Aber da sind eben die Ansichten verschieden.

Übrigens verlief die ganze Einbruchsgeschichte im Sand, und Schreiber hatte sich unnütz aufgeregt. Der Bauernsohn, der Anstifter, bekam es mit der Angst zu tun und schickte das Geld, das er gestohlen hatte, zurück (es waren hundert Franken, die er gegrapst hatte). Er hat gut daran getan, denn der Verdacht fiel doch auf ihn. Dass die Sache nach der Rückgabe des Geldes nicht weiter verfolgt wurde, hatte der Bursche einzig dem Statthalter zu verdanken, der die Sache einschlafen liess, als der bestohlene Gärtner die Klage zurückzog.

Im März entfalteten wir alle eine fieberhafte Tätigkeit. Das heisst wir alle, Vermuylen, Schreiber und ich, schrieben Briefe, Offertenbriefe. Schreiber konnte nach Olten zu dem Meister, bei dem er die Lehre gemacht hatte, Vermuylen ging nach Holland zurück, und ich bekam in Basel eine Stelle als Handlanger, mit Achtundvierzig-Stunden-Woche und 1,25 Stundenlohn.

Als wir sicher waren, Arbeit zu haben, kündigten wir Ende März zu dritt, und zwar von einem Tag auf den andern. Obwohl wir im Stundenlohn schafften, zahlte Schmocker immer erst am Monatsende. Wir gingen also den Zahltag empfangen, ich als erster. Bei meiner Kündigung verzog er nur den Mund, und seine Frau, die daneben sass und ihr Kind auf den Knien schaukelte, keifte ein wenig. Ich wollte sie nicht aufregen, verbeugte mich und ging. Wartete draussen. Bei Schreiber, dem zweiten, ging es lauter zu. Den grössten Krach aber gab es, als Vermuylen hineinging. Da zitterten die Scheiben. Dann zogen wir zu dritt ab und fühlten uns als Gerächte und Gerechte.

Übrigens brach Vermuylen an diesem Abend sein Temperenzgelübde.

MUSIK

«Wenn die Musik der Liebe Nahrung ist...» lässt Shakespeare seinen Herzog im *«Was Ihr wollt»* sagen... Wenn!... Wenn die Musik wirklich der Liebe Nahrung wäre, dann wäre die Schweiz ein Paradies. Jedes Dorf hat mindestens zwei Musikgesellschaften, und gewöhnlich sind es mehr. Und wenn es nur zwei sind, so ist die eine bürgerlich und die zweite proletarisch. Aber bürgerlich oder proletarisch, die Musik eint... Und was eint mehr als eine Konkurrenz? Konkurrenz muss sein, das gehört zum Kampf ums Dasein, und den Siegern werden Kränze gewunden; die Kränze werden eingerahmt und hängen dann in den kleinen Beizen von Tägertschi und Koppigen als Wandschmuck neben dem seligen General Herzog, der sonst nur Spielkarten sehen würde. So hat der gute General doch manchmal eine Abwechslung und die kleinen Beizen ihren Wandschmuck...

Ich möchte Ihnen von einem Musikfest erzählen, das ich mitgemacht habe, gewissermassen als Zuschauer; denn ich blase weder das Horn noch die Posaune, und die Basstrompete erschüttert mich, wenn sie nach einem langen Musikstück mit zur Erde gekehrtem Halse helle Tränen weint. Und das Musikfest war ein kantonales, ein einfaches kantonales Musikfest ohne redenden Bundesrat, nicht einmal ein Regierungsrat hatte kommen wollen... Die höchste offizielle Persönlichkeit im Komitee war der Fahnderwachtmeister der Stadt, der sich gern Inspektor nennen liess, er hiess Brügger und hatte einen traurigen Schnauz in einem gutmütig rötlichen Gesicht. Und die Gattin des Wachtmeisters hatte eine Base, deren Adoptivsohn war Dichter. Das gibt es. Ich möchte sogar die Behauptung aufstellen, dass es zwischen Bodensee und Lac Léman mehr Dichter gibt, als sich die Schulweisheit der Feuilletonbonzen träumen lässt... Von diesen Dichtern aber wissen nur die kleinen Blättli, und die nehmen es nicht so genau mit dem Versmass und den Reimen... Wenn nur der Frühling besungen wird und der Herbst und der Winter, dann ist alles gut. Ich habe diese Blättlidichter gern, ich habe deren mehrere gekannt, es waren gute Menschen; viel bessere, bescheidenere als jene, die berufsmässig in Problemen waten. Doch gehört das kaum zur Sache, aber es ist wichtig, dennoch.

Der Adoptivsohn der Base der Frau des Wachtmeisters Brügger war also Dichter, und darum musste er das Festspiel schreiben. Er hiess Johann Kehrli, dieser Dichter, wirklich ganz einfach Kehrli, war klein, mager und ähnelte dem weltbekannten Charlot Chaplin: kleiner Schnauz über der Oberlippe, grosse Füsse, verbeulte Hosen. Vielleicht wusste er von dieser Ähnlichkeit, denn er trug auch im Sommer Galoschen, wahrscheinlich, um seine Füsse den Füssen seines Vorbilds anzupassen... Kurz, Johann Kehrli dichtete das Festspiel. Und da er von der Sucht unserer Zeit nach Originalität besessen war, schrieb er kein Drama, in dem man der Scholle einige Jahrhunderte durch Krieg und Frieden hindurch treu blieb, sondern er machte eine Anzahl Verse, tat die Verse zu Strophen zusammen und schenkte den Strophen Titel: «Der Narr», «Der Tod», «Industrie», «Tanz», «Welt». Ich erinnere mich nur noch an die Verse der «Industrie»:

«Die höchste Macht, die stärkste der Gewalten,
Sie löst und bindet, sie erfüllt sich nie,
Der Länder Reichtum lässt sie sich entfalten,
Und dröhnend steht sie da, die Industrie...»

Es gibt ein französisches Sprichwort, dessen Sinn etwa ist, dass es wohl bessere Dinge gibt, aber dass diese teurer zu stehen kommen. Das Komitee, auf Vorschlag des Finanzdelegierten, sprach dem Dichter des Festspiels nur dreihundert Franken zu. Für dreihundert Franken waren die Verse ausgezeichnet. Und da sie ausserdem noch gesungen werden sollten, im Chor, so waren die Worte gleichgültig. Sie wurden ja doch pantomimisch dem Publikum nähergebracht.

Aber zu einer Pantomime gehört unbedingt jemand, der etwas von der Bewegungskunst versteht. Waiblikon, wo das kantonale Musikfest stattfinden sollte, war ein grosses Städtchen, ein Städtchen, das Bedeutung hatte, denn die Migros hatte eine zweite Ablage errichtet, Waiblikon hatte einen Eheberater, der zugleich Nervenarzt war, und als letzte Errungenschaft hatte Fräulein Elisabeth Varnhagen eine Tanz-

schule eröffnet. Sie liess dicke Damen exerzieren, um ihnen eine verlorene Schlankheit wiederzugeben, sie gab Kurse im kaufmännischen Verein und im Arbeiterturnverein... Sie war politisch neutral und darum wohlgelitten. Zu Fräulein Varnhagen kam nun eines Tages Johann Kehrli, der Dichter, und brachte das Festspiel. Ob man das nicht tanzen könne, fragte er und übergab sein Manuskript. Elisabeth war um einen Kopf grösser als Johann, sie war sehr schlank, hatte schlichte blonde Haare, die ein wenig in die Stirn fielen, und einen gut trainierten Körper. Sie las die Verse, fand sie schlecht, aber sagte es nicht. Wozu Menschen unnötig kränken? Ihr Grossvater war einmal ein grosser Diplomat gewesen, und diplomatische Eigenschaften scheinen die Tendenz zu haben, die Erbmasse zu verändern...
«Kommt noch Musik dazu?» fragte Fräulein Varnhagen.
«Sowieso! Der Gygli macht die Musik.»
Gygli? In manchen Kreisen ist Gygli bekannter als Lehár. Gygli hat in seinem langen Leben die Musik zu einem halben Hundert Festspielen geschrieben. Er ist ein alter, ruhiger Herr mit einem weissen Fischerbart und langen, weissen Haaren, die im Nacken einen Wulst bilden...

Gygli sass am Klavier und spielte die Melodie der «Industrie», er sang die Worte mit einer krächzenden Greisenstimme, aber mit viel Rhythmus. In einer Ecke des Raumes stand Fräulein Varnhagen und sagte

von Zeit zu Zeit: «Tam... tatatam... tam!» Sie trug einen blauen Trainingsanzug, und ihre Arme waren nackt. In der Mitte des Raumes standen zehn Burschen in einer Reihe, sie schwitzten und waren verlegen, aber sie gingen gehorsam vor und zurück, während Fräulein Varnhagen sagte: «Und eins... und zwei... Tam... tatatam...»
«Und dröhnend steht sie da, die Industrie...», sang Herr Gygli und schloss mit einem zweihändigen, donnernden C-Dur-Akkord.
«So, Fräulein Unger», sagte er zu einem kleinen Mädchen, das neben ihm stand und in das Notenmanuskript gestarrt hatte, «haben Sie verstanden? Ich kann da nicht immer nach Waiblikon kommen. Sie müssen eben selber luegen, wie Sie zurechtkommen. Ich weiss, Sie spielen lieber die Appassionata, aber schliesslich...» Achselzucken... «die Gyglis sind geradeso selten wie die Beethoven...»
Fräulein Unger nickte schüchtern. Sie hatte bläulich schwarze Haare und ein komisches Eskimogesicht. Sie war eine Schülerin Elisabeth Varnhagens... Am offenen Fenster, durch das der Lärm der Strasse drang, das Getschilp der Spatzen und der feuchte Geruch von Wasser, das auf Asphalt verdunstet, stand Johann Kehrli und wunderte sich, dass seine Verse so viele Leute in Bewegung setzten. Vorerst den Gerzensteiner Arbeiterturnverein (Gerzenstein war ein Vorort von Waiblikon), den Musikanten Gygli, das Fräulein Unger, und dann war da noch Elisabeth Varnhagen, aber an die wollte er nicht den-

ken, und darum zündete er sich eine Zigarette an. Es war heiss im Raum, draussen war Juni, in drei Wochen sollte das Musikfest sein...

Das Komitee war unzufrieden. Es bestand, ausser dem schon genannten Wachtmeister Brügger, aus einem Versicherungsagenten, einem Bierreisenden, einem Sekundarlehrer und dem Hilfsredaktor des «Landboten». Der Versicherungsagent hatte seine Tätigkeit im Komitee damit begonnen, alle Teilnehmer des Festspieles für die Dauer der Proben und der Aufführungen zu versichern. Er zog dafür Provision aus der Kasse, der mittelgrosse, mittelschwere Mann, dessen Gesichtshaut immer rot war. Nun, das war nun einmal so, es war dagegen nicht viel einzuwenden, denn der Bierreisende zog auch Provision vom Festwirt, dem er das Bier lieferte und den er zugleich finanzierte, und von der Brauerei, an der er angestellt war. Der Sekundarlehrer durfte für die Korrespondenz, die er zu führen hatte, Spesenrechnung stellen, und der Hilfsredaktor am «Landboten» hoffte auf neue Beziehungen... Es waren also andere Gründe, die die Unzufriedenheit des Komitees bedingten:

Die Leute, die das Festspiel verwirklichen sollten, wurden frech. Hatte man so etwas schon erlebt? Der Versicherungsbeamte, der über das Ressort der Lustbarkeiten herrschte, war einmal in eine Probe gekommen. Es war sein gutes Recht, er musste sich vergewissern, dass alles seinen wohlgeordneten Gang ging. Und er war hinausgeworfen worden! Sehr höflich, aber sehr bestimmt! Und zwar von Fräulein Varnhagen. Nun hatte der Versicherungsagent versucht, Widerstand zu leisten (was war das schon, so eine kleine Tanzlehrerin, die war ja froh, dass sie dreihundert Franken verdienen durfte!); aber merkwürdigerweise wurde das Tanzfräulein von allen an der Probe Anwesenden unterstützt; wer war alles anwesend? Bureaufräuleins aus dem kaufmännischen Verein, eine Volksschullehrerin, ein Maschineningenieur (der tanzte den Merkur, den Gott des Handels zu Worten, wie: «Gott Merkur mit dem Handelsstab, du einigst die Völker landauf und landab»), die zehn Turner aus der «Industrie», einfache Arbeiter... Ja, alle diese Leute schienen fest zusammenzuhalten, sie schienen zu empfinden, dass sie eine grosse Gemeinschaft bildeten, und sie waren entschlossen, gegen äussere Störungen Front zu machen. Sie gaben ihre Zeit her, ohne Lohn zu verlangen, es war ihnen nicht beizukommen. Kopfschüttelnd entfernte sich der Versicherungsagent, um seinen Kollegen die Mitteilung zu machen, dass ein bedenklicher Geist unter dem Festspielpersonal herrsche...

Die Komiteemitglieder waren keine schlechten Menschen. Sie waren nur ein wenig versteinert. Ihr Gemeinschaftsgefühl war befriedigt, wenn sie Fünfzig vom Trumpfkönig mit den Stöcken weisen konnten und der Partner das Nell hatte, so dass ein Match in Aussicht stand. Sie gaben ihre Zeit her für das Musikfest, an dem hundert Gesellschaften aus allen

Teilen des Kantons aufmarschieren sollten, aber sie wollten etwas für ihre Zeit. Umsonst ist nur der Tod, sagten sie, und der kostet das Leben...

Und da waren die Leute, die freiwillig und umsonst ihre Freizeit hergaben, um unter der Leitung irgendeines blonden und schlanken Fräuleins ein Festspiel auf die Beine zu stellen. Der Versicherungsagent mit der roten Gesichtshaut wollte seine Autorität wahren: er kürzte den Kredit für die Kostüme. Es nützte ihm nichts. Die kleine Gesellschaft war nicht zu bodigen. An den Sonntagen, an den Abenden, an denen es keine Proben gab, hockten die Mädchen zusammen im Zimmer der Tanzlehrerin und nähten Kostüme... Resten waren billig zu haben. Gott Merkur bekam ein kurzes Gewand, aus gelbem Seidenstoff, und sein Schlangenstab wurde ihm vergoldet. Seine Sandalen waren aus weichem Leder, und an den Fersen waren zwei Flügel angenäht. Er schwebte über die Bühne, die in der Festhütte draussen vor der Stadt aufgestellt war.

Komische kleine Gesellschaft! Die Lehrerin war klein und zart, sie tanzte in einem Bild eine Nymphe («Gewässer der Berge, Gewässer der See – Ihr strömet und rauschet vom ewigen Schnee...»), und der Maschineningenieur war ein Bachgott, ohne Bart, halb Apoll, halb Faun. Er hat die kleine Lehrerin später geheiratet... Aber das war ja nicht die Hauptsache; die Hauptsache war, dass die verschiedenen Menschen zusammenhielten, so stark zusammenhielten, dass sie eine Einheit bildeten. Es übte das Fräulein

Unger mit dem Eskimogesicht Abende lang mit dem Turnverein Gerzenstein – und die groben Burschen waren zahm und folgsam... Es gab Reibereien und Klatschereien, der Versicherungsagent erfuhr davon, er hoffte, er hoffte von Herzen, nun werde man sich an ihn wenden, damit er schlichte... Er hatte im Sinne, die Sache dann in einer Komiteesitzung zu behandeln... Niemand kam. Die Wellen legten sich. Einzig Johann Kehrli, der Dichter, hatte sich verändert; er trug keine Galoschen mehr, dafür hatte er sich Hemden mit weichen Kragen angeschafft, und seine Krawatte schlang sich nicht mehr um einen Flügelapparat aus Zelluloid...

Gemeinschaft! Ein grosses Wort! Es wird so viel darüber geschrieben. Und doch ist es so einfach... Eine Arbeit, die freiwillig getan wird und an der man Spass hat, was braucht es mehr? Es steigt die Kindheit auf aus dem verschütteten Brunnen, die Arbeit wird wieder Spiel, Belohnung wartet keine, man tanzt herum und verkleidet sich, ist Nymphe, Gott oder stilisierter Arbeiter, und alles ist genauso ernst, wie ein Kinderspiel... Um die Festhütte stehen hohe Platanen, ihre Blätter sind dunkel, wie sie es nur ein paar Tage sind, im hohen, schweren Sommer. Und die Nächte sind hell, auch wenn der Mond nicht scheint, denn dann glänzen die Sterne wie geschälte Haselnüsse... Es ist schön, zusammen über die Allmend zu gehen, ohne Weg, in der Ferne liegt ein Hügel mit schwarzem Wald, man singt einfache Lieder und geht in einer langen Reihe untergefasst. Man hat noch nicht die Verkleidung abgelegt, auch wenn man in Zivil ist, morgen kommt wieder die graue Arbeit und der Tag, der doppelt düster ist, weil draussen die Sonne scheint und das Monatsende noch fern ist... Ihr solltet nicht schelten über Feste und Chöre und Spiele, unser Joch ist starr und macht uns einsam, und auch die Träume, die uns die Bilder auf der weissen Leinwand geben, sie machen uns noch einsamer und lassen einen bittern Geschmack im Munde zurück... Das Komitee legte Protest ein bei der ersten Hauptprobe. Es sass im leeren Raume, den das Zeltdach hoch machte wie einen Dom. Pflöcke waren in die Erde geschlagen, Bretter darauf genagelt: Bänke und Tische. Die Bretter waren rauh. Aber nicht wegen der rauhen Bretter legte das Komitee Protest ein, sondern weil auf der Bühne eine Szene gespielt wurde, eine stumme Szene, ohne Musik, ohne Chorbegleitung: Der Tod ging über die Bühne; er trug eine schwarze Mönchskutte und eine schwarze Kapuze, streng schritt er aus, und vor ihm tänzelte der Narr und winkte ihm. Die Szene war gut, das Fräulein Varnhagen hatte sie sich ausgedacht, und sie fand, sie fülle gut eine Lücke aus. Und dann erinnerte die Szene an einen alten Totentanz. Warum sich das Komitee gerade über diese Szene aufregte? Der Fahnderwachtmeister Brügger bekam einen roten Kopf, als der Dichter Kehrli eingriff und dem Fräulein Varnhagen recht gab. Und der Bierreisende schrie, das sei dekadent, das Volk wolle bodenständige Kunst... Geschlichtet wurde der Zwischenfall von dem Komponisten Gygli, der Erfahrung in solchen Dingen hatte (er bewies wieder, dass Leute wie er geradeso rar waren wie die Beethoven), er gab beiden Parteien recht, es kam zu einem Kompromiss, der Tod durfte allein über die Bühne spazieren, ohne den Narren...

Hinter den Kulissen sass der Dichter Kehrli auf einer Kiste und weinte. Die Tränen liefen ihm über die Backen. Fräulein Varnhagen trat zu ihm, sie trug noch immer die schwarze Mönchskutte aus gefärbtem Fahnenstoff, nur die Kapuze hatte sie zurückgeschlagen. «Was ist denn passiert?...» fragte sie. Es kam stockend heraus: Dass er nur Gemeindeschreiber sei, bald dreissig Jahre alt, dass die Aufführung das Schönste sei, was er je gesehen, und dass die «Bürger» (ja, er sagte die «Bürger», wie irgendein romantischer Poet!), dass die Bürger alles versauen müssten... Und weinte hemmungslos. «Na, na, Chlyner», sagte Elisabeth sehr sanft und strich dem Dichter über die Haare, die braun und dicht und kurz waren. «Wer wird denn brüelen wie ein kleines Kind?» Johann Kehrli nahm die Hand, die ihn streichelte und küsste sie. «Ein Gemeindeschreiber!» sagte er und hatte noch ein trockenes Aufschluchzen. «Was willst du mit einem Gemeindeschreiber anfangen?» – «Das wird sich alles finden!» Und der Tod setzte sich neben den Dichter auf die Kiste. Durch die Ritzen des Zeltes schlich sich ein kleiner Abendwind, es roch nach Staub und frischem Holz und ganz schwach nach blühenden Roggenfeldern...

Das Komitee ging in den «Schweizerhof» tagen. Es beruhigte sich erst spät. Auf dem Nachhauseweg stellte der Hilfsredaktor vom «Landboten» fest, dass die Luft «gut schmöcke». Aber das ging vorbei, denn der Bierreisende hatte einen neuen Witz gehört und wollte ihn anbringen. Das Licht der Bogenlampen in der Hauptstrasse war grell, darum war auch der Himmel nicht zu sehen...

Die Festvorstellung kam heran. Zehn, fünf, drei, zwei Franken Eintritt. Das Zelt war gestopft voll. Den Tag durch hatten fünfzig Musiken das gleiche Stück geblasen, eine nach der andern. An einem reservierten Tische sassen die Schiedsrichter und blickten drein, als hätten sie alle einen schweren Rausch. Dabei waren sie nüchtern. Aber ihr Kopf war so voll von den Rhythmen des einzigen Marsches, der den ganzen Tag hindurch in ihre Ohren gepresst worden war, dass sie nicht mehr denken konnten. Sie hatten Biergläser vor sich stehen...

Zuerst schliefen sie, als der Saal verdunkelt wurde. Aber dann wachte einer nach dem andern auf, die Musik des alten Gygli war «rassig», wie sie sagten, droben auf der Bühne wehten farbige Fetzen um Mädchenkörper, es war alles bunt und neu und fern... Ein Chor sang, er stand gerade unter der Bühne, und unter ihm, auf dem niedersten Podium sass die Musik, viel Streicher, viel Holz, und wenig, ganz wenig Blech. Das gefiel den alten Herren Schiedsrichtern. Sie murmelten «glatt» und «suber», und als der Gott Merkur seinen grossen Aufschwung mit

Sprung machte, begannen sie zu klatschen, blinzelten sich zu mit «Hä?» und «Hm?» «Chascht das au?» Und als die Industrie zehn Mann hoch über die Bühne stapfte («und eins... und zwei... tatatam tatam...») und der Chor dazu dunkle Worte sang, die sich anhörten wie «Silös Sabine sie erfilz sie knie» waren sie ganz zufrieden.

Und dann kam natürlich die Sache mit den Bratwürsten. Der Chor setzte sich für sich, die Musik setzte sich für sich... Es waren geschlossene Gesellschaften. Aber die Leute, die oben getanzt hatten, dieses Gemisch aus Lehrerinnen, Stenotypistinnen, Arbeitern, Studenten und Ingenieuren – sie wollten nirgends hin passen. Sie hatten nicht viel Geld. Fräulein Varnhagen fand, das Komitee dürfe ihnen etwas Znacht aufstellen. Das Komitee meinte, nun sei die grosse Stunde gekommen, nun könne man die Unbotmässigen bodigen... Es bewilligte eine Limonade, eine Flasche Limonade für zwei... Kleinlich und ungeschickt! Der Dichter Kehrli sass am Tische des Komitees. Er stand auf und sagte seinem entfernten Verwandten wüst – das Publikum wurde aufmerksam, der Bierreisende bekam einen roten Kopf. Der Vorsitzende der Schiedsrichter, ein alter Herr in einem langen Gehrock, erhob sich von seinem Sitze, kam mit steifen Schritten näher und lud die ganze Gesellschaft ein. Die alten Herren freuten sich. Es gab Bratwürste und Rotwein. Der Vorsitzende wurde revolutionär und fluchte auf das Komitee, es habe einen schlechten Kantinenwirt angestellt, der Wein sei sauer... Aber der Wein wurde trotzdem getrunken, das Komitee entfernte sich, die Sänger gingen nach Hause, die Musik verkrümelte sich, es blieb einzig eine Violine übrig. Die stellte sich neben ein Klavier, Fräulein Unger mit dem Eskimogesicht begann zu spielen, die Violine fiel ein, und oben auf der Bühne wurde getanzt. Der Vorsitzende der Schiedsrichter verlangte die «Donauwellen», Fräulein Unger konnte sie auswendig, und Elisabeth Varnhagen tanzte den Walzer mit dem Vorsitzenden, der sehr behutsam führte und manchmal aus dem Takt kam, wenn ein Fetzen des am vergangenen Tage fünfzigmal gehörten Marsches plötzlich in seinen Ohren auftaute...

Die Geschichte mit den Bratwürsten ist noch nicht fertig. Im Gegenteil, sie schliesst das Musikfest ab. Drei Vorstellungen wurden gegeben, der Andrang des Publikums war gross. Es sollte, so beschloss das Komitee, noch eine vierte gegeben werden. Fräulein Varnhagen verlangte für diese vierte eine Gratifikation von fünfzig Franken. Keine grosse Summe, wird man sagen. Aber das Komitee lehnte ab. Es wird gespielt! verkündigte es durch den Mund des Fahnderwachtmeisters, der als Polizist die Staatsgewalt repräsentierte. Nun war aber Elisabeth Varnhagen in ihrem Recht, denn sie war nur zu drei Vorstellungen verpflichtet. Sie klagte der Truppe ihr Leid. Am meisten regte sich der Arbeiterturnverein auf. Es waren alle zehn grosse, feste Burschen. Einige konnten boxen, andere waren Schwinger. Nur mit dem

Reden haperte es. Aber sie wussten, was Organisation ist. Mit ein wenig Verachtung erklärten sie den klassenunbewussten Geschöpfen, den Studenten, Bureaufräuleins und Ingenieuren, dass es Streiks gäbe... Sie würden einfach alle nicht auftreten, wenn Elisabeth nicht die fünfzig Franken bekäme. Und für alle ein Nachtessen, aber zünftig! Zwei Bratwürste für jeden, sonst sei nichts zu machen. Der Gott des Handels wurde eine halbe Stunde vor der Vorstellung zum Versicherungsagenten geschickt. So und so, kein Mensch trete auf, wenn nicht schriftlich erklärt werde, dass Fräulein Varnhagen die fünfzig Franken bekäme... Der Dichter Kehrli war mitgegangen. Er vertrat die Interessen des Proletariats und verlangte die Bratwürste. Die wurden ihm übelgenommen. Er war ein Renegat, und der Wachtmeister Brügger, der hinzugekommen war, hielt mit seiner Meinung nicht zurück. Er werde dem Gemeindepräsidenten schon erzählen, was sein Schreiber für ein Bürschli sei, mit einem hergelaufenen Frauenzimmer karessieren, das könne ihm so passen... Der Dichter Kehrli verbat sich derartige Insinuationen. Aber selbst Fremdworte machen eine verfahrene Sache nicht besser. Kehrli strich die Segel. Er konnte sich nicht vorstellen, wie er eine Frau erhalten könne ohne die dreihundert Franken, die er als Gemeindeschreiber bekam...

Die Vorstellung begann. Und in der Lücke, in der berühmten Lücke, während welcher der Tod sonst allein über die Bühne ging, erschien zuerst der Narr und winkte mit gekrümmtem Zeigefinger. Dann erschien der Tod, umgeben von Nymphen und Satyrn. Sie feierten den Tod und streuten ihm Blumen. Die zehn Mann Industrie hatten rote Bubengesichter und klatschten in die Hände, während ihre steifen Turnerbeine Bocksprünge versuchten. Das Publikum applaudierte und schrie... Zweimal musste der Zug über die Bühne. Der alte Gygli am Dirigentenpult hob den Stab, die Musik brummte einen Tusch, noch einen...

Nur das Komitee machte nicht mit. Es ist merkwürdig, aber bei Männern sind die Vierzigerjahre ein gefährliches Alter. Die Männer sind in diesen Jahren immer beleidigt. Und das Komitee war beleidigt.

Es wartete bis nach der Vorstellung. Und es sperrte die Bratwürste. Der Arbeiterturnverein regte sich auf, sie hatten Hunger, die zehn Burschen. Sie hatten ihre Abende hergegeben, ihre freie Zeit, sie mussten am Morgen um sieben Uhr in der Fabrik sein, sie hatten Hunger, und ihr Lohn war nicht gross. Nur vier waren gelernte Arbeiter. Aber, wie gesagt, mit der Sprache haperte es. Der Gott Merkur war nicht mehr da, er war mit der kleinen Lehrerin heimgegangen, die Kopfweh hatte... So biss der Dichter Kehrli in den sauren Apfel. Vergebens versuchte Elisabeth ihn zurückzuhalten. Ein dichtender Gemeindeschreiber weiss nichts von Diplomatie, er hat Mühe genug, seine Schüchternheit zu überwinden, wenn er einmal in Wut kommt, ist er nicht zu halten. Er warf den Komiteemitgliedern vor, sie hätten alle ihren Schnitt

gemacht! Entsetzen! Verrat! Wut! So etwas sagt man nicht! «Die Bratwürste her», sagte Johann Kehrli, «sonst kommt ihr in den ‹Nebelspalter›!»
Die Bratwürste wurden gebracht. Dann gab es Musik. Auf der Bühne wurde getanzt. In zwei Stunden war das Fest vorbei. Johann tanzte mit Elisabeth einen Tango. Da erschien das Komitee fünf Mann hoch auf der Bühne und holte sich den Dichter. Es sah einer Verhaftung gleich. Kehrli wurde bleich. Elisabeth liess ihn gehen, ihr Gesicht war traurig; aber sie zuckte mit den Achseln. Noch hatte sie ihr Geld nicht... Und gesenkten Hauptes folgte der Dichter des Festspiels den fünf Herren des Komitees. Unterwegs fragte er schüchtern: «Wollt ihr mir Prügel geben?» Starres Schweigen. Gesättigt sass der Turnverein am rauhen Tische, keiner erhob sich. Das Fest war vorbei, die Gemeinschaft zerfiel...
Draussen rauschten die Blätter der Platanen, die Stadt war nah und trug einen milchigen Schein auf ihren Dächern. Es war warm, aber Johann Kehrli fror. Am liebsten hätte er geweint, aber er blieb tapfer. Zuerst hielt jedes der Komiteemitglieder eine Rede, ernst, schwer, tadelnd. Dann war es fertig. Alle sechs warteten, keiner wollte aufbrechen. Vorwurfsvoll sagte der Redaktor des «Landboten»: «Du willst uns in die Zeitung bringen, dabei haben wir so grosse Opfer für das Fest gebracht! Wir haben manchmal nicht zu Nacht gegessen, weil wir eine wichtige Sitzung hatten, wir haben für das Gelingen des Festes gehungert...» Nun war der Redaktor leider mit einem

rundlichen Bauch behaftet. Kehrli wies mit dem Zeigefinger auf die Rundung und sagte: «Das sieht man ...» Es lachte keiner. Die Luft war still. In der Ferne bellte ein Hund. Das Komitee marschierte ab, und Kehrli blieb allein zurück. Die Lichter im grossen Festspielzelt erloschen. Als er hinkam, war alles leer. Niemand hatte auf ihn gewartet. Er versuchte, sich an seine Verse zu erinnern, aber sie waren verweht, wie der Abend, an dem er mit dem Tod auf einer Kiste gesessen war. Es war ein schöner Tod gewesen. Und er war nur ein kleiner Gemeindeschreiber, der einmal ein Festspiel gedichtet hatte ...
«Wenn die Musik der Liebe Nahrung ist, spielt weiter, gebt mir volles Mass», lässt Shakespeare seinen Herzog sagen. Volles Mass?... Volles Mass gibt es nicht ...
Vom Waiblikoner Musikfest sind einzig die Kränze unter Glas und Rahmen geblieben, die von Tägertschi bis nach Koppigen den leeren Stuben der kleinen Beizen als Wandschmuck dienen ...

PARISER TANZLOKALE

Die Nebel, die aus der Seine steigen, umhüllen das einsame Haus am Quai de Bercy fast vollkommen. Die Lichter eines fernen Bahnhofs zittern auf der andern Seite des Flusses, und über die Brücke fährt, wie in einem Zaubertheater, fast lautlos das Phantom eines Zuges. Im ersten Stock des buntbelichteten Hauses hat sich ein Kreolenball versammelt, Rückstände der Kolonialausstellung. Das Orchester ist von der Epilepsie der ersten Negerkapellen ziemlich geheilt worden, es lässt tropische Gewitter über den Saal niedergehen, doch seine Gesten sind die kultivierter Wind- und Donnergötter. Der Posaunenbläser besonders, der Backen hat wie Boreas, tanzt gesittet mit den Damen, die gerne die Schritte des neuen Tanzes, des «Biguine» oder der «Romba» zu erlernen wünschen. Mit den ein wenig langweiligen Redensarten eines alten Conférenciers leitet er diese Tänze von den alten Contredances des 18. Jahrhunderts ab: die schwarzen Sklaven, die an den Fenstern ihrer Herren den damaligen Vergnügungen folgten, haben gewisse Schritte aufgelesen, sie mit eigenen Urwalderinnerungen versetzt: aus solcher Mischung ist dieser Tanz entstanden. Mit der Ableitung von Tänzen ist es wie mit der Etymologie: auch wenn sie nicht stimmt, sind ihre Erklärungen stets lustig. Das Tanzpublikum besteht aus schokoladefarbenen

Unteroffizieren, die mit helleren Kindermädchen tanzen: streng sind die Gesichter, die Paare bewegen sich kaum von der Stelle, aus der Hüfte gleiten taktfeste Wellen die Beine hinunter. Es wird sehr «dezent» getanzt, kultiviert möchte man sagen, während derselbe Tanz auf der andern Seite, in den Nachtlokalen von Montmartre, diese Dezenz entschieden eingebüsst hat. Ja, ja, «wir Wilden sind doch bessere Menschen», wie ein Verstorbener einst gedichtet hat.

Der Cancan ist eine Überraschung. Im Tabarin tanzt ihn jeden Abend eine Gruppe Mädchen Punkt 12 Uhr. Er ist ein gutes Beispiel dafür, was kaum 70 Jahre Tradition ausmachen kann. Zu denken, dass dieser Tanz einst als unanständig verschrieen worden ist! Er ist klassisch geworden, und dies ist nicht zuviel gesagt. Denn schliesslich hängt die Klassik doch irgendwie mit der Zeit zusammen, und ob es sich nun um 70 Jahre oder um 200 Jahre handelt (wie beim Ballett), ist unwichtig. Ob Spitzentanz und Kapriolen und Arabesken, oder ob akrobatische Leistungen mit Handstand, Überschlag und grossem Beinespreizen in der Luft, es kommt auf die Art der Lösung an. Gerade die Virtuosität, auf die es bei derartiger Gruppenarbeit, wie auch bei den Girls, am meisten ankommt, ist hier durchaus tänzerisch verwertet, und die anstosserregenden Spitzenunterhöschen sind neutral geworden, wie der Schaum einer Welle und erfrischend wie dieser. Die farbigen Kostüme, die im Stile des zweiten Kaiserreiches gehalten sind, verleihen, gerade durch ihre Paradoxheit, dem ganzen

Tanze die merkwürdig überlebte Atmosphäre, die leise sentimentalisch stimmt, trotz aller Exaktheit. Ausser des Cancans schleifen die Mädchen, während die «Laientänzer» sich von ihrem Slowfox und Tango ausruhen, langsame Wienerwalzer. Die Mädchen atmen mühsam, während sie tanzen, und ihre Brust hebt sich keuchend. Es bleibt stets rätselhaft, wieviel Kraft nötig ist, um Menschen zu belustigen, die sich sonst zu Tode langweilen müssten und die nachher, in den grellen Strassen, wie aufgequollene Gespenster herumlaufen, vorbei an den Bettlern, die auf den Stufen zu den Untergrundbahnstationen zusammengekauert schlummern, bis die Stille der morgendlichen Strassen sie weckt und sie sanft zu den Hallen geleitet, wo vielleicht doch ein warmer Kaffee zu ergattern ist.

MORPHIUM – EINE BEICHTE

Ich bin auf einem Umweg zum Morphium gekommen. Während des Krieges war das Bedürfnis, die tägliche Wirklichkeit zu ignorieren, auch in neutralen Ländern sehr stark. Da ich Alkohol in grossen Quantitäten vertrage, ohne berauscht zu werden, suchte ich nach einem andern Mittel und begann mit Äther. Aber dieses Gift ist unangenehm. Sein Geruch ist schwer zu vertreiben und bleibt als penetranter Geschmack tagelang im Munde zurück. Auch greift der Äther die Lunge an. Während einer Erkältung bekam ich mitten in der Nacht eine starke Lungenblutung, musste um Mitternacht einen Arzt aufsuchen; dieser machte mir eine Morphiumeinspritzung und liess mich konzentriertes Salzwasser trinken. Ich erinnere mich noch genau an die Wirkung dieser Einspritzung. Plötzlich wurde ich ganz wach. Ein sonderbares, schwer zu beschreibendes Glücksgefühl «nahm von mir Besitz» (man kann es kaum anders ausdrücken). Trotzdem es mir damals materiell sehr schlecht ging, war alles plötzlich verändert, die Not hatte ihre Wichtigkeit verloren, sie war nicht mehr vorhanden, ich hielt das Glück in den Händen; es war, um einen schlechten Vergleich zu gebrauchen, so, als ob mein ganzer Körper ein einziges Lächeln wäre. Und dann lag ich wach, bis zum Morgen.

Eine Woche später musste ich ins Spital. Ich spuckte noch immer Blut. Im Spital war der Medikamentenschrank unverschlossen. Ich nahm dort hin und wieder Morphium, schluckte es, da ich keine Spritze hatte. Nachher waren die Nächte immer sehr schön: kein Schlaf, sehr intensives Denken, ich schrieb Gedichte. Als ich das Spital verliess, war ich schon an das Gift gewöhnt, doch nicht so, dass es mir schwierig gewesen wäre, damit aufzuhören. Ich nahm ziemlich lange nichts mehr. Dann ging ich nach Genf, dort begann die Not von neuem. Ich hatte kein Geld, oder nur wenig, ass unregelmässig. Wenn man keine bestimmte Arbeit hat, sucht man Zerstreuung. Wieder begann ich Äther zu nehmen, wieder war der Geruch mir und meinen Wirtsleuten bald verleidet. Der Apotheker, bei dem ich Äther holte, ein kleines buckliges Männchen, gab mir auf mein Verlangen Morphium, ohne Rezept. Die Gesetze über Betäubungsmittel waren damals noch nicht so streng wie heute. Zuerst schluckte ich das Zeug, dann kaufte ich mir eine Spritze. Und so begann das Unglück. Zuerst war es sehr schön. Ich konnte ausgezeichnet arbeiten, schrieb manchmal 15 Seiten am Tag, gab daneben noch Deutsch- und Französischstunden. Essen war Nebensache, was ich verdiente, bekam der Apotheker. Dieser Mann musste ein Sadist sein. Denn plötzlich weigerte er sich, mir weiter Morphium zu geben. Vielleicht bekam er es auch mit der Angst zu tun. Was blieb mir übrig, als selber Rezepte zu schreiben? Ein ehemaliger Schulkamerad, dessen

Vater Apotheker war, zeigte mir, wie solch ein Rezept formuliert werden muss. Mo. mur. (Morphium muriaticum, was gleichbedeutend ist mit hydrochloricum), dazu destilliertes Wasser, die Angabe, es sei für Injektionen... das genügte. Es genügte, bis ein Apotheker Verdacht schöpfte und den Arzt, dessen Namen ich missbrauchte, anrief. Besuch eines Detektivs (der Mann hatte einen roten Schnurrbart und einen unangenehmen Geruch an sich), Konfrontierung mit dem klageführenden Apotheker, Protokollaufnahme bei dem zuständigen Polizeikommissar – ich musste unterzeichnen, dann durfte ich, nach einer wohlgemeinten Verwarnung, wieder gehen.

Aber es ist unmöglich, eine Entwöhnung allein durchzuführen. Nach zwei Tagen stand ich wieder vor dem Kommissar (ausserdem hatte ich noch ein Fahrrad gestohlen, um mir Geld zu verschaffen), und diesmal wurde ich eingesperrt. Die erste Nacht verbrachte ich im Kotter. Ein kleiner Raum, etwa sechs Meter auf vier, Bretter, die als Pritschen dienen sollten, in einer Ecke das Klosett, das mit Uhrwerkgenauigkeit alle 5 Minuten rauschte. Als ich nachmittags gegen zwei Uhr eingeliefert worden war, war der Raum leer und roch penetrant nach einem Desinfektionsmittel. Am Abend war der Raum voll, etwa zwanzig Leute waren aneinandergeschichtet: Betrunkene, kleine Delinquenten, Chauffeure, Kutscher, die irgendeine Verordnung übertreten hatten.

Die Nacht war unangenehm. Es war Juli und sehr heiss. Trotzdem fror ich, wie dies ja immer bei Entwöhnungen der Fall ist. Gegen Mitternacht hielt ich es nicht mehr aus, ich schlug mit den Fäusten gegen die Tür. Endlich kam der «Brigadier» und erkundigte sich, was denn los sei. «Aha, der Morphinist», sagte er nur. Er gab mir ein grosses Glas Rum, brachte mich in einen anderen Raum, in eine Zelle, und gab mir Decken. In dieser Zelle hatte ich nur einen Mitinsassen, dem es geradeso schlecht ging wie mir. Er erbrach die ganze Zeit, denn er hatte zuviel getrunken. Ausserdem wurde er vom heulenden Elend geplagt und fürchtete, niemals mehr die Luft der Freiheit atmen zu können. Ich musste ihn trösten, und das war günstig, denn es liess mich ein wenig das eigene Elend vergessen.

Am Morgen wurden wir einem Kommissar vorgeführt, der einen blonden Fahnenbart trug. Ich wurde nach St. Antoine, dem Staatsgefängnis, gebracht und erhielt eine Einzelzelle. Es war mir sehr schlecht. Alle Entwöhnungserscheinungen stellten sich ein: Brechdurchfall, Angst, Schmerzen, die den Körper durchwanderten. So ist es eben mit dem Morphium. Monatelang hat man Kopfweh und andere Übel mit Hilfe des Betäubungsmittels unterdrückt. Aber sie sind nicht verschwunden, sie haben sich in allen Winkeln des Körpers versteckt und lauern dort auf die Zeit, in der das Mittel fehlt. Dann brechen sie insgesamt hervor, überfallen den Körper... es sieht aus, als sollte bewiesen werden, dass uns das Schicksal

kein Leid schenken will... Nur aufzusparen erlaubt es und eine einmalige Erledigung.
Ich fiel von einer Ohnmacht in die andere. Zwischendurch hörte ich die Glocke des Collège, den Lärm der Pausen. Das war traurig. Vor vier Jahren war auch ich in diese Schule gegangen und hatte oft zu den vergitterten Fenstern aufgeblickt. Nun sass ich selber hinter solch einem Fenster. Da ich damals noch literarisch veranlagt war, fiel mir das Gedicht Verlaines ein, das auch im Gefängnis geschrieben worden ist:

Der Himmel überm Dach
Ist still und leise,
Ein Baum über dem Dach
Zieht seine Kreise.

Da ich die Klingel dauernd in Bewegung setzte, wurde es dem Gefangenenwärter zu dumm. Er steckte mich in eine andere Zelle, wo ich Gesellschaft hatte: einen deutschen Spion und einen Ein- und Ausbrecher. Sie waren beide sehr kameradschaftlich, gaben mir Zigaretten, der Spion war reich und kredenzte mir Wein. Dann kam der Arzt, und eine Viertelstunde später war ich im Spital.
Die Entwöhnungserscheinungen sind, wie gesagt, reichlich unangenehm. Die Nase trieft, man muss niesen, zehnmal hintereinander, fast bis das Herz stehenbleibt. Überhaupt, das Herz benimmt sich am gemeinsten. Dann ist da das Gähnen, bis man Kieferkrampf bekommt. Das Leintuch brennt wie ein riesi-

ges Nesselblatt, der Magen kann nichts vertragen, man merkt plötzlich, dass man eine Galle besitzt; man merkt verschiedenes und weiss schliesslich mit seinem Körper ziemlich Bescheid. Die Nächte besonders sind eine Quälerei: Man wälzt sich am Boden; kurz, wenn man in Verbindung mit Rauschgiften von künstlichen Paradiesen spricht, kann man bei der Entwöhnung gut von einer künstlichen Hölle sprechen.

Nach zwei Tagen wurde ich in die Irrenanstalt Bel-Air überführt. Da eine Verurteilung als ein «Fleck auf der Ehr» angesehen wurde, gelang es, durch Konnektionen mit Genfer Magistratspersonen mich für verrückt erklären zu lassen. Ich bekam den Stempel: «Dementia praecox» (jetzt nennt man dies Schizophrenie).

Ich kam nach Münsingen, wo ich ein Jahr lang blieb, um dann nach Ascona «auszuwandern». Zwei Monate konnte ich mich halten, dann begann die Geschichte von neuem. Im Grunde gibt es nichts Uninteressanteres als das Leben eines Morphinisten. Es beschränkt sich auf Perioden, in denen er das Gift nimmt, und auf Perioden, in denen die Gesellschaft ihn zwingt, sich das Zeug wieder abzugewöhnen. Alle Gründe, die man erfindet, um die Sucht zu entschuldigen, können sich literarisch und poetisch sehr gut machen; konkret ist es eine Schweinerei, denn man ruiniert sich sein Leben damit. Unsere europäische Gesellschaft ist eben so eingerichtet, dass ein Morphinist von vornherein als «anormal» betrachtet wird, vielleicht weil das Gift allzusehr individualistisch macht. Der Alkohol fördert die Geselligkeit, fördert eine gewisse Brutalität. Opium lässt Minderwertigkeitsgefühle entstehen; vielleicht könnte man noch weiter gehen: nur der nimmt Morphium, der unter allzu starken Minderwertigkeitsgefühlen zu leiden hat. Im Osten ist die Situation wohl anders.

Morphium (und Opium auch, da Morphium der aktivste Bestandteil des Opiums ist) hebt die Hemmungen auf. Aber nicht nur das. Der Körper versucht das Gift zu neutralisieren und produziert Gegengifte. Diese Gegengifte wirken sehr unangenehm auf die Nerven; um nun diese Gegengifte wieder zu neutralisieren, steigert man die Dosis, um die Wirkung, die «euphorische» Wirkung, wieder hervorzurufen. So entsteht ein Kreislauf, ein «circulus viciosus», dem zu entrinnen die eigene Kraft nicht ausreicht. Daher die immer wiederkehrende Notwendigkeit einer Entwöhnung. «Aber», werden die ganz gescheiten Leute sagen, «wenn Sie doch wissen, was Ihnen bevorsteht (wir wollen einmal die strafrechtlichen Konsequenzen aus dem Spiel lassen und nur die Qualen einer Entwöhnung, die Sie so anschaulich schildern, in Betracht ziehen), warum beginnen Sie dann immer von neuem?» Darauf weiss ich keine Antwort. Es muss so ähnlich sein wie eine starke sexuelle Bindung; gegen eine solche helfen auch alle Vernunftgründe nichts.

Morphium ist relativ harmlos, verglichen mit Kokain. Wenn ich an die Zeiten zurückdenke, in denen ich neben dem Morphium auch Kokain genommen habe, so schaudert es mich gelinde. Zugegeben, man lernt viel. Ich kann mich nicht mehr über Verrückte wundern, die Stimmen hören, denn ich habe selbst Unsichtbare sprechen gehört. Das war in Belgien. Ich wohnte in einem möblierten Zimmer, über einem Café; dort mahlte ein mechanisches Klavier erbarmungslos uralte Schlager, gewöhnlich bis um zwölf Uhr nachts. Der Arzt, der mir die Gifte verschrieb, wohnte in einer Vorstadt und war selber Morphinist. Man kommt mit sonderbaren Leuten zusammen. An jenem Abend hatte ich keine grössere Menge genommen als sonst, aber vielleicht hatte sich das Gift in meinem Körper aufgespeichert. Kurzum, ich lag im Bett. Da hörte ich deutlich vor meiner Zimmertür Leute reden: «Den werden wir uns jetzt holen, das geht nicht mehr so weiter. Sein ganzes Geld gibt er für Rauschmittel aus. Da müssen wir einen Riegel vorschieben.» Und unter meinem Fenster im Hof hörte ich andere Leute, die sprachen: «Jetzt stellen wir vor sein Fenster ein Fass, wenn er zum Fenster hinausspringen will, so fangen wir ihn ab.» Sie mögen es mir glauben oder nicht: ich hatte nicht den Mut nachzusehen, ob die Leute, die sprachen, auch wirklich vorhanden waren. Ich zog meine Sonntagskleider an, schluckte sechs Gramm Veronal und schnitt mir mit einer Gilletteklinge die Pulsadern auf. Das heisst, die Adern hab ich wohl nicht getroffen, sondern nur die Venen. Denn am nächsten Tag bin

ich aufgewacht, mein Bett war voll Blut, aber ich lebte noch. Es war gerade Faschingsdienstag. Natürlich brachte man mich ins Spital. Die Entwöhnung war unangenehmer als früher, denn es kam noch eine Veronalvergiftung dazu. Ich bin dann in diesem Spital als Krankenwärter geblieben und habe bald nachher wieder angefangen. Und diesmal endete es noch schlimmer. Ich zündete nämlich Feuer in meinem Zimmer an (wieder waren es die Stimmen, die mich plagten, ich wusste diesmal, und auch das erstemal, dass sie in Wirklichkeit nicht bestanden; aber trotzdem musste ich handeln, als sprächen sie wirklich), wurde in die Tobzelle gesperrt und kam dann in ein belgisches Irrenhaus, das von Mönchen verwaltet wurde. Von da an habe ich weder Morphium noch Kokain genommen.
Komisch war die Rückreise. Drei Mönchlein begleiteten mich. Die Anstalt hatte mit Rücktransporten ins Ausland schlechte Erfahrungen gemacht. Die letzten Male waren die Kranken einfach auf irgendeiner Station verduftet, und das bedeutete eine Blamage für die Brüder. Diesmal wollte man die Sache recht machen. Darum bekam ich eine so imposante «Garde du Corps». Und um ganz sicher zu gehen, musste ich mir noch einen mit einem Schloss versehenen Gürtel um die Lenden legen lassen, der eine Schlaufe besass, die mein rechtes Handgelenk an den Körper fesselte. Auch dieser Riemen war mit einem Schloss versehen.
Ich kam nach Münsingen zurück, blieb dort jedoch nur zwei Monate; dann beschloss der Regierungsrat

des Kantons Bern, ich sei wegen liederlichen Lebenswandels auf ein Jahr in eine Strafanstalt zu versorgen. So kam ich nach Witzwil. Ich kann nicht behaupten, dass mir dies Jahr geschadet hat. Ich lernte einen der wertvollsten Menschen kennen, der mit grosser Güte eine undankbare Arbeit verrichtete, den Direktor von Witzwil, Kellerhals. Vielleicht ist dieser Mann eine rühmliche Ausnahme. Aber durch den Verkehr mit ihm wird man doch gezwungen, gewisse Protesteinstellungen, die man gegen die Gesellschaft nun einmal hat, zu revidieren. Auf den Rat des Direktors versuchte ich es mit der Gärtnerei.

Ich kam nach Liestal in eine Baumschule. Morphium nahm ich keins mehr. Es war zu umständlich, sich das Gift zu verschaffen, die Gesetze waren strenger geworden. Aber ganz ohne Gifte konnte ich nicht leben. So versuchte ich es mit Opium.

Opium ist ein brauner Stoff, der sonderbar aromatisch-bitter schmeckt. Gewöhnlich wird er in Form einer alkoholischen Lösung verschrieben, einer Tinktur. Diese Tinktur ist relativ leicht auf falsche Rezepte zu erhalten, denn sie wird häufiger als Morphium verschrieben – gegen Bauchschmerzen, gegen Durchfall. Apotheker sind weniger misstrauisch gegen derartige Rezepte. Wenigstens war dies vor einigen Jahren noch so. Schliesslich aber kam doch wieder die Katastrophe. Der Apotheker in Liestal hatte die Flasche, die die Tinktur enthielt, in Reichweite aufgestellt. Was war einfacher, als in die Apotheke zu gehen, ein Aspirin zu verlangen, um ein

Glas Wasser zu bitten, weil man die Tablette gleich einzunehmen wünsche – und während der Apotheker den Laden verliess, einen grossen Schluck aus der Flasche zu nehmen? Es ging eine Zeitlang, dann merkte es der Mann, und da er wusste, dass ich gewöhnlich nach der Arbeit, am Abend kam, stellte er einen Detektiv hinten im Laden auf. So wurde ich geschnappt. Ich sah schon wieder Witzwil vor mir, aber zufälligerweise war der Statthalter dieses Städtchens ein sehr anständiger Mensch. Er überredete den Apotheker, die Klage zurückzuziehen, die Summe, die das von mir entwendete Opium ausmachen sollte, wurde auf zwanzig Franken reduziert, so dass die Klage nicht offiziell weiter verfolgt zu werden brauchte – und ich wurde schon am nächsten Tag entlassen.

Inzwischen hatte ich doch einiges dazugelernt. Ich ging freiwillig nach Münsingen, um eine Entwöhnung durchzumachen. Sie war sehr milde: Der Arzt, der mich behandelte, ging langsam mit den Dosen herunter und beschränkte die Quälerei auf ein Mindestmass. Und dann schlug er mir vor, mich in psychoanalytische Behandlung zu nehmen. Ich willigte ein.

Die Anstalt verliess ich bald darauf, ich war kaum zwei Monate interniert gewesen. In einer Baumschule nahm ich Arbeit an und ging jeden Tag eine Stunde zu jenem Arzt. Die Analyse steht augenblicklich nicht hoch im geistigen Kurs, viel wird gegen sie eingewandt; unberechtigt sind diese Einwände meist, weil sie von Leuten erhoben werden, die nie eine Analyse durchgemacht haben und ihre Weisheit aus Büchern schöpfen. Die Schwierigkeit dieser Behandlungsart, vor allem auch die Notwendigkeit, die sie nur auf jene Schichten beschränkt, die ein gewisses geistiges und psychologisches Training hinter sich haben, wird immer verhindern, dass sie populär wird. Auch dass der Baumeister dieser Lehre ein Jude war, wird bornierten Leuten stets ein leichtfassliches polemisches Argument in die Hand geben.

Man verlernt das Lügen in der Analyse: das ist eine ihrer Hauptvorteile. Ich meine nicht das tagtägliche Lügen, ohne das ein geselliges Leben einfach unmöglich würde, sondern das gefährlichere: das Sich-selbst-Belügen. Erste und einzige Vereinbarung, die Ihnen zu Beginn der Kur verkündet wird: alles zu sagen, was Ihnen einfällt. Sie denken natürlich, das ist leicht. Es ist schwieriger, als siebzig Kilometer ohne Wasser in der Sonnenhitze zu marschieren. Denn unwillkürlich halten Sie mit den wichtigsten Dingen immer zurück. Sie *können* nicht alles sagen. Es gibt reservierte Gebiete, in jeder Seele, die so empfindlich sind, dass sie die Scheinwerferbeleuchtung des gesprochenen Wortes einfach nicht vertragen.

Man kann eine Analyse nicht erzählen. Was sich da in den vielen Stunden ansammelt und klärt, lässt sich mit menschlichen Worten nicht ausdrücken, obwohl der Analytiker sich immer wieder bemüht zu formulieren. Ein Beispiel: ganz zu Beginn der Analyse kam mir einmal der Satz in den Sinn, den ich, lachend und seine Blödigkeit betonend, aussprach: «Ich bin die Mutter.» Um diesen Satz kreiste die ganze Analyse. Meine Mutter ist gestorben, als ich vier Jahre alt war. Ich lebte dann allein mit meinem Vater und spielte die Rolle der abwesenden Mutter. Als sich mein Vater dann wieder verheiratete, gab es in den Untergründen, wo nicht Logik und Verstand herrscht, sondern der Bilderdienst, fast unauflösliche Konflikte: kindliche Eifersucht, die stärker und qualvoller ist als die Eifersucht der Erwachsenen. Durch die überenergische Haltung meines Vaters wurde ich in eine passive, weibliche Rolle gedrängt (schon an diesem Beispiel ist leicht zu sehen, wie schwierig ein genaues Darstellen der Sachlage ist: denn natürlich hätte ein anderer Mensch mit einer von der meinen verschiedenen Konstitution ganz anders reagiert. Er hätte den offenen Kampf aufgenommen). Ich versuchte mich auf Schleichwegen zu behaupten, durch Katastrophen immer wieder das verlorene Interesse des Vaters zu erringen. Und diese Katastrophensucht blieb mir auch später. Da ich nicht ausgesprochen kriminell veranlagt bin, war das Nehmen von Rauschgiften eine willkommene Methode, immer wieder neue Konflikte zu schaffen, in denen ich der leidende, der weibliche Teil war. Die Gesellschaft übernahm später die Rolle des Vaters, wenigstens in meinem Innenleben. Ich war in des Wortes richtigster Bedeutung ein «Leidsucher». Zufrieden war ich eigentlich immer erst, wenn ich im Gefängnis oder im Irrenhaus war.

Und noch eine andere Wirkung hat das Opium und die ihm verwandten Gifte: Sie unterdrücken die Sexualität. Zum Morphium kam ich nach einem Liebeserlebnis, das schlecht ausging. Im «Unbewussten» zog ich die Konsequenz und rettete mich auf eine kindliche Stufe zurück, auf eine Stufe, in der die Beschäftigung mit den Sensationen des eigenen Körpers den Lustgewinn abgibt. Darauf ist man dann noch stolz: Man kann das «Du» entbehren und sich ganz auf das «Ich» konzentrieren. Es rächt sich: denn ganz allein kann man nicht leben, und die Frau, die man dann für sich beansprucht, leidet, man kommt sich selbst als Schuft vor... die Komplikationen werden so unerträglich, dass man eine Katastrophe sucht, um einen Ausweg zu finden. Wird man dann schliesslich eingesperrt, so zieht man auch die letzte Konsequenz und versucht es mit dem Selbstmord. Gewöhnlich ist aber irgendeine tiefere Schicht noch viel zu stark aufs Weiterleben eingestellt, und der Selbstmord misslingt, obwohl man bewusst alles versucht hat, um ihn herbeizuführen.

Ich muss mich ob dieses langen Exkurses entschuldigen. Ich wollte nur an einem konkreten Beispiel zu zeigen versuchen, welche Aufschlüsse über sein eigenes Innenleben die Analyse geben kann. Dass man derartige Beispiele nicht einfach aus der Luft greifen kann, sondern eigene Erlebnisse dazu verwerten muss, ist selbstverständlich. Manche können es für Schamlosigkeit oder Überschätzung der eigenen Persönlichkeit halten: Ich möchte gerne diesen Verdacht

abwehren und betonen, dass mir nur daran lag, eine verschriene Methode an Hand eigener Erlebnisse zu schildern.
Die Psychoanalyse ist kein Universalheilmittel. Meine erste Kur hatte ein Jahr gedauert. Sie war schwieriger als eine andere, weil die Opiomanie mit der Zeit nicht nur psychisch bedingt ist, sondern auch organische Veränderungen hervorruft. Der Körper, die Zellen haben sich derart an das Gift gewöhnt, dass sie ohne dasselbe nur schlecht zu leben vermögen. Der Opiumhunger ist quälender als der gewöhnliche Hunger. Bei der geringsten Verstimmung, bei kleinen Schmerzen, lockt das Mittel, dessen beruhigende Eigenschaften man nur zu gut kennt. Vergessen sind dann die Leiden, die man darob hat ertragen müssen, die Stumpfheit, die sich mit der Zeit einstellt, der Zeitverlust (denn schwierig ist es, sich das Zeug zu verschaffen), die Geldausgaben, die fixe Idee, um die schliesslich das ganze Leben kreist, die Demütigungen, die Minderwertigkeit, das schlechte Gewissen. Oder ist das schlechte Gewissen doch die stärkste Lockung?
Kurz, ich vermochte mich nach der Analyse ein paar Monate zu halten. Dann, nach einem schweren Erlebnis, griff ich doch wieder danach. Neue Entwöhnung – diesmal brüsk. Gar keine Wirkung. Ich hatte kaum die Anstalt verlassen, stürzte ich schon in eine Apotheke. Können Sie sich einen Menschen vorstellen, der, kommt er in eine neue Stadt, vor allem Ausschau nach Apotheken hält? Land-

schaft? Museen? Bauten? Uninteressant. Apotheken sind wichtig.

Es brauchte eine neue sechsmonatliche Analyse, um mir wieder den nötigen Halt zu geben. Aber ich kann nur mit einer Frage schliessen, einer Frage, die ich mir selbst stelle, und einer Hoffnung, der ich Glauben schenken möchte: Vielleicht gelingt es diesmal?

SÜNDENBÖCKE

... und alle ihre Übertretung in allen ihren Sünden; und soll sie dem Bock aufs Haupt legen und ihn durch einen Mann, der bereit ist, in die Wüste laufen lassen...
... dass also der Bock alle ihre Missetat auf sich in eine Wildnis trage...

3. Mose 16; 21, 22.

Es war, glaub' ich, Archimedes, der einen Freudenruf ausstiess und dann nackt durch die Gassen von Syrakus tanzte, weil er entdeckt hatte, dass der Goldklumpen, den er ins Wasser getaucht hatte, weniger schwer war als an der Luft. Er soll damals «Eureka» gerufen haben, weil er das archimedische Prinzip entdeckt hatte. Uns hat man in der Schule genug mit diesem Prinzip gequält...
Aber es ist nun einmal ein physikalisches Gesetz, und wir müssen uns mit ihm abfinden. Es fällt mir jedesmal ein, wenn ich einen Menschen so recht aus Herzensgrunde sagen höre: «Aber ich bin doch nicht schuld... Ich kann nichts dafür... Schuld ist...» Und dann folgt die Aufzählung. Hat der Mann einen Schnupfen, so ist sicher der Freund, bei dem er eingeladen war, daran schuld, weil der das Fenster in seinem Rücken hat offenstehen lassen. «So eine Rücksichtslosigkeit!» Geht eine Ehe in die Brüche, und es

kommt zur Scheidung, so ist immer der andere schuld. Fürsprecher, die Spezialisten in Ehescheidungsangelegenheiten sind, wissen davon ein Lied zu singen, und wenn sie dies Lied nicht singen, so kommt es nur daher, weil sie schliesslich daran verdienen... Ich habe letzthin durch Zufall die Akten zweier Scheidungsprozesse in Händen gehabt. In dem einen Falle hatte der Mann die Scheidung verlangt, weil die Frau dem Trunk ergeben war, den Haushalt vernachlässigte und ihren Gatten mit Gezänk und Gekeif zur Verzweiflung brachte. Auf diese Anschuldigungen antwortete der Anwalt der Gegenpartei, die Frau habe sich dem Trunk ergeben, weil der Mann die Gewohnheit gehabt habe, am Sonntag bis um 11 Uhr im Bett zu liegen! Das habe sie irritiert, und deshalb habe sie begonnen zu trinken. Im zweiten Falle klagte die Frau auf Scheidung, weil der Mann jungen Mädchen nachlaufe, sich nicht mehr um die Familie kümmere und kein Geld mehr heimbringe... Was antwortete der Mann? Er habe das nur getan, weil die Frau zuviel Romane lese und kalt sei. Es will keiner der Sündenbock sein, immer ist es der andere.

Und das ist begreiflich, menschlich nur allzu begreiflich. Es ist ein Gesetz, ähnlich dem archimedischen, dass jeder die Schuld beim andern sucht. Würde er sie bei sich suchen, seine ganze Sicherheit oder was er dafür hält, ginge zum Teufel. Er würde an Gewicht verlieren, es würde ihm vorkommen, er stehe nicht mehr fest auf dem Erdboden...

In einer Baumschule habe ich einmal folgendes erlebt, und es ist mir wie ein Paradigma vorgekommen: Ausser dem Besitzer, der wenig befahl, gab es dort einen alten Obergärtner, der während zwanzig Jahren den Betrieb geführt hatte, recht und schlecht, oder wie man sagt: nach bestem Wissen und Gewissen. Die Bäume wuchsen, wurden verkauft, neue wurden gesetzt, die Rosen fanden guten Absatz. Da fand der Besitzer, das Geschäft rentiere nicht gut, er engagierte einen neuen Obergärtner, der aus einer ganz berühmten Baumschule kam und der einen neuen Zug in die Sache bringen sollte. Er kam, der Neue, und er organisierte. Er krempelte alles um. Sein täglicher Refrain war: «Das ist ja ganz falsch gemacht worden... Der Alte? Der hat doch nichts gekonnt... So muss man das machen...» Es verging ein Jahr. Die Bäume gediehen ein wenig schlechter. «Daran bin ich nicht schuld», sagte der neue Obergärtner, «wenn der Boden so lang vernachlässigt worden ist, wenn der Alte so viel gepfuscht hat, dann kann ich das nicht von einem Tag auf den andern bessern...» Das zweite Jahr verging, die Bäume serbelten. Der Verkauf war schlecht, es gab viel Blutläuse. Der Neue wurde entlassen, der alte Obergärtner kam wieder an seine Stelle. Als der Neue ging, sagte er: «Das ist nicht meine Schuld, der andere...» Als der Alte die Arbeit wieder antrat, sagte er: «Was der Neue verpfuscht hat, das geht auf keine Kuhhaut, er ist schuld, jetzt kann ich wieder krüppeln, bis alles im Stand ist...» Uns Arbeitern war es gleich, wir bekamen unsern Lohn, beide waren anständig zu uns gewesen. Und wir wussten wirklich nicht, welcher recht hatte...

Und in der Politik? Las Cases, in seinem Memorial, zitiert einen merkwürdigen Ausspruch Napoleons. Es kam die Rede auf Robespierre. Darauf sagte Napoleon nachdenklich: «Robespierre? Er war der Sündenbock!» Robespierre, der Mann der Schrekkensherrschaft, unter dessen Regiment allein in den zwei Monaten vor Thermidor Tausende geköpft worden waren, ein Sündenbock? Es ist sicher richtig. Die Menschheit will Symbole, sie fragt nicht nach dem Menschen, sie inkarniert in einem Mann jene Gestalt, auf die sie ihren ganzen Hass werfen kann. Sie vergisst die Kehrseite, sie vergisst, dass im Fall Robespierre hinter dem grausamen Popanz, den sie sich zurecht gemacht, ein Mensch steht, den die Töchter des Schreiners Duplay «bon ami» «guter Freund» nannten. Ein scheuer, ein wenig eitler Mensch, der vielleicht nur deshalb an der Terreur schuldig war, weil er seine Untergebenen, die gern im Trüben fischten, schalten und walten liess...

Erinnern Sie sich noch an den grossen Krieg? Haben Sie noch die verschiedenen Bücher in Erinnerung, die von allen Staaten zur Selbstverteidigung herausgegeben wurden – es waren ihrer so viele, dass alle Farben des Regenbogens nicht langten, um sie zu unterscheiden. Schliesslich blieb ein Land hängen – und dieses Land wurde der Sündenbock...

«Glauben Sie, dass ich mich über die Entwicklung

Deutschlands wundere?» sagte mir letzthin ein jüdischer Arzt, ein Emigrant, der in der Heimat alles verloren hatte und hier in der Schweiz eine schlechtbezahlte Assistentenstelle erhalten hatte – er war in Fachkreisen ziemlich bekannt gewesen. «Es ist eine durchaus natürliche Entwicklung, es hätte sie niemand aufhalten können. Wenn man einem ganzen Volk jahrelang alle Schuld an einer Katastrophe gegeben hat, ohne dass es die Möglichkeit gehabt hat, sich zu rechtfertigen, so muss es die Schuldigen bei sich suchen... Wir sind die prädestinierten Sündenböcke, sind es immer gewesen. Ich verstehe zu gut. Und glauben Sie mir eines. In jedem Land gibt es Bestien. Was in den Konzentrationslagern vorgeht... Ich wette mit Ihnen, dass auch in der Schweiz, wenn die Umstände danach sind, sich ebensoviele Sadisten auftreiben lassen, denen es eine Freude sein würde, Andersdenkende zu quälen – um sie (bequeme Ausrede) zu bekehren. Man muss verstehen...»

Es ist schwer zu verstehen. Aber ich musste ihm recht geben. Ich habe solche Leute genug getroffen, in der Strafanstalt, in Betrieben... Geben Sie einem einfachen Menschen Macht über Andere, so wird er böse, es sei denn, er ist grundgütig – und auch dann... Beobachten Sie doch einen Menschen, der draussen als gütig, anständig, höflich angesehen wird, im Kreise seiner Familie. Dort lässt er sich gehen, dort tyrannisiert er Kinder und Frau, und am liebsten noch bringt er seinem Hund das Gehorchen bei. Einmal habe ich einen Fuhrmann gesehen, der einen jungen Baum umgefahren hatte. Er schlug auf das Ross ein, bis es die Deichsel zerbrach. Das Ross war schuld. Nicht nur der schwarze Bock musste alle Missetaten Israels auf sich nehmen. Wir haben heute die Auswahl: Bundesräte, Kapitalisten, Marxisten, – das ist für den Sonntag, gewissermassen die geistigen Sündenböcke. In der Woche hält man sich an der Frau, an den Kindern, an den Knechten schadlos – und wenn diese nicht gerade «umewäg» sind, so muss das Ross herhalten, oder der Hund.

Eine Zeitlang war es Mode, auf den Bürger zu schimpfen. Schon damals ist es mir schwer geworden, mir etwas unter diesem Begriff «Bürger» vorzustellen. Da war mein Vater, ein Herr mit einem langen Bart, mit ganz festgefügten Ansichten, die mir sehr auf die Nerven gingen. Gut, aber war er ein Bürger? Bürger war doch Synonym von Borniertheit, Selbstgerechtigkeit. Eigentlich war mein Vater das alles nicht. Er litt, wie ich auch, war traurig, manchmal fröhlich... Die bösen Kapitalisten... Gibt es das? Ich kenne ein paar reiche Leute, die einen haben einen fabelhaften Packard, Villa in Montreux – aber der Mann hat einen chronischen Magenkatarrh, die Frau langweilt sich, der Sohn ist blödsinnig. Also Kapitalisten, meinetwegen, sie sind an unserer Krise schuld. Wissen sie es? Nein. Für sie sind die Marxisten an dem ganzen Elend schuld, nicht nur an der Krise, nein, auch am Magenkatarrh (der kommt von den Sorgen, die die Wühlereien verantwortungsloser

Elemente erzeugt haben), auch an der Debilität des Sohnes. Wahrhaftig! Man muss nie versuchen, instinktive Abneigungen erklären zu wollen.
Und der Marxist? Der Präsident der Sektion des Gewerkschaftskartells öffentlicher Dienste ist ein kleiner Mann mit einem winzigen blonden Schnauz und blauen Porzellanaugen. Für ihn ist jeder Kollege, der nicht in der Gewerkschaft ist, ein Verbrecher. Der Mitgliederbeitrag beträgt sechzig Franken im Jahr. Dafür bekommt man eine Zeitung und sonst nichts. Sechzig Franken sind eine Summe, besonders in der heutigen Zeit. Man kann sie für anderes brauchen. Aber wer sie nicht zahlt, ist ein Verräter. Der Präsident hat zweihundertundachtzig Franken Lohn im Monat, bei freier Kost, aber er fühlt sich benachteiligt. «Die Kapitalisten!» sagt er. «Die Rüstungsindustrie!» Er hat zehntausend Franken auf der Bank. Kürzlich hat er eine Schreibmaschine gekauft (für die Sektion) und hat 10 Prozent Rabatt bekommen. In der Jahresabrechnung aber steht der volle Preis für die Maschine, die 10 Prozent sind in seine Tasche gewandert. Ich möchte betonen, dass ich dem Manne keinen Vorwurf mache. Moralisch hin oder her, der Mann hat praktisch gedacht und gehandelt, er ist sich selbst der Nächste. Aber was ein wenig schwer zu schlucken ist, ist, dass er nicht bemerkt, dass er genau gleich handelt wie die von ihm verfluchten Kapitalisten. Übrigens ist dieser Mann eng mit dem Baumeister des Dorfes befreundet, der elf Häuser besitzt... Der Kapitalismus ist für ihn ein Phantom,

sagen wir besser ein Symbol... Über irgend etwas muss sich der Mensch ärgern können, sonst fehlt ihm etwas.

Vor einigen Monaten wurde in einer Schweizer Stadt ein Vortrag gehalten, der ungeheuren Zulauf buchen konnte. Es sprachen zwei Männer unter tosendem Applaus. Ich habe den Vortrag nicht gehört, nur das Echo ist zu meinen Ohren gedrungen. Und das Echo klang folgendermassen: «Das war gerissen, der hat's den Bundesräten gezeigt. Das sind noch Männer!» Und als ich mich schüchtern erkundigte, was denn der Redner so Weltumstürzendes geäussert hätte, da versiegte der Strom. Der Bundesrat sei an der Krise schuld, wenn der Bundesrat anders handeln würde, gäbe es bald keine Krise mehr, es müsse mehr Geld ins Volk, dann gehe die Arbeitslosigkeit zurück. – Und wie das zu machen sei, fragte ich in meiner neugierigen Unschuld. Das habe er ganz haargenau gesagt, und es sei ganz richtig gewesen, aber er (Sprecher) sei eben kein Gebildeter, wiederholen könne er es nicht, aber recht habe er gehabt, der Bundesrat sei schuld, wenn es schlecht gehe – und weiter in diesem Stil.

Ich weiss, ich erzähle Ihnen da nichts Neues, es ist altbekannt, wenn einer schimpft, hat er immer recht, und wenn einer versucht, etwas zugunsten irgendeiner Behörde zu sagen, so wird er entweder der Stellenjagd verdächtigt, oder es wird ihm ein Name gegeben, der zwar drastisch, aber keineswegs salonfähig ist. Aber vielleicht darf man bescheiden eine

Anmerkung riskieren. Es ist eine bekannte Tatsache, eine psychologische Tatsache meinetwegen, dass ein gutbehandeltes Ross mehr schafft als eines, das stets geschlagen wird; dass man bessere Arbeiter hat, wenn man sie gut behandelt, als wenn man sie verhungern lässt, dass man mit Tadel allein Kinder nicht erziehen kann, sie werden verdrückt, schüchtern, unwillig. Warum, frage ich, muss am Bundesrat, beispielsweise, immer gemäkelt werden? Es sind schliesslich auch Menschen, sie tun wohl ihr Möglichstes, sie sind vielleicht keine genialen Staatsmänner, was würden wir auch mit Genies anfangen? Genies sind unbequem. Wir brauchen gute Beamte, ruhige Leute, die ihren Weg gehen, die das tun, was sie für nötig finden.

Gewiss, Sündenböcke müssen sein, es scheint ein Gesetz zu sein, dass der Mensch Sündenböcke braucht. Schimpfen tut wohl, sei es drum! Man sagt, die Parteien könnten heutzutage nicht scharf genug ihre Gegensätze verfechten, sie müssten ihre Positionen beziehen und auf diesen ausharren. Gibt es nicht eine andere Stellungnahme, die doch einiges zu ihren Gunsten anführen kann?

Die Toleranz hat heutzutage eine schlechte Presse. Ich weiss es. Wenn man von ihr spricht, muss man sich vorwerfen lassen: Laschheit, Feigheit, Verantwortungslosigkeit... Ich habe meine Bedenken, ob das stimmt. Man kann sich ohne konkrete Beispiele nicht gut verständlich machen, darum möchte ich ein solches anführen. Es war ein Offizier in der Legion, der bestgehasste Mann des ganzen Regiments. Kein Mensch wusste warum; wenn er einen Befehl gab, zitterte der Mann, den es anging, und ballte die Fäuste. Der Offizier schien es gar nicht zu merken. Auf einem Marsche sprach er einmal mit mir, und ich fragte ihn, woher das komme, er habe doch eigentlich nie jemanden gestriezt. Er war ein wenig traurig. «Das ist mir immer so gegangen», sagte er, «schon von klein auf. Die Leute haben mich immer gehasst. Manchmal ist es mir gelungen, den Hass niederzuschlagen. Ich kann nichts dafür, die andern können nichts dafür... Es ist wohl elementar. Ich muss etwas an mir haben, das die andern reizt, es ist nichts dagegen zu machen.» In einem spätern Kampf ist der Offizier erschossen worden, wahrscheinlich von einem von uns. Ich möchte nicht in den Verdacht kommen, eine Sonntagspredigt zu halten. Überhaupt sollte man mit Predigten sorgfältig umgehen, die Gefahr der Selbstüberhebung ist so gross... Aber ist die Toleranz dieses Offiziers wirklich mit Feigheit zu verwechseln? Gehört nicht grosser Mut dazu, den Hass, dessen Zielscheibe man ist, zu verstehen und nicht zu verurteilen? Ist nicht die andere Attitude, streng auf seinem Standpunkt zu beharren, alles zu verdammen, zu kritisieren, was nicht so ist, wie man es haben möchte, ist nicht diese Attitude billiger, einfacher?

Es gehört wohl zum Schwersten, die Menschen so zu nehmen, wie sie sind, und nicht sie haben zu wollen, wie man sie gern möchte. Aber man muss sich nur einmal lebhaft vorstellen, wie es wäre, wenn alle Menschen sich gleichen würden – wenn ich mir vorstelle, dass alle Menschen so wären wie ich, dann graust es mich gelinde. Es wäre nicht auszuhalten vor Langeweile, und die schönste Genugtuung ginge uns verloren, die Genugtuung nämlich, im andern den Sündenbock zu sehen.

Was für Menschen gilt, gilt es nicht auch für die Völker? Wir urteilen, wir brechen den Stab, wir entsetzen uns über die Unordnung in Frankreich, über den Krämergeist der Engländer... Wir sind das einzig wahre Volk! Meinetwegen. Aber auch mit unseren Zuständen sind wir nicht zufrieden. Jedes Land hat seine politische Tradition, und diese Tradition ist so stark, dass sie selbst Revolutionen standhält. Auf den Internationalismus der französischen Revolution ist schnell die jahrhundertalte Politik der Könige gefolgt, schärfer, aggressiver, als selbst Ludwig XIV sie jemals geträumt hat. Und Russland? Was ist aus der Weltrevolution geworden? In Moskau haben sie plötzlich wieder die Heimat entdeckt...

Manchmal, in einem Wachtraum, stelle ich mir ein Versöhnungsfest statt eines Schützenfestes vor. Ein schwarzer Bock, ein Hohepriester (vielleicht ein Bundesrat), der dem Bock die Hände auf den Kopf legt und alle Missetaten auf ihn häuft. Das Volk jubelt, wenn der Bock fortgejagt wird, es ist eitel Wohlgefallen. Wie lang? Einen Tag? Aber zu einem solchen Feste fehlen alle drei Attribute: der Hohepriester, die Wüste, in den man den Bock jagen würde. Und der Bock? Ich bin sicher, es würde ihn einer einfangen, um ihn prämiieren zu lassen …

DIE STRASSE

Fünfzig Meter etwa von meinem Fenster entfernt streckt sie sich aus, schnurgerade, und ich bitte Sie zu glauben, dass sie zu den Strassen erster Klasse gehört. Sonst würde ich gar nicht von ihr sprechen. Denn die Strassen zweiter und dritter Ordnung, die von ihr abzweigen, die einfach geschotterten mit ihren tiefen Löchern, über die alle Fahrzeuge erbost mit allen Federn ächzen – von diesen Strässlein wollen wir gar nicht sprechen. Sie machen Kurven, sie haben Steigungen – zwar sehen sie ganz hübsch aus, wenn sie ihre weissen Arabesken durch die reifen Roggenfelder ziehen, aber ernst nehmen kann man sie nicht. Sie erinnern zu sehr an die Gedankengänge in nationalökonomischen Büchern – man weiss nicht, wo sie hinführen...

Hingegen die Strasse erster Klasse! Erstens hat sie einen Asphaltbelag, und der sieht aus wie ein Elefantenrücken, der sich an vielen Felsen glattgescheuert hat. Sie ist weich, die Strasse, die Fahrräder nehmen Geschwindigkeiten an auf ihr, ganz von selbst, der Fahrer braucht nur zu strampeln, wenn er den Oberkörper genügend tief auf die Lenkstange senkt. Nur die Mädchen halten sich gerade und richten hin und wieder ihre flatternden Röcke, wenn sie an einem Manne vorbeifahren... Und zweitens ist sie so gut fundiert, die Strasse, dass niemand Angst zu haben braucht, sie versinke im Moor. Denn rechts und links dehnt sich das Moor aus – «Moos» sagen sie hier. Das Schilf beugt sich, wenn der grosse Wind mit seiner geduldigen Hand darüber fährt, seine Blüten sind schwarze Kolben, die wie ausgebrannte Raketen aussehen. Weit hinten breitet sich der dunkle Wald über die Hügel, wie eine dicke Sammetdecke...

Und gut bewacht ist die Strasse, sie kann nicht ausbrechen, auch wenn sie es noch so gern möchte. Die Telegraphenstangen, sehr dünn und gerade, sind vorbildliche Soldaten: sie kennen nur die Achtungstellung, von nichts lassen sie sich ablenken – ihre weissen Isolatoren glänzen wie ein bescheidener Helmschmuck.

Da sind die Bäume weniger streng, die einen andern Teil der Strasse beaufsichtigen sollten. Sie sind immer zerstreut. Wenn es windstill ist, schlafen sie gewöhnlich ein wenig, bis ein paar aufdringliche Vögel sie wecken, oder dann kommt ein kleiner Wind von Osten und zwirbelt an ihren Blättern, das haben sie nicht ungern –, aber die Bise hassen sie, die macht sie nervös. Sie haben es wie die Menschen: so ein kalter Luftzug mitten in der Hitze lässt auch den geduldigsten Menschen kribbelig werden; niemand erkältet sich gerne...

Die Telegraphenstangen haben nichts anderes zu tun, als die Drähte zu tragen, darum können sie so gut aufpassen. Aber die Bäume! Schliesslich sind sie nicht tot. Sie müssen Blüten tragen, die Bienen anlocken – später dafür sorgen, dass der Samen recht verteilt

wird... Sollen sie da noch auf die Strasse aufpassen? Es wäre zu viel verlangt...
Darum geschehen auch unter den Bäumen die meisten Verkehrsunfälle. Ist Ihnen das noch nie aufgefallen?
Ich habe die Strasse nämlich im Verdacht, sie sei gar nicht so tot, wie die Menschen es haben wollen. Sie hat ihre Launen. Sie ist ganz modern eingestellt. Ich bin sogar sicher, dass sie die verschiedenen Automarken zu unterscheiden weiss. Sie hasst nämlich den Krach, den Lärm. Motorräder zum Beispiel, die mit offenem Auspuff kleinere Salvenschiessen veranstalten, wirft sie manchmal mit einem kleinen, kurzen Ruck in den Graben. Dann flucht der Fahrer, wenn er noch fluchen kann. Die Strasse hofft damit erzieherisch zu wirken. Aber die Menschen lassen sich nicht erziehen. Warum sollten sie auch? Liessen sie sich erziehen, so würden eines Tages die Pädagogen und Moralisten brotlos, und das wäre ganz sicher eine Katastrophe. Übrigens scheint auch die Strasse in dieser Beziehung viele Illusionen verloren zu haben.
Sie hat eine Vorliebe für Autos mit weichem Gang und fast lautlosem Motor. Denen kommt sie entgegen; sie warnt sie vor Gefahren – auf ihre Art, natürlich. Die Menschen, die in Wagen sitzen, merken es nicht, sie sind zu stumpf. Sie sagen höchstens: «Da fährt sich's gut», wenn sie nicht gerade damit beschäftigt sind, die Ursachen der Krise zu erforschen...
Denn es ist ja eine bekannte Tatsache, dass Auto-

fahrer am stärksten unter der Krise zu leiden haben. Aber altmodische Fuhrwerke hasst die Strasse. Angefangen mit den scheppernden Fords, die unverwüstliche Vorkriegsware sind (kennen Sie die schöne Geschichte, die Citroën einmal über Ford erzählt hat?... aber ich will Sie nicht aufhalten... ein andermal!), bis herab zum Wägeli mit zwei oder gar nur mit einem Ross. Diese Wägeli! Sie schnattern noch ärger als die alten Fords, sie hören nicht auf mit Erzählen, und es ist genau so uninteressant wie Radiovorträge von – doch wir wollen nicht persönlich werden.

Zweistimmig rätschen diese Wägeli. Es kommt noch das eintönige, dumpfe «Ja, ja» der Pferdehufe dazu. Dann wird die Strasse weich, sie zerfliesst fast, ihre Haut wird zu Brei, und die Rosse werden müde... Sie biegen bald in ein Strässchen ein. Dort geht es besser.

Von Zeit zu Zeit erscheint auf der Strasse ein senfbraunes Auto. Es hält. Ihm entsteigt ein uniformierter Mann mit blendend gewichsten Gamaschen. Er hebt die Hand. Auch der schnellste Wagen stoppt erschreckt. Autokontrolle.

Nun wollte es der Zufall, dass gerade während der Anwesenheit des senfbraunen Wagens ein alter Ford und ein salvenknatterndes Motorrad einander unsanft begegneten. Niemand war verletzt. Der Mann mit den gewichsten Gamaschen eilte zum Unglücksort (natürlich war es an einer Stelle, wo Bäume Wache hielten), aber er war nicht genügend kompetent.

Darum entstieg dem Polizeiwagen ein zweites Paar gewichster Gamaschen, über denen sich aber ein Bauch wölbte, ein Bauch, der dennoch nur einen schwachen Begriff von der Würde und Bedeutung der dazugehörenden Persönlichkeit zu geben vermochte. Der dicke Herr zog ein Stück Kreide aus der Tasche, er «rekonstruierte» den Unfall. Er wollte mit weissen Strichen auf der grauen Elefantenhaut der Strasse die Wege einzeichnen, deren Zusammenschluss den Unfall ergeben hatte. Es gelang ihm schwer. Der Bauch war ihm im Weg. Er schupste ihn nach links, er schupste ihn nach rechts, er presste ihn gegen seine Brust: das Bücken wollte nicht gelingen. So gab er das Insignum seiner Macht, die Kreide, seinem Begleiter. Und alles war in der erstaunlich kurzen Zeit von zwei Stunden erledigt...

Aber die Strasse... Ich sass einmal neben einem mageren und schon grauen Herrn im Theater, während der selige Pallenberg auf der Bühne sprach. Der graue Herr verzog keine Miene, aber sein ganzer Körper zitterte von einem inneren Lachen, das keinen Ausbruch fand. Das gleiche Zittern habe ich an der Strasse gespürt, während die wichtige Persönlichkeit vergeblich versuchte, ihren Bauch zu disziplinieren. Und ich bin sicher, dass die Strasse gelacht hat... Das kann mir niemand ausreden...

Übrigens auch gutmütig kann die Strasse sein. Besonders in der Nacht, wenn der Mond scheint und nur ganz selten ein Auto mit seinen Lichtkegeln die Elefantenhaut kitzelt. Dann kann es geschehen, dass ein einsamer Betrunkener singende Kurven von einem Bord zum andern zieht. Die Strasse lässt ihn machen. Und wenn der Mann endlich müde ist, wenn er nicht mehr singen kann, dann senkt sie sich leicht, und der Mann gleitet über das Bord ins tiefe Gras. Dort schläft er bis zum Morgen unter der Hut der grossen Linde...

KOLLEGEN

Der Nebel war dick. Vor dem Hause nahm Paul Schluep, Pfleger an der Heil- und Pflegeanstalt Randlingen, Abschied von seiner Frau. Sie musste ins Spital. Eitrige Ohrenentzündung, hatte der Arzt gesagt. Sie war immer krank und müde. Dann stieg er aufs Velo und fuhr ab. Die Strasse war frisch geschottert. Die Einfamilienhäuser an ihrem Rande hatten verschwommene Kanten, das Velo hopste und schwankte, dann gab es ein giftiges Zischen. Im Hinterrad fand Schluep einen rostigen Nagel. Der Tag fing schlecht an. Aber zu einem richtigen Ärger langte es nicht. Dazu hatte Schluep zu viele Sorgen. Das Haus, in dem er wohnte, gehörte ihm, das heisst er hatte es bauen lassen, damals, als er sich verheiratet hatte. Er hatte ein wenig Erspartes gehabt, seine Frau auch, den Rest hatte die Bank vorgestreckt, jetzt musste er der Bank zinsen. Ein Vierteljahr war er nun mit dem Zins im Rückstand. Er wusste nicht, wie er ihn zahlen sollte. Arztkosten, das neue Radio... Zweihundert Franken Monatslohn langen nicht weit! Schluep schob das Rad weiter. Endlich kam ein Stück glatte Strasse, die Anstalt war nicht mehr weit, er würde wenigstens nicht zu spät kommen. Seine Armbanduhr zeigte auf Viertel nach sechs.

Sträucher mit gelben, mit roten, mit braunen Blättern standen dicht am Weg, die Stäbe eines schwarzen Gitters schimmerten durch sie. Das war schon das «Frauen A». Schluep dachte an das Hanni Zwygart, die dort Pflegerin war, und sah sie vor sich: lustige braune Augen, eine gerade Nase, spitz und lang, und auch das Kinn sprang vor. Sie war keine Schönheit, aber sie tanzte gut. Schluep hatte an der letzten Sichleten viel mit ihr getanzt. Seine Frau kam ja nie zu den Anstaltsfesten. Sie war immer müde.

Da war endlich die Einfahrt. Die Turmuhr war wegen des Nebels nicht zu sehen. Aus den andern Zufahrtswegen kamen Kollegen. Brummige Grüsse wurden getauscht. Hinter seinem Rücken hörte Schluep Gelächter. Sein «Plattfuss» schien Schadenfreude zu erregen – es war ein widerliches Gelächter, das da anschwoll. Endlich tauchte das «Männer E» aus dem Dunkel auf, Schluep trug sein Rad die Steinstufen hinauf, stellte es ab, der Passepartout wollte wieder einmal nicht fassen, endlich ging die Tür auf – da hörte er die zwei Schläge der Turmuhr. Sie hatten einen wehleidigen Ton, es klang immer, als hätten sie sich über eine Ungerechtigkeit zu beklagen. In der Parterretür rannte Schluep mit Hängister zusammen, dem Oberwärter (langer, sehniger Mann mit einem Rossgesicht und kurzborstigem, bräunlich-rotem Schnurrbart), sagte: «Guten Morgen!» – rannte weiter. Endlich war er in seinem Zimmer, eigentlich war es nicht sein Zimmer, es war das Zimmer Nussbaumers, des Abteilungschefs, des «Abteiligers», wie man sagte. Aber da Schluep den Abteiliger heute vertreten musste, betrachtete er es als das seine.

Schluep zog den Rock ab, stand in einem langärmligen bläulichen Pullover eine Zeitlang vor dem Spiegel, bürstete zerstreut sein Haar, legte dann den weissen Schurz an, hängte ans Schürzenband (hinten) Passepartout, Dreikant und die andern Schlüssel, die durch einen Ring zusammengehalten wurden. Dann begann er seinen Rundgang durch die Abteilung. Schluep hatte einen merkwürdigen Gang; da er O-Beine hatte, knickten die Knie beim Gehen nur wenig ein, aber da er lange Schritte machte, gaben diese dem Oberkörper ein schaukelndes Wippen, so, als verneige sich Schluep bei jedem Schritt vor einem Unbekannten.

Das Parterre war leer. Es wurde umgebaut. Der Speisesaal war düster, die hohen Tannen, die vor den Fenstern wuchsen (ein ganzer Kranz von ihnen säumte die Anstalt ein), filtrierten noch das ohnehin schon spärliche Nebellicht. Schluep wischte über einen Tisch. Seine Fingerspitzen wurden grau. – «Sauerei», murmelte er.

Im ersten Stock lag der Wachsaal, sehr lang, sehr tief. Die Lampen brannten noch in den Halbkugeln aus Milchglas. Das gab eine komische Beleuchtung. Denn auch hier sickerte durch die Tannen und Scheiben der Nebelmorgen. – Aerny, der Nachtwärter, hatte schon die Kontrolluhr umgehängt; über seinem Tischchen, an der Wand, dort, wo er in der Nacht den Kopf anlehnte, war ein grosser, fettiger Fleck. Schon fünfmal hatte man ihn im Laufe der Jahre überstrichen. Aerny schnaufte, denn er war asthmatisch. Über seinem gewölbten Bauche lag eine Uhrkette aus geflochtenen Haaren, wie ein krepierter Wurm. Aerny brummte, blickte nach der Uhr, er hatte schon zehn Minuten Überdienst machen müssen, das ärgerte ihn, sein Lieblingswort war «korrekt». Er hatte es auch nicht korrekt gefunden, dass er statt von acht Uhr abends bis sechs Uhr früh, seit dem ersten Oktober am Morgen bis um halb sieben, Dienst tun musste. Und er verzieh es Schluep nicht, dass dieser für diese Neuerung eingetreten war. Und doch war Aernys Dienst nicht schwer. Er setzte Fett dabei an. Die Nächte im «E» waren ruhig. Nicht wie im «U», wo die ganze Zeit Krach war und Dauerbäder, nächtelang.

«Etwas Neues?» fragte Schluep. – «Schau selbst!» quäkte Aerny beleidigt, wie immer. Er schob das aufgeklappte Rapportbuch über den Tisch. Es stand zu lesen, in langer, stark nach links geneigter Schrift, Kohli habe einen Anfall gehabt und ins Bett «ruiniert», Dr. Jutzeler sei in der Zelle laut geworden und habe auf Anordnung eine Spritze bekommen. – «Übrigens schreibt man ‹uriniert›, das könntest du anfangs wissen!» sagte Schluep. Aerny wurde rot, stotterte etwas von Flüchtigkeitsfehler und schlechtem Licht, korrigierte schnell. Schluep spürte, dass der Nachtwärter wütend auf ihn war.

Als Aerny fort war, lehnte sich Schluep gegen das Tischchen und überblickte den Saal. Körper, alte und junge, verrenkten sich vor den Betten, um in die Kleider zu schlüpfen. Trotz des offenen Fensters hin-

ten beim Bad hockte ein strenger Geruch im Saal, von Schweiss und von Paraldehyd, einem Schlafmittel, das ätzend und faulig roch.
Hinten, in der Ecke rechts, schien eine Balgerei in Gang zu kommen, Schluep schritt hin, zögernd ein wenig, denn er hatte Glurner erkannt, an seinen nackten Unterarmen, die mit Sommersprossen übersät waren, und an dem blonden Haarschopf, der leuchtete. Glurner Walter, «Walen», wie er genannt wurde, war früher Käser gewesen und hatte gerade die Probezeit als Pfleger hinter sich – sechs Monate. In seinem jungenhaft-freundlichen Gesicht war viel versteckte Brutalität. «Hä! Wird's bald? Soll ich dir's Füdle verprätschen?» schrie er auf den kleinen Wichsler ein, einen Kretin, der mit fliehender Stirn, ohne Kinn, einem kleinen Affen glich. Glurner riss an den Hemdsärmeln, der kleine Affe kratzte und biss und begann ein Geheul. Da schritt Schluep ein: «Nicht so rauh!» sagte er und versuchte ruhig zu bleiben. – «Versuch's doch selbst, kommandieren ist leicht!» bäkte Walen zurück. Wenn Schluep sich unsicher fühlte, drohte er und wurde grob: «Wenn du frech willst sein, geb ich dich auf den Rapport, verstanden?» – Da lachte Walen. Er steckte die Hände in die Hosentaschen: «Mach's doch!» Schluep wandte sich ab. Er war heute Chef, durfte sich nicht herumzanken, und dann musste er noch in den zweiten Stock hinauf, in den «Obersten». Er machte ein paar Schritte, da fiel ihm etwas ein: «Hast du heut nicht Obersten?» fragte er und versuchte, ganz ruhig

zu bleiben. – «Ich hab mit dem Voumard getauscht.» – «Und hast's gemeldet?» – «Nein, der Voumard hat heut abend früher weg wollen. Ich mach für ihn bis um acht.» – «Wenn der Abteiliger fort ist», sagte Schluep, «meint ihr, ihr könnt machen, was ihr wollt. Aber dir will ich's schon zeigen!» Im Grunde war es Schluep unbehaglich zumute, denn schliesslich hatte Walen doch nur dem Voumard einen Dienst erweisen wollen, und Voumard war ein guter Kerl. Schluep hörte die eigene Stimme heiser klingen, er wollte lieber gehen, sein Rücken krümmte sich, er hustete trocken.

Im Aufenthaltsraum deckte Furrer, ein kleiner Mann, der schwarz und mongolisch aussah, den Tisch für das Morgenessen. – «Ist der Jutzeler schon aufgestanden?» – «Nein.» Furrers Antwort kam bissig. – «Warum?» – «Spritze gehabt. Schläft noch.» – Schluep dachte flüchtig, warum die Leute alle so hässig zu ihm waren; zum Abteiliger, zum Nussbaumer, wagten sie nicht so zu sein, und der war doch jünger. Woher kam das? Vielleicht von den privaten Sorgen, die er immer mitschleppte, die ihm keine Freiheit liessen? Schluep blieb in der Tür stehen und sah gedankenlos Furrer zu, der die mattgrauen Löffel auf die fleckigen Tischtücher legte. Der Raum war quadratisch, in einem warmen Orange gestrichen. Von den Gestellen zwischen den Bänken hingen Äste von Spargelstauden. Schluep beneidete die Patienten, sie hatten für nichts zu sorgen. Eingesperrt waren sie... Aber sie mussten nicht zinsen! Und während er sich von

der Türe losriss, beschloss er, sich um die Vertretung der Krankenkasse zu bewerben. Das würde Geld bringen. Denn was würde das für eine Gattung machen, in der Anstalt, wenn er betrieben würde?...
Dr. Jutzeler schlief in seinem Bodenbett. Der Kübel in der Ecke war nicht geleert, es stank. Schluep beugte sich über den Schlafenden, rüttelte ihn an der Schulter: «Herr Doktor, loset, Herr Doktor, aufstehen!» Ein Stöhnen, ein unwilliges Abwehren, wie von einem Kinde, das nicht gestört werden will. Schluep ging den Kübel leeren, obwohl er dazu noch einmal durch den Wachsaal musste, an Walens drekkigem Lächeln vorbei, kam in die Zelle zurück, öffnete das Fenster, saugte einige Atemzüge Nebelluft ein (er hatte Lust nach einer Zigarette, aber vor dem Morgenessen durfte nicht geraucht werden). Als er Furrer im Gang begegnete, brummte Schluep: «Auch den Kübel muss ich noch leeren!» Sein «Passe» kreischte im Schloss, er schlug die Tür hinter sich zu. Furrers Antwort konnte er sich denken. Er begehrte sie nicht zu hören.
Der «Oberste» war schon leer. Die Patienten assen im Parterre. Schluep suchte nach Voumard. «Warum hast du mit dem Walen getauscht?» fragte er böse. Voumards Augen waren ganz hell und hatten einen hilflosen Blick. Hinten im Nacken, als Abschluss seiner grossen Glatze, lag ein Kranz rötlicher Haare. Er war klein, schon fünfzehn Jahre Wärter, die Kranken liebten ihn. Aber mit dem neuen Betrieb kam er nicht zurecht. Die Arbeitstherapie! Die Disziplin!

Voumard wurde von allen, vom Oberwärter, von Fräulein Dr. Veraguin, die die Abteilung hatte, von Nussbaumer schlecht behandelt. Immer hatte man etwas an seinem Dienst auszusetzen. Und er gab sich Mühe... «Ich muss heut abend heim», sagte Voumard leise, und seine Augen blickten noch hilfloser. Da bremste Schluep ab: «Meinetwegen. Du hast's mir sagen wollen. Ist gut jetzt. Aber warum mit dem Walen tauschen?... Ach, das ist ja gleich.» Er schwieg. Voumard schneuzte sich in ein grosses rotes Taschentuch. Die Lampe im Gang brannte trübe. «Wie geht's deiner Frau?» fragte Voumard leise. – «Sie hat wieder ins Spital müssen. Du, kannst du mir nicht zweihundert Franken lehnen?» Voumards Augen wurden ganz ratlos. «Ich hab's nicht, sicher nicht!» Er steckte das Nastuch ein. – «Ich denk, wir müssen zum Morgenessen», sagte Schluep und drehte das Licht ab.

Man nannte den Raum, in dem die Pfleger assen, die Küche, obwohl dort nicht gekocht (das Essen kam aus der grossen Anstaltsküche, die mitten im Hof lag, und über ihr lag die Lingerie), sondern nur abgewaschen wurde. Sie war klein, aber sehr hoch. Fast ausgefüllt wurde sie von einem riesigen Tannentisch. Am obern Ende thronte der dicke Vizeoberwärter, sein Kopf sah aus wie ein roter Kinderballon, der zu lang an der Wärme gewesen ist und Falten bekommen hat. Der «Vize» war gutmütig und hielt sich Zeitschriften über Nacktkultur. Ein Vergnügen muss der Mensch doch haben! Hängister, der Oberwärter,

ass auf seinem Zimmer. Er hatte das Recht auf zweite Klasse.
Schluep hatte keinen Hunger. Der Geruch der Rösti machte ihm übel. Er trank eine grosse Tasse schwarzen Kaffee. Glurner Walen hatte seine nackten Unterarme vor sich um seinen Teller gelegt und schaufelte die fettigen Kartoffeln in den Mund. Er machte Bemerkungen über Leute, die den GW hätten (den Grössenwahn meinte er), blinzelte zu Furrer hinüber, dem Kleinen mit dem Mongolenkopf; der grinste mit sehr weissen, regelmässigen Zähnen. Die Luft im Raume war stickig. Schluep flüchtete in den Gang, um eine «Parisienne» zu rauchen. Eigentlich hatte er immer ein schlechtes Gewissen, wenn er fertige Zigaretten rauchte; er nahm sich jeden Tag vor, Tabak zu kaufen und zu drehen. Aber dann kam der Trotz über ihn. Sollte er denn auf alles verzichten, nur weil seine Frau krank war? Gar nichts vom Leben haben? Und jedesmal, wenn diese Gedanken ihn besonders stark überfielen, machte er eine Dummheit. So hatte er vor einem Monat ein Radio gekauft, auf Abzahlung.
Die Tür zum Oberwärterzimmer ging auf. «Nichts zu melden, Schluep? Ich geh auf den Rapport.» Schluep schüttelte den Kopf. Hängisters Borstenschnurrbart verschwand. Aus dem Speisesaal der Patienten klang das Klappern von Löffeln. War der Tisch gewischt worden? Hier unten gab es keine Tischtücher. Schluep ging schauen. Natürlich war der Tisch noch staubig. Die Ellbogen der Essenden

hatten schwarze Flecken in den grauen Überzug gezeichnet. Wer hatte wohl Parterre? Aber dann war Schluep zu müde, um noch einem wüst zu sagen. Er flüchtete sich ins Abteiligerzimmer, hockte vor den Tisch, zündete eine frische Zigarette an und entzifferte die Aufträge, die ihm Nussbaumer für den heutigen Tag hinterlassen hatte.

Also da stand: die Temperatur Dr. Jutzelers sei zu messen. Hatte der Aerny das besorgt? Schluep versuchte sich an die Notizen im Rapportbuch zu erinnern. Dann sei zu melden, der Abort im obersten Boden sei verstopft (am Rapport vorzubringen!). Schluep hob den Blick zur Wanduhr. Fünf Minuten vor acht. Vielleicht war Hängister noch in seinem Zimmer. Schluep hob den Hörer vom Tischtelephon (es waren kaum zwanzig Schritte bis zum Oberwärterzimmer, aber Schluep war zu müde). Im Hörer summte es, regelmässig, alle zehn Sekunden, niemand meldete sich; Schluep legte das Hörrohr auf die Gabel, stützte den Kopf auf die Hände. Plötzlich kam es ihm in den Sinn, er hatte es ja auch auf dem Zettel gelesen, dass er noch in die Lingerie müsse mit der schmutzigen Küchenwäsche, und es wurde ihm fröhlich zumute. Vielleicht traf er dort das Hanni Zwygart. Das musste ja heut auch Wäsche holen. Schluep hatte Sehnsucht nach dem Gesicht des Mädchens.

Er holte sich den Mathys, einen alten Patienten, der schon dreissig Jahre auf der Abteilung war, ein gebücktes Männchen mit den pedantischen Bewegungen einer alten Jungfer. Mathys nahm den einen Henkel des Wäschekorbes, Schluep den andern. So zogen sie über den leeren Hof. In der Waschküche, in der die Holzböden der Wäscherinnen seltsam hohl klopften, gab er die schmutzige Wäsche ab und stieg dann in die Lingerie hinauf.

Da warteten schon die Abteiliger vom «C», vom «K», vom «U». Schluep aber sah nur den breiten Wottli, den Abteiliger vom «C», der mit dem Zwygart Hanni das Kalb zu machen versuchte. Er kniff das Mädchen in den Arm, lachte (es war dasselbe Lachen, wie das am heutigen Morgen, im Nebel), als aber Wottlis Pratze zum Angriff auf des Mädchens Brust überging, bekam der Wottli eine Ohrfeige. Das Hanni wusste sich zu wehren. Doch sie lächelte gleich wieder zu Schluep hinüber, ihre Zungenspitze spielte zwischen den Lippen. Ihre weisse Haube verdeckte das Haar, aber eine Strähne lag, seiden und braun, über der Stirn. Wottli hatte das Lächeln und den Blick noch gesehen. Er schob ab mit seinem Korb, draussen vor der Tür wieherte sein Lachen. Schluep war mit Hanni allein. Die Lingère war zwischen den hohen Gestellen verschwunden. «Wie geht's?» fragte das Hanni und kam auf Schluep zu. Sie hatte einen festen Händedruck. Ihre Finger waren kurz und rot. Schluep musste an die Finger seiner Frau denken, die mager und kraftlos waren. «Geht's deiner Frau wieder schlecht?» fragte das Hanni weiter. Schluep nickte. Sie habe heut wieder ins Spital müssen. – Dann sei er ganz allein? – Ja. – Das Hanni sah sich um, Schluep bekam einen trockenen Geschmack im Munde, sagte dann, nach einem ausgiebigen Hustenanfall und mit ganz rundem Rücken: Ob es nicht einmal zu ihm kommen wolle? Das Hanni nickte, nickte ernsthaft, ohne rot zu werden. «Wann?» – Am nächsten Dienstag habe er den ganzen Tag frei. Es werde kommen, sagte das Hanni und strich mit ihrem roten Zeigfinger über Schlueps Pulloverärmel. Dann lächelte sie, nahm ihren Korb auf und ging. Schluep hätte ihr gern geholfen; aber das ging nicht. So blieb er an den Tisch gelehnt stehen, starrte auf das gelbe Parkett und wurde erst wieder wach, als die Lingère sagte, das sei nun alles. Da rief Schluep den alten Mathys, der irgendwo im Hintergrund vor sich hingeplappert und gestöhnt hatte.

Fräulein Dr. Veraguin war Ausländerin und daher zu einem ewigen Assistentendasein verurteilt. Doch es gefiel ihr in der Anstalt. Sie hatte Macht, ihr Gehalt reichte für zwei neue Kleider im Jahr, für eine Italienreise in den Ferien und für einige Konzerte im Winter. Mehr brauchte sie nicht. Sie war klein und mager, ihr Gang klapperte wie der müde Trott eines Pferdes auf dem Asphalt, weil sie mit stark betonten Absätzen marschierte. Sie kam gerade aus dem «D», als Schluep seinen Korb mit Wäsche im Gang des ersten Stockes abstellte.

Fräulein Dr. Veraguin schoss auf Schluep los: «Es ist nicht gemeldet worden, dass Dr. Jutzeler nicht aufgestanden ist! Guten Tag, Schluep! Warum haben Sie nicht kontrolliert? Ein Pfleger, der den Abteilungschef vertritt, ist verantwortlich. Ist er jetzt auf?» Schluep schüttelte den Kopf. – «Ni-i-i-cht?» Fräulein Veraguin steckte die kleinen Fäuste tiefer in die Taschen ihres weissen Mantels. «Sie werden es gleich nachholen, nicht wahr, Schluep?» – «Jawohl, Fräulein Doktor!» sagte Schluep. Die Freude von vorhin war fort. Er hustete wieder. Hängister, der Oberwärter, wollte sich beliebt machen (übrigens hatte er die Ehre, nie einen weissen Schurz tragen zu müssen, er wirkte dadurch zivilistisch): «Ich habe den Pflegern immer wiederholt...» Sein Hochdeutsch war mühsam. Aber Fräulein Veraguin war schon im kleinen Gang verschwunden, der zur Zelle Dr. Jutzelers führte, und man hörte sie plappern: «Nun, Herr Doktor, wie geht's heute? Immer noch schweigsam? Ja, ja. Das kommt schon besser. Und nun müssen Sie aufstehen! Nicht wahr?» Zu Schluep gewandt: «Er ist wieder ein wenig unruhig gewesen, diese Nacht, nicht wahr? Ja, ja, das sind eben die Symptome. Also, adieu Herr Doktor, und arbeiten Sie brav!» Draussen: «Ist er gemessen worden? N-i-i-cht? Aber, Schluep!» – «Ja, wie ist das?» mischte sich Hängister wieder ein, «ich habe ausdrücklichen...» Aber Fräulein Veraguin war schon im Wachsaal, wo sich ein Lamento anhob, weil Wichsler, der kleine Schimpanse, in seinem Bett hockte und frech grinste. «Nicht aufgestanden? Auch nicht? Was ist das für eine Ordnung?» Jetzt mischte sich Wichsler ein: «Der dort», keifte er, «er hat mich schlagen wollen!» und wies auf Schluep. Am liebsten hätte dieser zugeschlagen. Das waren so Regungen, die schwer zu unterdrücken waren, er zerrte an den Nerven, der Dienst hier, manchmal kam es einem vor, man werde angesteckt von dem Verhalten der Kranken. Aber... «Wer war dabei?» erkundigte sich Fräulein Veraguin. Ihre Nasenflügel zitterten. Sie witterte eine Gelegenheit, ihre Macht zu zeigen. «Der Walen hat's gehört!» keifte der kleine Schimpanse. – «Der Walen?» – «Das ist der Glurner, Fräulein Doktor», bemerkte Hängister. – «Ah, ja, ja, tüchtiger Pfleger, macht einen guten Eindruck, holen Sie ihn, Schluep! Wir müssen die Sache untersuchen.» Glurner kam, breiter, sicherer Gang, die blutten Unterarme auf dem Magen übereinandergelegt. «Sagen Sie, Glurner, guten Tag, frieren Sie nicht? Wie war das, hat Schluep den Kleinen geschlagen?» – Glurner blickte geradeaus, an Schluep vorbei. «Oh, Fräulein Doktor», respektvolles Verbeugen, sonst frank und frei, «er hat ihn vielleicht ein wenig an den Grind gezwickt.» – «Grind gezwickt!» sagte Fräulein Veraguin vorwurfsvoll. «Eine Kopfnuss gegeben, wie?» – «Ja, Fräulein Doktor.» – «Aber, Schluep, das sollte nicht vorkommen! Ich begreife ja Ihre Nervosität, die Frau ist krank, ich weiss. Aber in der Anstalt!» Schweigen. Der Dampf strömte mit eintönigem Sausen in die Heizkörper. Schluep wollte reden. Da musste er husten. Fräulein Veraguin ging weiter, er folgte in den Aufenthaltsraum. «Guten Tag miteinander. Sooo... schon bei der Arbeit? Das ist fein! Geht's gut? Ja? Etwas Besonderes, Herr Hän-

gister? Nein? Also, adiöö miteinander...» Und Fräulein Veraguin verschwand.
Schluep blieb stehen. Furrer, der hier Dienst hatte, grinste in einer Ecke, er hatte die Szene im Wachsaal gehört. In Schluep war es still und dumpf. Auch jetzt langte es nicht zu einem richtigen Zorn. Dann dachte er an Dr. Jutzeler. Der hatte vor einer Woche etwa ein Fenster zerschlagen, dort, der Kitt der neuen Scheibe war noch ganz hell. Da hatte der Glurner Walen Dienst gehabt, war auf den Kranken los, hatte ihn von hinten gepackt, beide waren auf den Boden gefallen, und dann hatte Glurner auf Dr. Jutzelers Rücken mit den Fäusten getrommelt: «Dir werd ich's zeigen! Wart nur!» Schluep war damals dazugekommen, hatte geholfen, den Kranken zu halten, dann Glurner fortgedrängt. Schluep hatte Glurner so gut verstanden – eben, die Nerven, die manchmal mit einem durchgehen –, er hatte nichts gesagt, nur den Dr. Jutzeler in seine Zelle geführt. Der war ruhig mitgekommen. Auch ins Dauerbad war er dann Schluep ohne Protest gefolgt. Schluep war bei ihm geblieben, hatte auf dem Rand der Badewanne gehockt. Er mochte den Dr. Jutzeler einfach gut leiden. Untersuchungsrichter sollte der Mann draussen gewesen sein. Draussen...
Als Schluep in die Zelle trat, lagen Dr. Jutzelers Hände lang und mager und weiss auf dem rotkarierten Plumeau. Die Augen blickten auf einen Punkt über der Tür. Sie schienen weniger starr zu sein. Schluep machte die Zellentür zu und setzte sich aufs

Bett. Dr. Jutzeler schob die Beine gegen die Mauer, um Platz zu machen. Das war neu. Vor dem Zellenfenster wurde der Nebel dünn, nun brach plötzlich die Sonne durch, ihr Licht legte sich auf das rote Inlaid der Zelle und liess es leuchten. Schluep hatte seine Hand auf Dr. Jutzelers gefaltete Hände gelegt. Da sagte der Kranke plötzlich: «Wie heissen Sie eigentlich?» – «Ich heiss' Schluep, Herr Doktor.» – «So, Schluep. Hören Sie, Schluep, wie geht's meiner Frau?» – «Gut, Herr Doktor. Sie hat den Herrn Doktor einmal besucht, aber...» – Ein schüchternes Lächeln entstand in Dr. Jutzelers Mundwinkeln: «...aber», sagte er, «der Herr Doktor hat nichts geredet und hat dann ein Fenster zerschlagen. Es war sehr wüst, die letzte Zeit, Schluep. Ich hab nichts dagegen machen können. Aber Sie waren immer gut zu mir. Damals beim Fenster, dann im Bad. Ich hab alles gesehen, aber ich hab nichts machen können...» – «Ich weiss, Herr Doktor.» Das ist immer so, dachte Schluep, man meint, sie hören und sehen nichts, und dabei passen sie auf alles auf. «Will der Herr Doktor eine Zigarette rauchen?» Es ist ja alles gleich, dachte er dabei, Rauchen in der Zelle ist verboten, aber es ist schön, dass er jetzt spricht, mit mir spricht! Alle haben sie versucht, ihn zum Reden zu bringen, aber ich hab's erreicht, das muss gemeldet werden, das bringt Punkte!... Aber ausser der Freude an dem zu erwartenden Lob war eine andere Freude da, die Freude, einem Menschen geholfen zu haben. Schluep zog das zerquetschte Parisienne-Päckli aus der

Tasche, Dr. Jutzeler nahm eine, sagte: «Sie müssen sagen, Schluep: ‹Wollen Sie eine Zigarette rauchen, Herr Jutzeler?› Sie sind doch kein Kammerdiener und ich kein Fürst. Verstehen Sie?» – «Ja, Herr Doktor.» – Die Sonne war warm, die Flamme des Hölzchens war unsichtbar in ihrem Licht. Schluep faltete ein Papier zusammen, die beiden benützten es als Aschenbecher. Es war sehr friedlich in der Zelle. Dann zog sich Dr. Jutzeler an und ging in den Aufenthaltsraum hinüber, um Tabak zu stopfen. Schluep stand noch einen Augenblick neben ihm. «Aha», sagte Dr. Jutzeler, «das ist also die Arbeitstherapie!» und lächelte.

Dann kam der Mittag, das Essen in der kleinen Küche. Schluep sprach kein Wort. Er ass seine Wurst (seit Jahrzehnten gab es in der Anstalt jeden Samstag Würste), um ihn herum wurde über den Lohnabbau diskutiert, und es sei doch dumm, dass man nicht in der Gewerkschaft sei, sondern nur im Staatsangestelltenverband mit den Pfarrern und Ärzten. Da könne man natürlich nichts machen. Und zwei Verheiratete meinten, man solle doch damit anfangen, die Kost auszuzahlen, das gehe doch nicht, daheim müsse die Frau doch für die Kinder kochen, und hier in der Anstalt müsse man 1000 Fr. für die Kost versteuern...

Nach dem Essen in der Mittagsstunde machte Schluep mit Voumard und dem «Vize» einen Zuger. Ein halber Rappen der Punkt. Er verlor fünfzig Rappen. Da war es Viertel vor eins. Schluep ging in den «Obersten» hinauf, die Tür zum Wärterzimmer war nur angelehnt. Drinnen lag Glurner auf dem Bett und schlief. Glurner hatte im Wachsaal Dienst und schlief hier! Schluep rannte die Treppen hinunter, holte Hängister, den Oberwärter. Der schüttelte den Schlafenden. Schluep konnte seine Schadenfreude nicht bemeistern. Er blieb in der offenen Tür stehen. Glurner Walen sah ihn. «Wart du nur!» sagte er am Oberwärter vorbei.

Und dann berichtete Schluep dem Oberwärter, dass der Dr. Jutzeler wieder angefangen habe zu reden. Hängister wollte sich überzeugen, sie gingen zusammen in den Aufenthaltsraum im Mittelboden, Dr. Jutzeler stand auf, streckte Hängister die Hand hin. Die beiden wechselten ein paar Worte. Hängister war freundlich und stolz. Als Dr. Jutzeler fragte, ob er nicht ein wenig spazieren gehen könne, am liebsten mit Schluep, notierte sich Hängister dies mit seiner plumpen, kindlichen Schrift. Er war früher Handlanger in einer Kiesgrube gewesen. Aber er hatte es verstanden, sich beim alten Direktor beliebt zu machen. Darum war er auch Oberwärter geworden.

Der Nachmittag ging herum. Bei der Abendvisite sagte der Oberwärter Hängister in Schlueps Beisein zu Fräulein Veraguin: «Es ist mir gelungen, Herrn Dr. Jutzeler zum Reden zu bringen. Der Patient möchte gern mit dem Pfleger Schluep spazieren gehen.» – «Bravo, Herr Hängister!» sagte Fräulein Veraguin, «das ist fabelhaft. Wie ist das zugegangen?» – «Oh», sagte Hängister, «Schluep ist mir erzählen gekommen, dass es Jutzeler besser gehe. Da bin ich hin und hab versucht, mit dem Patienten zu reden. Es ist gut gegangen. Der Patient war ganz erlöst.» – «Gelöst meinen Sie wohl!» – «Ja, Fräulein Doktor.» Sie standen zu dritt im leeren Wachsaal, das Schlafmittelbuch lag offen vor dem kleinen Fräulein Doktor. Jutzeler war nicht da, um die Sache richtigzustellen. Und Schluep wusste genau, dass es keinen Sinn hatte, zu protestieren. «Und dann», sagte Hängister, «habe ich den Pfleger Glurner während der Dienstzeit schlafend angetroffen.» – «Glurner? Schade! Macht sonst einen guten Eindruck. Notieren Sie es für den Rapport, Herr Hängister! Und Sie, Schluep, haben nichts davon gemerkt?» – «Er ist es melden gekommen», sagte Hängister gnädig. – «Na, Schluep, eine kleine Revanche für heute morgen? Nicht wahr? Ja, die Kollegialität von den Herren Pflegern untereinander! Aber natürlich, Dienst ist Dienst!» Schluep wollte sprechen, da packte ihn wieder sein Husten. Gekrümmt stand er da. Was hätte er auch sagen sollen? «Messen Sie sich heute abend, Schluep», sagte Fräulein Veraguin, «und nehmen Sie Aspirin und Mixtura solvens, nicht wahr?» Es kränkte Schluep, dass Fräulein Doktor zu ihm wie zu einem Patienten sprach.

Am Abend wartete Voumard auf Schluep; sie fuhren zusammen fort. Schluep mochte nicht heim in seine einsame Wohnung. Sie beschlossen, in der Bahnhofwirtschaft einen halben Liter Roten zu trinken. Voumard, der kleine Mann mit dem roten Haarkranz im

Nacken, klagte, und Schluep stimmte in die Klagen ein. Er erzählte von heute, und wie schlecht es ihm der Hängister gemacht habe. Und Voumard klagte, wie man im Kurs geplagt würde. Er sei nicht mehr einer der Jüngsten, und die vielen chinesischen Namen... Er versuchte sich lang am Worte «Schizophrenie», aber seine Zunge stolperte, und zuletzt lachte er. Da ging die Tür auf, Glurner Walen kam herein; er setzte sich zu den beiden, so als ob nichts gegangen wäre, bestellte einen Kognak. Dann kam noch der «Vize». Da beschloss man, einen Schieber zu machen. Der «Vize» kam mit Voumard zusammen. Schluep und Walen zogen gute Karten, brauchten den Liter nicht zu zahlen und sprachen versöhnt miteinander. Sie gaben sich die Hände zum Abschied. Walen hätte um zehn schon daheim sein sollen, es war halb zwölf. Der «Vize» lachte dröhnend, das schade nichts. Sein roter Kopf, der aussah wie ein müder Kinderballon, bekam noch mehr Runzeln.

Am Dienstag, seinem freien Tag, schlief Schluep lang. Dann wachte er auf mit dumpfem Kopf und wartete. Am Nachmittag kam das Zwygart Hanni. Sie machte Ordnung im Haus, kochte zu Nacht. Dann sassen sie zusammen und sprachen. Schluep klagte, wie böse es ihm ginge. Der Zins nicht gezahlt... «Wenn du Geld brauchst», sagte das Hanni, «kann ich dir gern geben!» Schluep sträubte sich zuerst. Dann nahm er an. «Und wie geht's deiner Frau?» wollte das Hanni wissen. Nicht gut, der Doktor im Spital habe gemeint, es sei wahrscheinlich ein Gehirntumor, sie müsse trepaniert werden, es sei gefährlich... «Dann verkaufst du das Haus?» fragte das Hanni. Es meinte, wenn die Frau gestorben sei. – «Vielleicht.» Sie liessen das Radio laufen. Eine Frauenstimme sang: «Irgendwo auf der Welt gibt's ein kleines bisschen Glück...» Das Hanni blieb über Nacht.

Es kam noch einmal in der Samstagnacht und blieb über den Sonntag. Es wurde ein schöner Tag. Am Nachmittag ging Schluep mit dem Mädchen spazieren. Die Wälder waren farbig. Aber am Montag wusste es schon die ganze Anstalt, und es war nicht festzustellen, wer es ausgebracht hatte. Schluep wurde bei Tisch gefuxt, er antwortete mit einem geschmeichelten Lächeln. Und sein Lächeln ärgerte ihn. Er hatte das Hanni gern. Nur fand er keine Antwort. Glurner Walen war freundlich zu ihm, sagte, er habe recht, wenn man so allein sei und die Frau immer krank... Zu den andern aber sprach Walen anders: Das sei eine Gemeinheit, ein Verheirateter, der ein unschuldiges Meitschi verführe, nun ja, das Hanni habe nicht viel getaugt...

Die Geschichte kam vor den Direktor, der nichts dagegen einzuwenden hatte, wenn seine Pflegerinnen sich verheirateten – sie gingen dann fort, und es gab neue Gesichter. Aber bis es so weit war, betrachtete er die Pflegerinnen ein wenig als sein Privateigentum. Das Zwygart Hanni hatte er besonders gern gesehen, ihm manchmal die Wangen getätschelt

und es gefragt, ob es nicht Haushälterin werden wolle bei ihm. Das Hanni hatte abgelehnt. Vielleicht hatte diese Ablehnung den Direktor gekränkt. Als er jetzt die Geschichte erfuhr, entliess der Direktor das Hanni Zwygart. Das Mädchen benahm sich tapfer, aber das nützte ihm nichts. Es wartete eines Abends auf Schluep, sie gingen zusammen, und Schluep versprach, es holen zu kommen, wenn... «Wie geht's deiner Frau?» fragte das Hanni. Schluep zuckte mit den Achseln. «Ich schreib dir dann», sagte das Mädchen. Schluep fragte sich, was ihn zu dem Mädchen zog. Eigentlich, er hatte doch von dem Hanni gehabt, was er hatte haben wollen, Geld und... Und doch. Seine Gedanken verwirrten sich ein wenig.
Merkwürdigerweise liess der Direktor den Pfleger Schluep nicht rufen, es war, als wolle er warten. Und er brauchte nicht lang zu warten.
Es kam dann alles auf einmal. Die Bank war eine kleine Bank, sie kündigte ihr Geld. Schluep liess sein Haus versteigern, und da alles im gleichen Aufwaschen ging, seine Möbel noch dazu. Die Nachrichten aus dem Spital wurden von Tag zu Tag schlechter. Er lief auf der Abteilung herum wie im Traum, und wie ein Automat verrichtete er seinen Dienst. Einmal war Aerny, der asthmatische Nachtwärter, krank, und Schluep erbot sich, die Nachtwache zu übernehmen. Er sass am kleinen Tisch im Wachsaal, das abgeblendete Licht vor ihm beschien die vielen Papiere und Rechnungen, die er vor sich ausgebreitet hatte. Es war ein Brief dabei vom Zwygart Hanni. Sie schrieb,

sie habe eine Stelle in Basel gefunden, als Köchin, es gehe ihr nicht schlecht. Und mit dem Geld, das sie ihm gegeben habe, pressiere es nicht. Schluep sah auf, der Saal war ruhig, an der Decke war eine stark abgedunkelte, blaue Lampe angebracht. Ihr Licht fiel über die vielen Betten. Sein Blick ging in die Ecke hinüber, dort schlief Dr. Jutzeler; es ging ihm sehr gut, bald sollte er entlassen werden. Dr. Jutzeler schien nicht zu schlafen, aufrecht sass er im Bett; Schluep sah im Heft nach, nein, Dr. Jutzeler hatte sein Schlafmittel noch nicht bekommen. Gerade wollte er aufstehen, um es mit einem Becher Wasser hinüberzutragen, da sah er, wie Dr. Jutzeler die Decken beiseite warf und auf ihn zukam. Sein kurzes Nachthemd ging nur bis in die Mitte der Schenkel und liess zwei blondbehaarte Beine sehen.
«Ich komm mir mein Schlafmittel holen», sagte Dr. Jutzeler leise. «Und dann möcht ich noch mit Ihnen sprechen, Schluep. Tagsüber geht's so schlecht.» Schluep stand auf und ging einen Becher Wasser holen. Dr. Jutzeler schluckte die kleine weisse Pille, dann setzte er sich auf das Tischchen (er nahm nur die Hälfte vom Platz ein, denn er war mager), zog die Beine an und straffte das Nachthemd über den Knien. In der Stille war deutlich der Regen zu hören, der draussen über die Scheiben rieselte.
«Schluep», sagte Dr. Jutzeler, «es geht Ihnen schlecht. Wie ich aufgewacht bin aus meinem – nennen wir es Traum, sind Sie neben mir gesessen und haben mir eine ‹Parisienne› verehrt. Wir haben zusammen

geraucht. Es war gemütlich. Ich möcht Ihnen helfen, Schluep, und ich glaub, ich kann es. Ich bin vor der hohen Kommission gewesen, und die Herren Ärzte haben gefunden, ich solle nicht wieder in meinen Beruf. Ich soll auf dem Land arbeiten. Auch meinten sie, wäre es gut, wenn ich eine Zeitlang einen Mann bei mir hätte, der zu mir sehen würde und wüsste, wie er sich zu benehmen hätte, wenn wieder einmal ein ‹Schub› käme. Auch zur Beruhigung meiner Frau. Ich möchte Sie gern bei mir haben, Schluep, ich hab Vertrauen zu Ihnen, und dann werden Sie mich nicht schlecht behandeln. Wir haben wohl ein wenig Ähnlichkeit... Viel kann ich nicht zahlen. Wir gehen zu einem Onkel meiner Frau, der in Dänemark ein Landgut hat. Sie könnten im Garten helfen, Sie verstehen doch etwas davon? Dann können Sie ein kleines Haus bewohnen mit Ihrer Frau...» – «Meine Frau ist krank...», sagte Schluep und brach dann ab. – «Ich weiss, aber es kann vielleicht eine andere Lösung geben. Ich hör ja manches hier, ich versteh ja auch etwas vom Fragen, denn ich bin ja nicht umsonst eine Zeitlang Untersuchungsrichter gewesen. Und da hab ich natürlich manches erfahren. Passen Sie auf, Schluep, Sie sind noch nicht fertig mit Ihren Abenteuern! Machen Sie sich auf etwas gefasst, morgen oder übermorgen! Wenn Sie dann nicht den Leuten hier den ganzen Krempel vor die Füsse werfen, sind Sie kein Mann! Verstehen Sie? Und Sie müssen auch an das kleine Mädchen denken, wo ist sie jetzt?» – «In Basel. Ja, Herr Doktor, und Geld hat sie mir auch gegeben.» – Es war Schluep herausgerutscht. – «Ein guter Kerl scheint's zu sein. Wissen Sie, Schluep, die Frauen ... Sie kennen ja meine Frau auch. – Also, das ist die Adresse. Ich werd Ende der Woche entlassen. Telegraphieren Sie, wann Sie kommen. Wir erwarten Sie. Und jetzt beginnt das Mittelchen zu wirken. Ich will schlafen. Gut Nacht, Schluep!» Wieder lag der Wachsaal still. Die blaue Lampe schimmerte tröstlich. Schluep öffnete ein Fenster. Der Novemberregen rauschte sanft in den Tannen.

Am nächsten Tage hatte Schluep frei. Nussbaumer, der Abteiliger, und Hängister schienen verlegen, als sie den Nachtrapport durchsahen. Dann ging Schluep hinauf in den «Obersten», um sich ein wenig hinzulegen. Am Nachmittag wurde er ans Telephon gerufen, seine Frau sei im Sterben. Auf dem Rückweg von der Portierloge begegneten ihm Wottli, der Abteiliger vom «C» und Glurner Walen. Beide grinsten ihn schadenfroh an. Schluep machte sich zurecht, um ins Spital zu fahren, da kam Hängister ihn holen: «Zum Direktor!» sagte er nur.

Der alte Direktor sagte (in einer Ecke des Zimmers standen Wottli und Glurner Walen): «Der Pfleger Glurner hat festgestellt, Schluep, er schläft im gleichen Zimmer wie Sie, dass Sie mehrere Male Leibwäsche von Patienten getragen haben. Ausserdem beklagt sich Abteilungschef Wottli, dass einem Patienten, den er vom ‹E› übernommen hat, also von Ihrer Abteilung, ein Paar Schuhe fehlen. Die Schuhe sind gefunden worden. Der betreffende Patient hat sie neu bekommen, jetzt sind sie getragen worden. Sehen Sie dort.» Der Direktor zeigte auf den Boden. Dort standen ein Paar Schuhe, die (Schluep musste es zugeben) einem Paar Schuhe glichen, die ihm gehörten. «Leugnen nützt nichts. Glurner bezeugt, dass er gesehen hat, wie Sie die Schuhe getragen haben. Ich will Sie nicht auf die Strasse stellen, Sie haben in letzter Zeit Unglück gehabt, aber ich muss Sie strafversetzen. Sie kommen aufs ‹U›.» Das war die schwere Abteilung. Schluep stand da, den weissen Schurz hatte er umgebunden, als Hängister ihn zum Direktor gerufen hatte. Wieder wollte ihn die alte Unsicherheit überkommen, schon begann er zu husten, schon krümmte sich sein Rücken, da fiel ihm ein, dass er frei sei. Und was hatte Dr. Jutzeler gestern, in der Nacht, zu ihm gesagt? Kein Mann?

Pfleger Schluep knüpfte langsam die Bänder seiner Schürze auf, zog die Schlinge über den Kopf, faltete das weisse Tuch zusammen und legte es auf das Bureau des Direktors. Es wurde ihm schwer zu sprechen, dann sagte er, leise zwar, doch mit beachtenswerter Festigkeit: «Die hier haben mich alle gehasst. Ich weiss nicht warum. Es ist besser, ich gehe. Es war nicht schön von Ihnen, Herr Direktor» (Schluep hatte sich Dr. Jutzelers Anweisung gemerkt, man spricht nicht in der dritten Person Einzahl), «dass Sie mich einfach auf Grund von Aussagen –», er stockte, «dass Sie über mich den Stab brechen. Ich geh lieber, ich kann mich ja doch nicht wehren.» «Sie können sich ja bei der Aufsichtskommission beschweren», sagte der alte Direktor, den die ganze Sache langweilte, es war Zeit für ihn, seinen abendlichen Schoppen zu trinken, er zog die Uhr. «Gut», sagte er, «ich nehme die Kündigung an, Sie können meinetwegen gehen, wann Sie wollen.»

Schluep begrub seine Frau. Dann holte er in Basel das Hanni Zwygart ab. Sie fuhren zusammen nach Dänemark.

«Was doch einfache Menschen manchmal für komplizierte Schicksale haben!» sagte Fräulein Veraguin, als sie von der Sache erfuhr. Und es war ein wenig Neid in ihrer Stimme.

DER VERGESSENE MÄRTYRER

Zwischen dem 14. Juli, der in Frankreich offiziell als Nationalfest gefeiert wird, und dem 27. Juli, den ich meine, liegen fünf Jahre. Und ich hatte gehofft, er würde dieses Jahr gefeiert werden, der 27. Juli, der einmal der 9. Thermidor des zweiten Jahres der Republik war. Ich hatte es gehofft, denn am offiziellen Nationalfest prangten am Fusse des Denkmals der Bastille neben den überlebensgrossen Bildern von Jean Jacques und Voltaire, von Diderot und Rouget de Lisle, von Barbusse, der Zola und Anatole France verdrängt hat, und Degeyter (wer ist Degeyter? Ich wette zehn zu eins, dass Sie nicht wissen, wer Degeyter ist – Degeyter ist der Komponist der Internationale!), hing neben Marats, des Blutigen, Bild der Märtyrer des 9. Thermidor: Maximilian von Robespierre...

1794! Am 7. Thermidor, zwei Tage vor Robespierres Sturz, sind die Gefängnisse überfüllt: 3000 Personen in Strassburg, 1500 in Toulouse, 7000 in Paris – alle diese Gefangenen sind zum Tode verurteilt – weil sie die «Sitten verderbt» haben. Und am 7. Thermidor wird noch jene kleine Näherin geköpft, in deren Schürzentasche man ein Federmesser gefunden hat, sie wird zur Guillotine geführt im roten Kleid der Vatermörderinnen, weil sie den «Vater des Vaterlandes» hat ermorden wollen. Auf dem Brett, unter dem Fallbeil, streckt sie sich aus und fragt, mit einem schüchternen Blick nach oben: «Lieg' ich gut so, Herr Henker?» Bei diesen Worten ging ein Zittern durch die Menge, erzählt der Memorialist...

«Der Terror, ohne den die Tugend keine Gewalt hat!» schrieb Robespierre und fügte hinzu: «Die Tugend, ohne die der Terror furchtbar ist.» Es ist so, von Zeit zu Zeit herrschen Männer über die Menschheit und wollen die Tugend einführen: jedes Mittel ist ihnen recht, die blutige Guillotine, die «trockene» Guillotine (wie man später die Deportationen nannte), aber die Menschheit muss tugendhaft sein, und zwar auf die einzig seligmachende Art, deren Präzepte im Kopf *eines* Mannes entstanden sind...

Die Menschheit ist nicht tugendsam, und wenn die Menschen auch laut behaupten, die Tugend zu lieben, sie halten es lieber mit der Bequemlichkeit. Denn die Tugend ist anstrengend, und nicht nur anstrengend ist sie, sie ist wandelbar, man weiss nie recht, was tugendsam ist und was nicht – besonders wenn ein einziger Kopf die Definition der Tugend gefunden hat...

Ein Kopf und zwei Helfer, um die Tugend über Frankreich auszubreiten!... Eine unheilige Dreieinigkeit: Robespierre (von dem nach dem 9. Thermidor Tallien meckernd sagte: «Dieser kleine Robespierre hätte den lieben Gott absetzen wollen, um seinen Platz einzunehmen»), sein Sohn im Geiste, St-Just, ein junger Mann mit verträumten Augen unter einer Stirne, über der sich die Haare leicht

lockten, doch mit einem Geiste, scharf wie ein Rasiermesser, und auch seine Ideen waren scharf und hart, primitiv würden wir sagen: er liebte seinen geistigen Vater und hasste alle, die sich ihm in den Weg stellen wollten. Und als dritter ein Advokat aus der Auvergne, ehrwürdigen und freundlichen Gesichts, mit gelähmten Beinen. Im *Musée Carnavalet* kann man den kleinen Wagen sehen, auf dem er durch die Strassen fuhr, an den Lehnen sind zwei Kurbeln angebracht... Die Stufen zum Konvent und zur Kommune hinauf trugen ihn dienstbare Arme.
Diese Dreieinigkeit liess die Tugend regieren, und die Tugend war hart. Die Tugend forderte Dantons Tod (und Danton ist auch am diesjährigen 14. Juli am Fusse des Monuments der Bastille vergessen worden, er war nicht tugendsam genug). Über Danton hat ein deutscher Dichter ein Drama geschrieben, über Robespierre haben die Dichter geschwiegen, leider, nur Henri Béraud hat ein kleines Büchlein verfasst: «Mein Freund Robespierre», ein Büchlein, das ergötzlich und menschlich ist. Denn trotz Guillotine und Terror war Robespierre eben doch ein Mensch, kein Ungeheuer.
Ein Mensch, der keine Selbstironie besass. Ein Mensch, der sich tödlich ernst nahm und es nie verzeihen konnte, wenn man ihn lächerlich machte. Ein Mensch voll Ressentiments, würden wir heute sagen – die Männer, die sich über die langfädigen Reden des kleinen Deputierten von Arras im Jahr 1789 lustig

machten, haben es mit ihrem Kopf büssen müssen. Ein Mann, der die Frauen hasste, von der kleinen Frau Roland, die Politik machen wollte, bis zu Lucile Desmoulins, die ihrem Gatten aufs Schafott folgen musste. Einzig die Bewunderung, die scheue Anbetung alter Jungfern und unreifer Mädchen liess er sich gefallen. Und er hasste das Geld. Er trank keinen Wein. Aber er liebte es, sich elegant zu kleiden: seine azurblaue Redingote, in der er am 20. Prärial das Fest des «Höchsten Wesens» präsidierte, seine azurblaue Redingote, die er als bewussten Protest gegen die Schlampigkeit der Sans-culottes trug, war sein einziger Luxus...

Der 27. Juli, der 9. Thermidor!... Man sollte ihn feiern, man sollte ihn nicht vergessen. Der Tag ist die grosse Zäsur in der Französischen Revolution. Die Leute, die ihn, ungeschickt genug, inszenierten, waren vom moralischen Standpunkt aus sicher verwerflicher als Robespierre. Die Sitzung des Konvents ist in ihrer Tragikomik so erschütternd, dass Sardou einfach das Protokoll der Sitzung hat abschreiben können, um seinem ziemlich schwächlichen Revolutionsstück Kraft zu geben. Und die Ironie der Geschichte: Robespierre, der eigentlich durch eine Frau gestürzt wird. Theresa Cabarrus, die Freundin Talliens, die den Schwächling aus dem Gefängnis, wo sie auf die Guillotine wartet, mit einem Schmähbrief zur Tat treibt. Und im Hintergrunde arbeitet Fouché, der einzige Realpolitiker dieser merkwürdigen Zeit. Theresa Cabarrus aber erhält von der

Geschichte den merkwürdigen Namen: «Unsere liebe Frau von Thermidor»...
Es ist begreiflich, dass sogar eine Linksregierung lieber über das Datum des 9. Thermidor schweigt, Robespierre, den kleinen Advokaten von Arras, zwischen den Seiten der Geschichtsbücher einen staubigen Schlaf schlafen lässt und ihn nicht mehr zum Leben erweckt. Selbst Jaurès, in seiner grossen Geschichte der französischen Revolution, spricht immer mit einer gewissen Unfreiheit vom grossen Verteidiger der Tugend. Denn vom Standpunkt der Linksparteien aus hat Robespierre zwei Dinge verteidigt, die man nicht gern verteidigen hört: das persönliche Eigentum und das höchste Wesen. Vielleicht wäre das nicht so arg. Aber dass er die Tugend verteidigt hat... Es ist immer eine böse Sache, die Tugend zu verteidigen...
So wird vom 9. Thermidor nur weniges übrigbleiben: das Läuten der Glocke des Präsidenten Collot, das wie das Läuten der Totenglocke tönt, das Blatt Papier mit dem Aufruf ans Volk, das Robespierre zu spät sich entschloss zu unterzeichnen und auf dem unter den beiden Anfangsbuchstaben seiner winzigen Unterschrift: Ro... ein grosser brauner Fleck zu sehen ist, weil ein Gendarm namens Meda ihm mit einem Schuss den Kiefer zerschmetterte, bevor der Name fertig geschrieben war... Und es wird auch bleiben der Schrei des 10. Thermidor, als der Henker dem gestürzten Diktator auf dem Schafott den Verband von der Wunde riss, ein Schrei, den ein feind-

seliger Zeuge dem Schrei eines sterbenden Tigers verglich...

Ein Tiger? Nein. Diktatoren sind keine Tiere. Sie sind Menschen wie wir. Sie machen leider nur den grossen Denkfehler, zu meinen, die Weltgeschichte werde mit abstrakten Ideen gemacht, mit Ideen, die in schlaflosen Nächten ausgebrütet werden. Sie vergessen das Schicksal, und dafür werden sie vom Schicksal gestraft...

NACHBARN

Was ist der Nachbar in der Stadt? Es ist die Familie im ersten Stock, die einen Hund hat, der um Mitternacht, wenn man gerade einschlafen will, zu bellen anfängt. Oder die Tanzlehrerin im dritten, die am Sonntag Morgen, wenn man ausschlafen möchte, um sieben zu trainieren beginnt. Es ist das Baby, das Nächte durch schreit, weil es zahnt. Aber alles, was zu Hund, Baby und Tanzlehrerin gehört, die Familie der Nachbarn, wird nur hinter einem Schleier wahrgenommen, Schemen sind es, denen man im Stiegenhaus begegnet und vor denen man den Hut lüpft – und wenn man keinen Hut trägt, sondern ein Béret, so salutiert man...

Aber auf dem Land... Man wohnt nicht Tür an Tür, Räume sind vorhanden, die einen Nachbarn vom andern trennen. Räume: die Strasse, eine Wiese mit einem Misthaufen darin. Und nicht unbelebt sind diese Räume. Hühner bevölkern sie, Enten, Katzen. Auf der Strasse schlenkern Automobile vorbei – denn es ist eine Nebenstrasse, um die es sich hier handelt. Der regnerische Winter hat sie aufgeweicht, hoch steht der Schmutz, der wie gebrannte Zuckercrème aussieht in ihren Löchern, und vorsichtig tasten sich die Autos vorwärts, mit pendelndem Hinterteil, und sehen ein wenig dicken Damen ähnlich, die zu hohe Stöckelschuhe tragen. Autos: um elf fährt der Bäcker vorbei, ein dicker Mann, der genauso sauer aussieht wie das Brot, das er bäckt, um zwölf der Metzger, ein Belgier, der als einzige Erinnerung an seine Heimat den flämischen Fluch «Chottverdumm» gerettet hat. Und um vier Uhr nachmittags kommt die Schuljugend. Knaben und Mädchen haben Freude daran, die Hunde zum Bellen zu bringen – so dass sie gemeldet werden von weit her, und wenn sie vorüber sind, nehmen andere Köter das Signal auf. Die Jugend schreitet durch ein Kleffspalier.

Man weiss allerlei von seinen Nachbarn, denn das Dorf ist klein, es ist kein richtiges Dorf, ein Krachen eher, zwanzig Häuser etwa, und auf der Landkarte ist er gar nicht zu finden, der kleine Weiler. Trotzdem ist der Bauer Blanchard Gemeinderat, und einmal hat er sich eine dreifarbige Schleife um den Bauch gebunden und ist in die Hauptstadt des Kantons gefahren, um einer Lokalgrösse das letzte Geleit zu geben. Der Bauer Blanchard ist der ‹Patron›, wie man hier sagt, und seine Frau die ‹Patronne›. Zwei Söhne sind noch da, der eine dreissig, der andere fünfunddreissig. Sie möchten heiraten, aber sie dürfen nicht. In der Beauce ist man noch patriarchalisch, der Vater ist die Hauptperson, auch wenn er Eiweiss verliert und bedenklich unter dem Pantoffel seiner Frau steht. Die Familie Blanchard ist mit der augenblicklichen Regierung des Landes nicht zufrieden, obwohl das Korn mehr als doppelt so viel wert ist als unter den vorherigen Regierungen. Aber der Patron und die Patronne und die beiden Söhne sehen rot, wenn von der Regierung die Rede ist, wodurch sie nur beweisen, dass sie nicht ganz farbenblind sind.

Der erste Köter des Weilers ist schwarz und zottig. Seine lange Leine endet oben in einem Röllchen, und dieses quietscht einen langen Draht entlang, der zwischen dem Haus und dem Hühnerhof gespannt ist. Vater Denis hat darin gewohnt mit seiner Frau, die ein Holzbein hat. Ich weiss nicht, hat die Härte des Holzes auf das Herz übergegriffen – kurz, Vater Denis war sehr unglücklich. Vierzig Jahre lang hat er die Bohnenfelder der Blanchards gejätet und bei der Ernte geholfen und im Winter beim Dreschen. Dann hat ihn das Rheuma gepackt, und seine Hände waren gelähmt, ein wenig nach aussen gedreht. Ihre Haut war glatt, spiegelglatt, und über das Handgelenk zogen sich parallele Runzeln. Zwei Stöcke brauchte Vater Denis, um laufen zu können – und deren Holz war genau so glatt und so rot wie seine Hände.

Denis. Ursprünglich hiess er Dionys. Aber er hatte weder etwas von einem Kirchenvater an sich noch von dem Griechengott asiatischer Abstammung, der in unseren Köpfen herumgeistert, sobald von Rausch die Rede ist. Vater Denis hat nur jeden Tag bei seiner ehemaligen Patronne ein Gläschen oder zwei Apfelschnaps getrunken. Die bekam er, weil er dem unerschöpflichen Redefluss der alten Frau andächtig lauschte. Lauschte? Vielleicht hörte er gar nicht zu. Aber er nickte – und das genügte.

Und dann starb Vater Denis in einer Nacht, in der die Hunde heulten und das Käuzchen im nahen Pappelwalde schrie. Hunde heulen und Käuzchen schreien auch in andern Nächten – aber in dieser Nacht war es besonders deutlich zu hören. Vielleicht war der Wind – den ganzen Tag war er aufgeregt in die Kamine gefahren und wieder heraus, in der Nacht aber war er zur Ruhe gegangen –, vielleicht war der schlafende Wind und die Stille, die er zurückliess, daran Schuld, dass all die andern Laute so überdeutlich an die Fenster pochten...

Eine alte Frau kam am nächsten Tag mit einem krummen Regenschirm zu uns und lud zum Begräbnis ein. Und wieder einen Tag später spannte der Bauer Blanchard ein Ross vor den hohen Zweiräderwagen, die Patronne gab zwei Leintücher, um das Innere auszutapezieren – und der fünfunddreissigjährige Sohn erinnerte sich, dass Vater Denis gerade diesen Wagen oftmals mit Garben beladen hatte. Die beiden Leintücher waren gross – so gross, dass sie genügt hätten, um Vater Denis kleinen Garten zur Hälfte zuzudecken...

Nach Blanchards kommen Herr und Frau Guerbert – sie wohnen uns schief gegenüber. Herr und Frau – nichts von Patron und Patronne. Herr Guerbert schreibt seinen Namen so merkwürdig, damit die Leute vergessen, dass er ein simpler elsässischer Gerber ist. Denn Frau Guerbert ist Pariserin, gedrungen, fett, mit behender Zunge und fünf Warzen vorn am Hals, die in der Form einer Hasenspur angeordnet sind. Herr Guerbert war Zöllner – aber einen französischen Zöllner, auch wenn er elsässischer Abkunft

ist, darf man nicht mit einem Zöllner Galiläas verwechseln. Einundsiebzigjährig ist Herr Guerbert, und seine Seele ist mild. Als ich krank war, kam er mich jeden Tag besuchen. Er sass neben meinem Bett und schilderte mir, stundenlang und höchst anschaulich, seine morgendlichen Hustenanfälle. Ich denke, ein wenig Egoismus steckte hinter seinen Besuchen. Er wollte gerne, und sei es auch nur auf eine Stunde, der Gesellschaft seiner Frau entfliehen. Denn diese hat kein Interesse mehr für die Krankheitserscheinungen ihres Mannes, und sie fährt ihm übers Maul, wenn er davon erzählt und sie dabeisteht. *Ihr* Interesse gehört den jungen Hennen, und sie hat den winzigen Hof pflastern lassen, damit die Vögel keine nassen Klauen bekommen. «Dann legen sie früher», hat sie mir anvertraut. Sie ist wohlbewandert in der Geschichte ihres Landes, und wir führen lange Diskussionen über Ludwig XV., den ich zu verteidigen trachte, während sie immer noch an das schmähliche Bild denkt, das einige romantische Romanschreiber von diesem König entworfen haben.
Herr Guerbert ist ein Rentner – und ich denke immer, dass ein Land, in welchem Zöllner Hausbesitzer werden, ein so übles Land nicht ist. Der Staat sorgt für seine Helfer, er lässt sie ruhen, wenn sie ihre Zeit abverdient haben auf zugigen Bahnhöfen, in eiskalten Güterschuppen – und ich lausche gerne der Erzählung meines Nachbarn (zehn Mal habe ich sie schon gehört), der Erzählung von der grossen Brustfellentzündung, die mit einem Ohnmachtsanfall an

der Untergrundbahnstation Pigalle begonnen hat, mit einem Aderlass und einem Spitalaufenthalt sich fortgesetzt hat; geendet hat sie mit einem einsamen Aufenthalt in der Provence, ohne Frau; und diese Einsamkeit im Süden gibt Herrn Guerberts Erzählung das, was wir in unserer pessimistischen Zeit brauchen: ein Happy-End...

Neben uns, nur unser Garten trennt uns von ihm, wohnt einsam ein Witwer. Gross, rot, ein braunes Cache-nez (ein Nasenverberger) sommers und winters um den Hals geschlungen, wohnt Emile Sayaz. Er arbeitet auf der Strasse – das heisst, er spaziert sie auf und ab, und die Sohlen seiner Holzpantinen haben sicher manchen Kieselstein in die Erde gedrückt. Er redet gerne – und wahrscheinlich darum hat ihm das neidische Schicksal eine quälende Infirmität geschenkt. Im Mittel drei Mal in der Woche verrenkt er sich die Kieferknochen, so dass er den Mund nicht mehr auftun kann. Dann muss er in seinen Holzpantinen zum Arzt pilgern, der fünf Kilometer entfernt wohnt. Der bricht den geschlossenen Mund wieder auf, und dann kann Emile Sayaz wieder zwei Tage nach Herzenslust schwatzen – bis zur nächsten Kieferverrenkung. Aber auch wenn er nicht sprechen kann, hat er Zerstreuung. Gerade über seiner Wohnküche hat er seine Äpfel gelagert. Aber die Ratten! Die Ratten spielen nächtelang Fussball, Croquett, Polo mit den Äpfeln – und annagen tun sie die Früchte auch. Emile Sayaz findet das lustig: «Die Tiere müssen auch ihren Spass haben», meint er. Und wenn alle Äpfel angefressen sind, so mostet er sie – im Frühling; vorher hat er keine Zeit. Die verrenkten Kiefer!

Und dann kommt mein Freund Paulin... Aber Paulin ist eine allzuwichtige Persönlichkeit; ihr kann man nicht mit drei Sätzen gerecht werden. Somit gehört er in die Kategorie, die Kipling mit den Worten abtut: «Dies ist eine andere Geschichte...»

Nach ihm wird der Weiler, der Krachen uninteressant. Nein, besser, er geht uns nichts mehr an. Es sind keine Nachbarn mehr. Ein berühmter Pariser Chirurg hat das Schlösschen gekauft, und nur alle drei Wochen einmal führt er sein schneeweisses Auto (Rolls Royce! Bitte sehr!) über die Löcher der Nebenstrasse. Und dieses Auto erinnert gar nicht mehr an eine dicke Dame mit zu hohen Stöckelschuhen. Eher denkt man an eine Ballettänzerin, die über die Bühne spitzt – und wenn ein Loch in der Strasse ist, macht das schneeweisse Auto Spagat. Sie wissen doch, was Spagat ist? Die Beine gehen auseinander, bis der Körper den Boden berührt. Übrigens eine schlechte Definition...

DORFFEST

Die Staatsangestellten, das sind: der Briefträger, der Schullehrer und der weibliche Stationsvorstand, rechnen nach der offiziellen Zeit. Aber sie sind die Minderheit. Selbst der Herr Bürgermeister, der doch eigentlich auch Amtsperson ist, hält sich, wie die Bauern, an die alte Zeit. Und die alte Zeit geht eine Stunde nach. Sommerzeit! Die Bauern sagen, das sei eine Erfindung für die Städter, und sie haben ganz recht. Soll man etwa sechs Monate hindurch das Vieh um eine Stunde früher füttern, melken? Und dann vielleicht dem Euter der Kuh begreiflich machen, nun sei wieder Winterzeit? Das sind so moderne Erfindungen! Und auch der Bürgermeister macht sie, wie gesagt, nicht mit, obwohl er Amtsperson ist und Industrieller dazu: er besitzt eine Sägemühle und betreibt sie mit Dampf, weil der Dorfbach viel Entensalat, aber wenig Gefälle produziert.

Die Zeitfrage aber wurde nur deshalb berührt, weil sie Grund und Ursache war zu dem Streit, der zwischen dem Briefträger (Anhänger der neuen Zeit) und dem Metzger (Vertreter der alten Zeit) am Abend des Dorffestes ausgetragen wurde.

Es war ein viereckiges Zelt errichtet worden, zwanzig Meter auf zehn, mit einem Bretterboden, zu dem der Bürgermeister die Bretter, der Schreiner aber den glättenden Hobel und die Muskelkraft geliefert hatte.

Seifenflocken hatte die Krämerin gestiftet, Frau Ménage hiess sie, Frau «Haushaltung» könnte man es übersetzen. Meine Frau und ich, wir nennen sie nur die «Wanze», weil sie genau so flach und braun ist wie solch ein Insekt. Es ist vielleicht böswillig, aber es schadet wenig, da man uns nicht versteht, wenn wir von einer Wanze reden...

Der Ball war angesetzt auf neun Uhr abends. Und punkt neun Uhr sass auf einer kleinen Estrade das Orchester: ein dünnes Saxophon, eine dicke Handharfe, und das Schlagzeug war mittel: mittelgross, mitteldick. Das Orchester spielte eine Stunde lang, pflichtschuldig und eifrig, vor einem fast leeren Parkett. Meine Frau hatte ein graues Polohemd von mir angezogen, sie trug Sandalen. Ausser uns beiden war der Briefträger mit seiner Frau erschienen. Dann standen noch an den Zelttüchern lehnenlose Holzbänke, und hinten in einer Ecke hockte Herr Blanchard, der alte Lehrer. Er hockte allein, hatte die Hände gefaltet und sah unserem Tanzen zu. Der Briefträger tanzte mit seiner Frau, dann mit meiner, und ich tanzte mit Madame Guéret... Wie gesagt, das dauerte eine Stunde, und es gefiel uns wohl, den ganzen Saal für uns zu haben.

Um zehn Uhr schlug es für die anderen Dorfbewohner neun Uhr. Und da rückten sie denn an. Es kamen alte Weiblein, die setzten sich auf die lehnenlosen Bänke und blieben dort sitzen, ohne einen Wank zu tun, die ganze Nacht, bis in den hellen Morgen hinein. Es kamen die Kinder: Buben und Mädchen, und

auch Säuglinge waren darunter. Vom sechsten Jahr an tanzten sie schon.
Es rückt an der Herr Metzgermeister Vanrossom, ein Flame, den der Friedensschluss in Frankreich vergessen hat. Sein Geschäft floriert, und von Belgien hat der breite Mann nur eines behalten: den guten flämischen Fluch, der immer wie ein langes Räuspern mit darauffolgendem Spucken klingt. Er braucht ihn gleich beim Eintreten: «Chottverdomm!» sagte Herr Vanrossom und drückt sein Missfallen darüber aus, dass die Festivität ohne ihn begonnen hat. Er ist begleitet von seiner Frau, die recht italienisch aussieht in ihrer roten Bluse, und von seinem Sohn, zwölfjährig, gekleidet als Etonboy. Ein hübscher Junge, aber ein frecher Bengel. Er kann schon Tango tanzen wie ein Grosser, besser als sein Vater auf alle Fälle.
Und der Saal füllt sich. Neben Herrn Blanchard, dem Schullehrer, der knapp vor Toresschluss noch die Ehrenlegion ergattert hat (zwölf Jahre hat er auf das rote Bändchen im Knopfloch warten müssen und hat doch den ganzen Krieg mitgemacht), sitzt der Herr Bürgermeister, ein zwei Meter hoher Riese, der merkwürdigerweise «Petit» heisst. Er hat sechs Flaschen Bier mitgebracht und sie vor dem Orchester in Reih und Glied aufgepflanzt. Das Publikum applaudiert.
Es gibt rosa Balltoiletten zu sehen, mit schüchternen Ausschnitten im Rücken, rosa, rosa, wieder rosa, und dann zwei zartzartblaue. Und ganz wenig weisse. Meine Frau bereut es nun, mein Polohemd angezo-

gen zu haben, und am meisten ärgert sie sich über ihre Wollsocken. Aber man hält sie allgemein für eine Engländerin, und viele kommen sie holen.

Ich suche nach dem Briefträger, denn der Briefträger ist ein guter Freund von mir. Er lügt viel und weit intensiver als gedruckt. So behauptet er, reinblütiger Pariser zu sein, und es gebe nur 99 reinblütige Pariser in ganz Frankreich. Reinblütig! Das heisst bis zu den Urgrosseltern hinauf nur Pariser. Seine Urgrossväter seien als Geschworene im Revolutionstribunal gesessen. Guéret hätten sie beide geheissen, wie er selbst. Ich habe es nicht nachkontrollieren können. Aber sonst habe ich ihn schon auf Riesenschwindeleien ertappt – nur in Worten, wohlgemerkt, sonst ist er die ehrlichste Haut... Guéret ist verschwunden, er ist verschwunden, seit der Herr Metzgermeister Vanrossom mit seinem geräusperten Fluch den Raum betreten hat. Ich gehe ihn suchen...

Die Nacht draussen ist frisch und herbstlich und schon empfindlich kühl. Weit draussen vor dem Dorfe Ymeray ist das Zelt aufgeschlagen worden, inmitten eines zerfallenen Mauervierecks. Die nächste Pinte ist eine Viertelstunde weit entfernt. Man ist zusammengekommen, um zu tanzen, nicht um zu trinken. Von Zeit zu Zeit verschwindet wohl ein Tänzer, kommt nach einer halben Stunde wieder. Aber man merkt ihm nichts an. Die Kinder tanzen unter den Grossen, man sieht ihre kleinen Schattenrisse auf den hellerleuchteten Zelttüchern. Das Saxophon stellt sein Instrument beiseite und singt durch

ein Megaphon in den Saal hinein das Lied, dessen Refrain dieses Jahr ganz Frankreichs Luft durchdringt:
«Tout va très bien, Madame la marquise...»
Es ist ein Kammerdiener, der im Liede dies seiner Herrin am Telephon mitteilt, und die Herrin erfährt: die Lieblingsstute sei gestorben, weil der Stall verbrannt sei, und das Schloss sei in Flammen aufgegangen, weil ein Leuchter umgefallen sei, als der Herr Baron sich erschossen habe... Aber sonst: «Alles geht gut, verehrte Frau Baronin...» Man kann es nicht leugnen, es ist ein Lied der Zeit...
Nun, die Musik spielt dieses Lied, während ich meinen Freund Guéret suchen gehe. Da kommt er ja, hält sein elfjähriges Töchterchen an der Hand, und sein dreizehnjähriger Sohn folgt ihm.
«Ich habe die Kinder daheim vergessen, denken Sie!» sagt er zu mir. Er trägt eine Flasche Wein unter dem Arm. «Wollen wir ein Glas leeren?» fragt er noch und schlägt das Tuch beiseite, das die Rolle der Eingangstüre übernommen hat.
Aber vor der Eingangstüre steht Herr Metzgermeister Vanrossom und neben ihm sein Etonboy. Er tut keinen Wank, der Herr Metzgermeister, sein breiter Rücken ist ein felsiges Hindernis. «Pardon!» sagt mein Freund, der Briefträger. Dann lauter: «Pardon!» Und noch einmal: «Pardon!» Kein Wank...
«Ah, nom de...» – «Chottverdomm!»
Sie stehen sich gegenüber. Und nach seinem Räuspern quellen die Schimpfreden aus Herrn Vanros-

soms Munde, unaufhaltsam und lückenlos, genau wie das Hackfleisch aus seiner elektrisch betriebenen Maschine. Eine Stunde lang habe der Herr Briefträger den Saal für sich allein gehabt, jetzt solle er machen, dass er verschwinde, jetzt feiere die ehrliche Handwerkerschaft und die würdige Bauersame ihr Fest, und da habe ein Staatskrippenwallach nichts mehr zu suchen.

Und die Gegenrede knattert auf, abgehackt, in bestem Pariser Argot, und sie knattert wie der Morseapparat im kleinen Postbureau, nur viel lauter. Das Orchester ist verstummt. Hier werden Prinzipien ausgefochten! Freies Gewerbe gegen Beamtentum! Die Menge im Saale nimmt Partei. Mein Freund Guéret sieht sich plötzlich lauter Feinden gegenüber. Er hat, als treuer Diener des Staates, die Anleihe der Regierung vertrieben, und nun ist der Franken doch gefallen! Erbitterung!... Erbitterung!... Eine ganze Stunde hat das Orchester nur für den Angestellten gespielt! Die neue Zeit, sie hat die Anhänger der alten Zeit um eine Stunde betrogen! Ich fühle mich mitschuldig, winke meiner Frau... Nein, nein, so ist es nicht gemeint. Herr Vanrossom gibt deutlich zu verstehen, dass er gegen uns nichts hat, er tut dies mit aller möglichen Deutlichkeit: er lädt meine Frau zum Tanze ein. Das Orchester spielt...

Ich aber sitze in der kühlen Herbstnacht am Strassenbord neben meinem Freunde Guéret und trinke mit ihm aus dem gleichen Glase. Er schweigt. Von fern her kommen die Klänge des Orchesters. Und leise zuerst, dann lauter, ziemlich falsch, aber nun ganz laut, singt Herr Guéret, der Funktionär und Briefträger Guéret:

« Tout va très bien, madame la marquise ... »

Er hat recht. Alles geht gut. In der Nacht vom dritten zum vierten Oktober bleibt es eine ganze Stunde lang Mitternacht. Und dann hat die alte Zeit die neue Zeit wieder eingeholt ...

EIN AUTOUNGLÜCK

Als dem Chauffeur Jean Charpentier in Orléans vom Direktor der «Gesellschaft für rapidesten Viehtransport» am 28. August telephoniert wurde, er müsse um 4 Uhr morgens in Auneau O. drei Ochsen, vier Kälber und fünf Kühe einladen, um sie einem Metzger nach Chartres zu bringen, der das Vieh um 6 Uhr schon brauche, sagte er: «Das kommt nicht gut...» Es war keine geheimnisvolle Vorahnung, sondern eine sachliche Feststellung, zu welcher Charpentier einige gute Gründe anzuführen hatte:

Auneau O. – die Abkürzung bedeutet Orléans, weil an dieser Station die Staatsbahn die Bahnlinie Paris-Orléans schneidet – besteht aus einem Stationsgebäude, einer Wirtschaft und vierzehn Geleisen. Umladen ist dort umständlich. Ausserdem ist der Wein in der Wirtschaft schlecht. Das war der erste Grund. Dann beträgt die Distanz Auneau-Chartres etwas über vierzig Kilometer. Vierzig Kilometer in zwei Stunden für einen Camion ist nicht viel, aber wenn er einen Anhänger hat, wenn man weiss, dass in der Station mit den vierzehn Geleisen die Züge Verspätung haben und das Umladen von Vieh keine Kleinigkeit ist, so wird man ohne weiteres glauben können, dass für die vierzig Kilometer höchstens eine Stunde übrig bleibt – vielleicht noch weniger. Die Strasse führt vom Plateau der Beauce durch eine

Gegend, die feucht ist, Pappeln bewachen in dem Tale grosse Viehweiden, die sumpfig sind – und Ende August sind die Morgennebel gar nicht selten.
«Es wird nicht gut kommen...» wiederholte Jean Charpentier, als er endlich seine blökenden Passagiere verstaut und den Haken des Anhängers noch einmal geprüft hatte. Er war ganz nüchtern, denn er hatte nichts zu Morgen gegessen, nur zwei Café-Rum, drei Gläser Weisswein und einen Magenbitter getrunken...
Die Strasse war gut: ein schwarzes Asphaltband, das an eine Elefantenhaut erinnerte. Zu Beginn der Fahrt beklagten sich die Passagiere über das Rütteln des Wagens, die Kuh Elise, die aus der Normandie stammte, beruhigte ihre Begleiter, so dass es im Camion selbst bald still wurde. Nur hinten im Anhänger, in dem ein junges, unerfahrenes Rind, das aussah, als ob es eine Hornbrille trage (zwei braune Kreise umgaben seine Augen – und der Kopf war sonst weiss), vier Kälbchen beaufsichtigen sollte, herrschte langgezogenes Geheul, wie in einer arabischen Kleinkinderschule, in der ein alter Lehrer von zwei Dutzend Büblein die Suren des Korans nachplärren lässt. Die Kälbchen und ihr Gouvernantenrind stammten eben alle fünf aus der Bretagne. Dort ist man noch rückständig und fährt nicht oft Auto...
Den Chauffeur Jean Charpentier störte das Geplärr hinter seinem Rücken wenig. Er hörte es kaum, denn sein Motor stampfte laut; und dann war er auch müd,

er hatte zwei Nachtfahrten hinter sich, und ausserdem machte er sich Sorgen wegen seiner Frau. Die war so viel allein, in Orléans – und manchmal ist es wirklich nicht gut, wenn der Mensch allein ist. Er lenkte wie im Schlaf, der Chauffeur Jean Charpentier, denn er kannte die Strasse gut, besser auf alle Fälle als seine Frau. Nach dreizehn Kilometern begann ein ziemlich gähes Bergab, das in einer Kurve endete. Und gerade in der Mitte der Krümmung begann das Dorf: und vor ihm hielten zwei Häuser Wache, links eine Beize, rechts ein einfaches Haus. Charpentier blickte auf die Uhr, es war halb sechs – ein Kaffee würde gut tun... Der Metzger in Chartres konnte warten. Charpentier bremste – und da sah er einen Zug von vier Camions um die Kurve biegen... Gerade ihm entgegen...

Das Haus, das rechts von der Strasse den Eingang zum Dorfe bewachte, wurde von einer alten sechsundachtzigjährigen Frau bewohnt. Diese war trotz ihres Alters noch so rüstig, dass sie stets am Morgen zuerst aufstand, um ihren Enkeln, die zu ihr in die Ferien gekommen waren, das Frühstück zu kochen. Sechzehnjährig hatte sie geheiratet, das war schon lange her – ihr Mann war vor vier Jahren gestorben, und sie waren gut miteinander ausgekommen. Sie hätten die goldene Hochzeit gefeiert – aber damals war gerade Krieg, so hatte man es sein lassen. Ihre Kinder waren über Frankreich verstreut – ein Sohn in Nantes, ein anderer in Lille, und ein dritter hatte ein Gut in der Normandie gepachtet. Die Kuh Elise im

Camion kam aus dem Stalle des Bauern Sayaz, der ein Sohn war von der alten Frau Sayaz im kleinen Dorfe an der Kurve der Strasse... Die Sechsundachtzigjährige war um 5 Uhr aufgestanden – der späte Sommer hatte noch einige heisse Tage gebracht – und die Grossmutter wollte ihre zwei Enkel aus Nantes frühzeitig aus den Betten jagen und auf die Brombeersuche schicken. Gegen Mittag sind die «Aoutas» gar böse, das sind winzige, unsichtbare Insekten, die sich unter die Haut graben und dort kitzeln, bis sie tot sind...

Rüstig war die Grossmutter Sayaz noch, aber taub wie ein Topf. Nur wollte sie das nicht wahrhaben. Es muss auch zugegeben werden, dass sie es wohl verstand, die Worte von den Lippen der Sprechenden abzulesen...

Um halb sechs war sie mit dem Kaffee fertig, sie stellte die Kanne auf den Tisch, den Milchhafen daneben. Dann war es ihr, als höre sie jemanden klopfen. «Jetzt ist René schon aufgestanden,» murmelte sie, «und will mich überraschen. Er klopft an die Türe... Ganz deutlich hör' ich sein Klopfen – und da behaupten die Leute, ich sei harthörig!»...

«Herein!» rief sie laut und blickte auf die Türe. Aber die Türe blieb geschlossen. Dann fühlte sie einen Luftzug, es roch nach Staub, und als sie sich umwandte, war in der Mauer des Zimmers ein grosses Loch, Jean Charpentier sass rittlings auf einem ganz verbeulten Kühler...

«Entschuldigen Sie, Grossmutter», sagte Jean Charpentier, «es tut mir leid, dass ich nicht durch die Türe eingetreten bin, aber mein Wagen hat es anders im Sinn gehabt...»

Wenn man sechsundachtzig Jahre alt geworden ist – und ein Sohn ist im Krieg gefallen, und ein paarmal hat man es miterlebt, dass es Bomben geregnet hat – hat man sich das Erstaunen abgewöhnt. Man gibt es nicht gern zu, dass man taub ist wie ein Topf – *eine* kleine Eitelkeit bewahrt jeder Mensch – also tut man, als sei es eine selbstverständliche Sache, wenn ein Mann auf einem metallenen Ross durch die Mauer reitet. – Natürlich stürmen jetzt die Enkel ins Zimmer, das ganze Haus hat gebebt, der Krach ist sogar auf der anderen Seite des Tales, in zwei Kilometer Entfernung, gehört worden... Nur Grossmama Sayaz hat freundlich: «Herein!» gesagt.

Die Aufregung im kleinen Dorfe ist natürlich gross. Das Auto steckt bis zur gläsernen Schutzscheibe in der Mauer. Der Chauffeur ist durch die aufgeklappte Scheibe geflogen, das Loch in der Mauer war gross genug, um seinen Flug nicht zu hindern, er ist rittlings auf dem Kühler gelandet, zwei Schritte vor dem gedeckten Kaffeetisch. Dem wie durch ein Wunder Geretteten zu Ehren wird die Flasche Calvados aus dem Buffet geholt. Jean Charpentier erlabt sich, er ist ganz wach geworden, er hat sogar Hunger bekommen... Und während er gemütlich frühstückt, versammelt sich das ganze Dorf auf der Strasse...

Am schönsten hat es der Flurhüter – denn Landjäger kann man das Männchen nicht nennen. Seine Uniform besteht aus einem alten Képi – sonst ist er gekleidet wie ein gewöhnlicher Zivilist... Er rührt die Trommel in den umgebenden Weilern, wenn der Herr Bürgermeister etwas zu verkünden hat, er trägt amtliche Schriftstücke aus, nicht viele, alle zwei Monate eines. Dafür erhält er vier Franken im Tag von der Gemeinde – achtzig Rappen in unserem Geld.

Nun muss er zum ersten Male in seinem Leben den Verkehrspolizisten spielen: denn die Strasse wird viel befahren, es ist eine Strasse erster Klasse, die Autos sind heut beizeiten erwacht, es gibt Pariser, die noch etwas vom Sommer haben wollen, sie sind pressiert, sie wollen ans Meer...

Und da versperrt so ein Verkehrshindernis den Weg!... Der Flurhüter schwitzt. Gut, dass die Beize in erreichbarer Nähe ist... Dort ist es kühl. Was schadet es, wenn auch fünf Autos draussen sirenen, heulen, tuten?... Der Flurhüter ist bald siebenzig Jahre alt. Da hat man kein Verständnis mehr für Eile...

Und den Behörden sei es gedankt: um die Mittagszeit taucht die Gendarmerie auf, fünf Mann hoch! Da kommt Ordnung in das Ganze. Zwar: die Kuh Elise und ihre Reisebegleiter, auch das junge Rind mit der Gouvernantenhornbrille zusammen mit den Kälbchen stehen schon lange wohlversorgt in Grossmutter Sayaz' Stall. «Und wer hat wieder recht gehabt? –» fragt die Grossmutter ihre Enkel. «Euer Vater wollte den Stall abreissen lassen – können wir ihn jetzt nicht gut brauchen?» Aber die Kuh Elise erkennt die Grossmutter doch nicht wieder... Der Chauffeur Jean Charpentier erklärt dem achtjährigen René den Motor, während sich die zehnjährige Enkelin mit den Kälbchen unterhält...

Nicht nur die Gendarmerie stört das Idyll. Um 2 Uhr nachmittags, in der ärgsten Sonnenhitze, flirrt ein knallrotes, hässiges, dreirädriges Insekt herbei. Darin sitzt ein Mann, hemdärmelig, seine Krawatte schillert wie ein Libellenflügel, und der braune Ledergurt, der seinen Bauch in zwei Hälften zerschneidet, so dass er aussieht wie eine gefärbte Semmel, glänzt spiegelblank, als sei er gewichst. Seine graue Mütze ist so tief über den Kopf gezogen, dass die Ohren abstehen, und ihr unterer Rand klebt am Fettwulst des Nakkens.

Jean Charpentiers schöne Stunden sind vorbei. Der Direktor der «Gesellschaft für rapidesten Viehtransport» ist angelangt. Er flucht nicht, er schreit nicht. Aber er kann hexen. Plötzlich sind fünf Schubkarren da, zehn Arbeiter, die Mauer rund um den Kühler wird ausgebrochen, nun sind die Vorderräder frei – nicht einmal verbogen sind sie... Und schon schiesst ein Traktor blinde Salven – ein Ruck...

Um 4 Uhr nachmittags ist nur noch ein grosses Loch in der Mauer zu sehen, durch das man einen alten Nussbaumtisch erblicken kann. Die Glühlampe pendelt sanft darüber... Der Flurwärter trinkt zum Abschied einen Apéritif, und Grossmutter Sayaz vermisst den Chauffeur Charpentier. «Ein so höflicher

Mann», sagt sie. «Sogar die Mütze hat er abgenommen, als er von seinem Kühler stieg...»
Die Familiengeschichte der Sayaz hat sich um eine Erzählung bereichert. Der Bauer in der Normandie, der Sohn in Nantes, die verheiratete Tochter in Paris und die Kinder all dieser Familien, verstreut über ganz Frankreich, werden von der Grossmutter erzählen, die «Herein!» gerufen hat, als ein Auto mitsamt seinem Chauffeur durch die Mauer zu ihr ins Zimmer kam.
Und wenn der kleine René in fünfzig Jahren diese Geschichte seinen Enkeln erzählen wird, so werden die Enkel lachen – und Grossvater René wird verkünden: «Ich war dabei...»
Das nennt man Tradition. Und Tradition ist etwas Schönes.

Die Feuerwehrleute haben ihre Helme auf Hochglanz poliert, aber die Spritze haben sie im Schuppen stehen gelassen. Heute ist keine Feuersbrunst zu löschen, und hätte es eine, so würde der Himmel das Löschen besorgen.

Denn es regnet...

Es ist mehr als ein simpler Novemberregen. Der graue Himmel stürzt als Wasser auf die Erde, manchmal könnte man meinen, jemand leere einen riesigen «Tub», ein privates Badbecken voll schmutzigen Wassers aus – und der Südwind pfeift dazwischen und zerreisst das wässrige Tuch...

Die Feuerwehr besteht aus den jungen Männern des Dorfes. Unter den Messinghelmen sind die Wangen rot vom Schermesser und die Nasen leicht-leicht bläulich vom Apfelschnaps. Die Feuerwehr trägt Uniform, und darum marschiert sie auch an der Spitze des Zuges, angeführt von einem, der die Wangen aufblasen kann, wie Aeolus – der bläst das Horn. Aber der Wind zerreisst den Ruf des Hornes.

Hinter den Uniformen kommen die Frontkämpfer, die Männer, die den «Grossen Krieg» mitgemacht haben. Sie sind in Zivil, sie tragen Mäntel aus grauem, aus schwarzem Tuch, und die Krägen sind aus Sammet. Die Regenschirme halten sie in der Hand, nicht aufgespannt haben sie die Stoffdächer —

denn allzu grausam weht der Wind. Aufgerollt haben sie die Schirme und halten sie an der Spitze, während sie die Griffe im Strassenschmutz nachschleifen lassen.
Keine Orden, keine Medaillen...
Der eine oder der andere trägt ein dünnes, farbiges Bändchen im Knopfloch, manchmal zwei - und nur aus diesen Bändchen kann man schliessen, dass sie das Kriegskreuz oder die Militärmedaille erhalten haben.
An der Spitze bläst das Horn einen Marsch, aber die Veteranen kümmern sich nicht um den Takt. Sie folgen dem Zug als Individualisten, und ihre genagelten Schuhe zwingen sie zu dem Schritt, an den sie sich gewöhnt haben, den Schritt des Bauern, der hinterm Pflug übers Feld schreitet. Nur einer marschiert im Takt: ein alter Mann, dessen weisser Schnurrbart weich ist wie eine Seidensträhne. Er trägt die Fahne: rot-weiss-blau. Und in güldenen Buchstaben ist auf das bunte Tuch gestickt:
«Die Kämpfer des Grossen Krieges.»
Vor achtzehn Jahren wurde der Waffenstillstand geschlossen...
Am elften November. Und wahrscheinlich denkt niemand daran, dass vor hundertundsiebenunddreissig Jahren, an einem zehnten November, einem korsischen Artillerieoffizier ein Staatsstreich fast misslungen wäre. Es ist wahr, dass man damals vom neunzehnten Brumaire sprach...
Eine Fahne rot-weiss-blau - die Farben sind alt. Auch der korsische Artillerieoffizier liess seine Trup-

pen hinter diesen Fahnen marschieren. Später krönte er sie mit Adlern – aber die Farben blieben...

Die alten Kämpfer tragen keine Gewehre, sie halten ihre Regenschirme und folgen der Fahne – nicht einmal im Gleichschritt. Hinter ihnen geht der Herr Bürgermeister, dem unter der Nase ein schwarzes Bürstlein wächst. Sein Hut ist steif und sein Regenmantel genauso elegant wie seine Unterschrift. Ihm zur Seite schreitet der Schullehrer, der barhaupt geht, wahrscheinlich, weil es ihm zu langweilig ist, ständig den Hut abzunehmen.

Und dann kommen die Kinder: Mädchen und Knaben, eingepackt in wasserdichte Regenmäntel. Zuerst die ganz Kleinen, dann die Grösseren. Und jedes Kind trägt einen Strauss Novemberblumen: Astern und Chrysanthemen.

Die Gemeinderäte... Frauen in Trauer, Frauen, eingepackt in Wollshawls. Schwarz glänzt der Asphalt der Strasse, imposanter wird der Zug, denn jedes Haus schenkt neue Mitgänger. Aber das letzte Haus des Dorfes schickt einen enormen Schwall, denn es ist die Beize...

Das Denkmal für die im Krieg Gefallenen erhebt sich ausserhalb des Dorfes auf einer Anhöhe. «Giraffenkopf» heisst der Hügel, und die grosse Automobilstrasse von Paris nach Orléans führt an seinem Fusse vorbei. Das Denkmal: eine viereckige Säule, auf der eine Urne steht, und über die Urne stülpt sich eine phrygische Mütze aus Stein – die Jakobinermütze, die Mütze der Sans-Culottes. Auf den Seiten der Säule

stehen die Namen der Männer zu lesen, die fürs Vaterland gefallen sind: fünf Blanchard, drei Laya, zwei Vachereau, vier Petit, ein Martin, drei Seya. Es ist ein kleines Dorf, nur wenige Familien bewohnen es; doch jede Familie hat ihren Tribut bezahlt...
Ich weiss nur, wie Laya Ernest gestorben ist:
Er war Oberkoch und war mit fünf Gehilfen beschäftigt, das Fleisch garzukochen, das man in der Schweizer Armee «Spatz» und in der französischen «Aff» nennt. Da fiel eine Granate in den Kessel. Die fünf Gehilfen kamen mit dem Schrecken davon. Von Laya Ernest hat man nachher nur drei winzige Blutspritzer an einem Apfelbaum gefunden... Sonst nichts. Seine Frau hat sich wieder verheiratet, mit einem Vachereau, dem Schreiner des Dorfes, und sie ist nicht unglücklich, obwohl ihr Mann ein wenig zu viel Apfelschnaps trinkt; übrigens verachtet er auch den Rum nicht. Der Schullehrer, hat die Kinder vor dem Monument versammelt. Die Feuerwehr hat sich hinter dem Denkmal aufgestellt. Die Frontkämpfer stehen hier und dort, wie es sich gerade trifft. Nur der Fahnenträger nimmt seine Rolle sehr ernst. Der Wind spielt mit der weissen Seide seines Schnurrbarts und mit seinen weissen Haupthaaren.
«Eins – zwei...» sagt der Schullehrer, und die Kinder beginnen zu singen. Der Lehrer schwenkt seine Ärmchen – «lauter!» ruft er in den Gesang, es nützt nichts, der Wind verweht das Lied. Die Worte «Frankreich» und «ewig» versteht man... Liederdichter dürfen von Ewigkeit reden. Und vielleicht ist es ganz nütz-

lich, wenn die Kinder solche Worte lernen und auch an sie glauben...

Der Herr Bürgermeister nimmt seinen steifen Hut ab:

«Ich fordere die Anwesenden auf, eine Minute Schweigen zu bewahren!» Köpfe entblössen sich. Die Fahne senkt sich – ein Tuch, rot-weiss-blau, schwer von Nässe... Schweigen.

Aber nicht vollkommen ist das Schweigen. Auf der grossen Strasse wissen die Autos nichts vom Schweigegebot, von der Feier, vom stillen Gedenken an die Toten. – Sie hupen...

Dann ist die Minute verronnen, der Herr Bürgermeister setzt seinen steifen Hut wieder auf, der Schullehrer führt die Kinder um das Denkmal, und die kleinen, von der Kälte geröteten Hände legen die Sträusse ab, die sie tags zuvor aus den Novemberblumen gebunden haben...

Wird jemand eine Rede halten?... Nein. Wir sind nicht in Paris, wo Minister und Diplomaten aufgeboten werden. Wir sind in einem winzigen Dorf, das ein paar Söhne geopfert hat, um die Heimat zu verteidigen. Und für ein winziges Dorf derangiert sich weder der Herr Präfekt noch der Abgeordnete. Man ist unter sich – es regnet, der böswillige Wind zerreisst die Wassertücher, wirbelt die letzten bunten Blätter von den Pappeln und Apfelbäumen... Die Feier ist zu Ende.

Wohl bläst das einsame Horn noch einen zaghaften Marsch, aber der Wind, der tolle Novemberwind

verweht ihn. Die Kinder geben das Beispiel: sie laufen. Die Feuerwehr läuft. Die alten Kämpfer laufen – begreiflich, sie haben lange genug in den nassen Gräben der Champagne aushalten müssen... Es laufen die Frauen, und ihre steifen Röcke wehen...
Aber in der Mitte des Dorfes sammelt der Zug sich noch einmal: vor dem Spezereiladen. Und angeführt vom barhäuptigen Schullehrer betreten Knaben und Mädchen den Laden. Denn die Gemeinde zahlt heute jedem Kind ein Stück Kuchen oder Biskuit oder ein Säckchen mit Bonbons...
Wohl um den Kindern einzuprägen, der Friede sei etwas Süsses...

IM HÜHNERHOF

Seit wir Geflügel en gros herstellen, gewissermassen am laufenden Band, in sogenannten Hühnerfarmen, geht es uns mit den Vögeln ähnlich wie mit dem Geld. Denn das Geld, das waren früher schwere Dukaten und Silberlinge, man verwahrte sie im Wollstrumpf unter der Matratze oder ganz hinten im Schrank, verborgen vor Dieben – damals gab es auch richtige Geizhälse, die ihr Geld zählten in schlaflosen Nächten; eine unschuldige Beschäftigung im Grunde... Jetzt hat man Aktien und schneidet Coupons – so man hat, meine ich –, und Hühner sind da zum Eierlegen, genau wie die Aktien, und die Hühnerfarmen sind die Banken: Brutapparate, rationelles Füttern, Kraftfutter, Rendite... Und der Fleischansatz wird bis aufs Gran errechnet, und niemand sieht mehr, dass eigentlich die Küken den Erstklässlern ähneln, wenn sie im Winter zur Schule gehen, die Hände tief in den Hosensäcken vergraben.
Ich habe einmal eine alte Bäuerin am Waschtrog gesehen: sie war ganz allein auf dem Hofe, das Mannsvolk war zur Ernte aufs Feld gezogen, die alte Bäuerin war ganz allein – nein, nicht ganz allein. Neben ihr stand ein altes Huhn – eine Henne, wenn Sie lieber wollen, und die alte Bäuerin sprach mit der Henne, und die Henne antwortete. Die Bäuerin sagte etwa: «Weischt, der Joggi het immer no Schmerzen

im linke Bei...» und was man da machen solle?... Worauf die Henne weise den Kopf schüttelte und in ihrer Sprache Antwort gab, sehr differenziert, kann ich versichern, mit auf die Seite gelegtem Kopf und wohl moduliertem «Groock, kock». – «Du hescht bi Goscht recht!», sagte die Bäuerin, man müsste dem Joggi Einreibungen machen. Mit Kampferspiritus? Die Henne nickte: «Groock». Und darum wurde am Abend der Joggi mit Kampferspiritus eingerieben. Die Henne hatte es gesagt, es war eine alte Henne, sie hatte einige Generationen Küken aufgezogen, also musste sie recht haben – und die Bäuerin wusste dies. Sie meinte nachher zu mir, es sei viel unterhaltsamer, mit der Henne zu b'richten als mit dem Bauer. Das hab' ich ihr ohne weiteres geglaubt.

Wir haben auf einem Sonntagsspaziergang ein entlaufenes Küken aufgelesen. Es schrie mörderlich, das heisst mörderlich ist nicht der richtige Ausdruck, es piepste anhaltend und pfiff und schrie, ohne heiser zu werden... Es ist übrigens merkwürdig, dass auch kleine Menschenkinder so lange schreien können, ohne heiser zu werden. Aber wenn Sie dem Streit zweier Herren auf dem Tram zuhören – in kurzer Zeit wird der eine sicher heiser und muss abgeben. Bei Tenören kommt es weniger vor – die sublimieren das Schreien, darum findet man auch, es töne so schön. Aber kurz, wir nahmen das verloffene Küken mit und fütterten es auf. Es hatte eine besondere Vorliebe für einen grauen Pullover, den ich trug und unter dessen Rand ich den Hans barg, wenn er fror.

Ja, ich hatte das Tier Hans genannt, bevor ich noch über seine Geschlechtszugehörigkeit Bescheid wusste; schliesslich, es war nicht allzuschlimm. Eine Henne wird nichts dagegen haben, wenn man sie Hans nennt, und, soviel ich weiss, gibt es auch Mädchen, die es nicht ungern hören, wenn man sie mit einem männlichen Vornamen ruft.

Dann bekamen wir auf einmal sechs Küken. Die waren von einer Henne ausgebrütet worden, einem braunen Vieh, das aussah und sich gebärdete wie eine Jakobinerin während der französischen Revolution – Trikoteusen nannte man diese Weiber, und sie besetzten immer die ersten Plätze vorn an der Guillotine und strickten Strümpfe, während man den Aristokraten den Kopf abschlug... Dieses braune Vieh war eine Rabenmutter, ich nenne sie so, obwohl ich bis jetzt noch nicht habe feststellen können, ob weibliche Raben wirklich so schlechte Mütter sind. Kurz, das braune Biest plagte seine Jungen – vielleicht gar nicht aus Bosheit, wahrscheinlich aus Ungeschicklichkeit, wie manche Menschenmütter auch ihre Kinder plagen, nicht aus Roheit oder Bosheit, sondern aus ganz gewöhnlicher Dummheit. Wir schlugen dem braunen Biest den Kopf ab und kochten eine Suppe aus ihm. Es war zäh...

Aber Hans, von dem ich bis heute noch nicht weiss, ob es eine Henne oder ein Hahn ist – er ist erst sechs Wochen alt, und ich bin kein Experte –, hat sich der verlassenen Küken angenommen. Er spaziert mit ihnen im Hof herum, pickt ihnen vor... Bedenklich wird die Sache erst, wenn die Kleinen unter den Flügeln ihres Beschützers Schutz suchen wollen. Dann macht Hans eine so verlegene Miene, genau wie eine Dame, die ein zu kurzes Kleid angezogen hat. Er ist unglücklich, dass seine Flügel nicht reichen, er zirpt dann wie eine Grille oder rollert wie ein Kanarienvogel, bis ich ihn aufnehme und unter dem grauen Pullover versorge. Er sieht dann zu, wie seine Schützlinge in einer Schachtel versorgt werden. Das gefällt ihm. Er drückt seine Zufriedenheit darüber aus – und ich versichere Sie, dass ich ihm nicht menschliche Gefühle unterschiebe. Er ist regelrecht zufrieden.

Aber wenn es gilt, die Kleinen zu verteidigen, ist Hans auf dem Posten. Sie kennen doch Enten? Wir besitzen vier khakifarbene Exemplare, der Enterich hat einen graugrünen Schnabel und ist ewig heiser, er überlässt das Schnattern seinen drei Frauen, die ihre schwarzen Schnäbel wohl zu gebrauchen wissen. Enten sind milde, bürgerlich und behäbig wie erfolgreiche Nervenärzte. Sie wühlen gern im Schlamm und sind geplagt von einer unersättlichen Neugier. Sie mischen sich gerne in fremde Angelegenheiten – und wenn sie rennen, sehen sie aus wie ein zur Korpulenz neigender Eheberater, der im Regen dem Tram nachläuft.

Sie hatten im Sinne, auch bei der Erziehung der Küken ihren Senf dazu zu geben. Hans aber ist eine einfache Natur – ein Proletarier. Ihm geht das intellektuelle Tun der Enten auf die Nerven. Denn, wenn die braunen Enten seinen Schützlingen zu nahe kommen, so faucht er sie an. Geistigkeit hat vor grober Gewalt immer noch den Rückzug angetreten. Die Enten, die wenigstens dreimal grösser sind als Hans, ergreifen die Flucht. Sie halten dann in einer Ecke des Hofes eine Ausschussitzung ab, in der sie dreistimmig – der Enterich flüstert nur – den Verfall der Geistigkeit und die unethischen Erziehungsprinzipien beklagen. Über das Beklagen gehen sie nie hinaus...

Ein Hühnerhof ist eine instruktive Angelegenheit. Er regt an zu Philosophie und Bescheidenheit. Und wenn ich Philosophie sage, so meine ich damit weder die Kritik der reinen Vernunft noch den kategorischen Imperativ. Sondern nur eine bescheidene Erkenntnis: dass wir vergebens die Schranke aufgerichtet haben zwischen Mensch und Tier, zwischen Mensch und Tier und Pflanze... Es ist eine alte Wahrheit, aber warum sollten wir alte Wahrheiten nicht glauben? *Einen* Urgrund hat alles Leben, wir vergessen es...

SOMMERNACHT

Nun, da die Tage kurz werden und an den wippenden Zweigen der Reben gelbe Blätter rascheln, verliert auch das Meer seinen sommerlichen Glanz. Stumpf ist seine Farbe, am Abend, wenn der Nebel wie eine feine Staubschicht über den Wassern liegt. Und wir denken an die Nächte des Sommers...

Der Hafen von Pornic leert sich bei Ebbe. Dann stehen die Fischerboote, gestützt von Pfählen, auf dem schlammigen Grund, und durch die Strassen des Städtchens schleicht ein merkwürdiger Geruch: nach faulenden Fischen, nach Seetang – und man meint, irgendwo sei eine riesige Flasche mit Jodtinktur ausgeleert worden...

Die Fischerboote sind klein, und nur die Masten, an denen die Segel hängen wie riesige Teppichrollen, sind hoch und dünn. Netze sind zwischen den schlanken Balken zum Trocknen ausgespannt, und je nach der Tageszeit wechseln sie die Farbe: grau sind sie im Sonnenlicht, doch sobald der Schatten der Häuser über ihnen liegt, werden sie bläulich. In der Abenddämmerung jedoch – und lange dauert diese, denn schwer muss die Finsternis um ihr Recht kämpfen –, in der Dämmerung sind sie veilchenfarben, wie die Vorhänge, die in einem Zaubermärchen von den Soffiten herabschweben, wenn es Nacht wird auf der Bühne...

Abend... Und fünf schneeweisse Wolken hängen am Himmel. Dann flammen die Lampen auf über den eisernen Tischen der Cafés und beleuchten die Menschen, die aus den Städten gekommen sind, um die Haut ihrer Körper braun brennen zu lassen: dicke Herren, dicke Damen tragen kurze Höslein – «Shorts» nennt man sie – und an den Füssen offene Sandalen. Kinder sind müde und missmutig und werfen ihre Gläser um; dann rinnt der Sirup über die Eisentische und vermischt sich mit dem giftiggrünen Minzenschnaps, den die Mutter bestellt hat. Nur dem Vater ist es gelungen, sein Bierglas in Sicherheit zu bringen. Ohrfeigen klatschen, Weinen steigt auf, übertönt vom Hupen eines Autos, das mit den Kegeln seiner Scheinwerfer, wie mit groben Fühlern, die Strasse abtastet – eine dunkle, missmutige Grille.
Doch all das Lärmen und Summen und Schwätzen und Hupen vermag das Rauschen nicht zu verdecken, das leise war und nun lauter wird, anschwellend stetig in der windstillen Nacht. Die Masten, die über die Quaimauer ragen, beginnen zu schwanken, sachte erst, stärker dann. Ein Motor springt an, rattert, schweigt wieder, beginnt von neuem, mit ruhigem Stampfen, das vom Wasser gedämpft wird und so gar nicht dem aufgeregten Summen der Autos gleicht, die an den erleuchteten Terrassen vorüberziehen.
Und durch die Enge, die den Hafen vom offenen Meer trennt, fährt das erste Fischerschiff in die Nacht...

Unser Schiff heisst «La belle Adèle No. 25». Ich weiss nicht, ob es noch vierundzwanzig andere schöne Adelen in Pornic gibt, und ich mag auch den «Patron» nicht danach fragen. Sechs Meter auf zwei, grün, weiss, grün. Den Kiel haben wir gesehen, einen schweren Kiel, mit Blei gefüllt. Das Netz liegt zusammengerollt an der Spitze des Schiffes. Bemannung: Der «Patron», sein vierzehnjähriger Sohn, ein Matrose. Die Arme des Matrosen sind vom Handgelenk bis zum Ellbogen tätowiert, und auf dem Handrücken schimmert ein blauroter Stern. Wir schweigen alle, weil der Motor ein überlautes Basssolo singt. Der Patron ist nur zur Hälfte zu sehen: Oberkörper, Arme, Kopf. Unter dem Arm hält er einen Pfahl, der hinter ihm in der Dunkelheit verschwindet: damit steuert er.

Die Enge ist schmal – denn noch ist die Flut nicht hoch. Der Kiel wetzt auf dem Grund – wir blicken den Steuernden ein wenig ängstlich an. Aber dieser sieht nicht auf: Er hat die hohlen Hände zusammengelegt, ein Streichholz flackert in der Höhlung, lange braucht es, bis der Zigarettenstummel brennt, und während dieser Zeit ist das Gesicht des Mannes hell beleuchtet.

Rund ist es und glatt geschabt. Wenig Runzeln. Die Augen klein; merkwürdig an ihnen ist die sehr weisse Hornhaut, in der kein einziges Blutäderchen geplatzt ist, darum wirkt sie so sauber, so frisch gewaschen – Iris und Pupille sind von der gleichen Farbe: ein dunkles Grau, leicht bläulich, wie der Himmel, wie das Meer. Ein sanfter Wind kommt vom Land, und während der Vater steuert, hilft der Sohn dem Matrosen die Segel hissen. Dann hält der Motor die letzten Töne seines Liedes aus – zwei Fermaten, dazwischen lange Pause – und schweigt.

Das Netz gleitet ins Wasser, Gewichte ziehen es auf den Grund, wie ein riesiger Rechen wird es durchs Wasser gezogen. Dann geht der Junge schlafen – der Matrose hat sich hingelegt, die gefalteten Hände unterm Kopf, und blinzelt in die Sterne. Der Patron steuert...

Noch ist die Küste nahe. Fast zählen könnte man die Bogenlampen am Hafen. Aber immer weiter, immer weiter bleiben sie zurück. Vor uns zwei, drei Leuchttürme. Des einen Licht ist weiss und blinzelt – fünf sechs sieben acht –, öffnet sich – fünf sechs sieben acht –, schliesst sich. Der zweite ist grün, der dritte weiss. Und auf den weissen deutet der Patron:

«Die Spitze von St. Gildas. Vor ein paar Jahren ist dort ein Schiff untergegangen, und zweihundert Menschen sind ertrunken... Die Passagiere waren an dem Unglück schuld, Monsieur, denn der Kapitän wollte nicht abfahren. Es war ein Touristenschiff, für zweihundertfünfzig Passagiere bestimmt, aber es war Hochsaison, und das Schiff machte die Reise von Noirmoutier nach St. Nazaire. Fünfhundert Menschen wollten an diesem Tag übergesetzt werden, und dabei war das Wetter stürmisch. Der Kapitän hat sich geweigert, abzufahren – da haben ihn einige junge Burschen verspottet: Er sei ein altes Weib, er habe Angst vor solch kleinem Sturm. Solche Reden hört ein Mann nicht gern. Der Kapitän war alt, er tat seit dreissig Jahren Dienst, er kannte das Meer – aber Feigheit lässt sich niemand gerne vorwerfen. So fuhr er ab. An der Spitze von St. Gildas begann das Schiff zu rollen. Können Sie sich vorstellen, wie das ist, wenn ein flachgebautes Schiff ohne Tiefgang zu rollen anfängt? Die fünfhundert Menschen kann man nicht anbinden – sie suchten alle auf einer Seite Schutz gegen den Wind, gegen die Wellen, die über Bord kamen. Und da schlug das Schiff um. Zweihundert ertranken...»

«Gewiss, das war traurig. Aber wer hat die Zeche bezahlen müssen? Nicht die Kompagnie, o nein! Die hohen Herrschaften wissen sich immer zu helfen. *Wir* haben zahlen müssen, wir Fischer! Kein Mensch wollte mehr unsere Fische kaufen, denn es wurde behauptet, die Fische hätten sich von den Leichen der Ertrunkenen genährt. Und die Menschen sind dumm. Sie glaubten den Schwätzern. Dann wollte die Behörde *uns* verbieten, auf unseren Schifflein Passagiere mitzunehmen. Es ist immer so, Monsieur, wenn die Grossen Dummheiten machen, müssen es die Kleinen büssen...»

Er schwieg. Vom Bug kam die Bestätigung. Der Matrose räusperte sich, spuckte. «Immer wir, die Kleinen!» sagte er. «Ich hab den Krieg mitgemacht, Monsieur, auf einem uralten Kasten. Der musste das deutsche Gespensterschiff verfolgen – die ‹Göbène›, glaub ich. Und wir wussten alle, dass wir in die Luft fliegen würden – dass man uns opferte. Aber was konnten wir tun? Schweigen. Wir sind dann auch in die Luft geflogen – torpediert. In der Adria war's. Ich kann nicht schwimmen, aber ich hatte im letzten Augenblick einen Rettungsgürtel erwischt – mit dem hab ich mich über Wasser gehalten, zwei Tage. Dann hat mich ein Engländer aufgenommen. Die Engländer waren nicht so zimperlich wie die Badegäste hier, sie haben Fische gegessen – obwohl viele Leichen im Meer herumgeschwommen sind. Der Krieg, Monsieur! Immer die Kleinen!» Ein helles, rötliches Licht flimmerte über dem schwarzen Strich der Küste – ich wollte fragen, ob dies Licht zu einem Leuchtturm gehöre, da sah ich das Licht steigen, langsam und stetig stieg es wie eines jener bengalischen Hölzchen, die von Kinderhand in die Luft geworfen werden. Aber es fiel nicht wieder herab, sondern zog nach sich einen hellen Schein. Und über der dunklen Küste, die spröde war wie ein Wall getrockneten Seetangs, erschienen zwei Hörner, die wuchsen und wuchsen, und dann lag auf dem spröden Wall, braunrot und saftig wie das Stück einer riesigen Melone, der Mond. Vom grossen Stern, der zuerst erschienen war und der nun hoch über dem Horizont stand, schienen zwei unsichtbare Fäden zu den Hörnern der Sichel zu laufen – ja, es war, als ziehe der Stern den schaukelnden Halbmond in die Höhe...

Dumpf begann wieder der Motor seinen eintönigen Sang. Die Stricke, die das Netz hielten, entspannten sich, es schwieg der Motor, die Holzpantinen der

Männer klapperten über das Deck, sie zogen, zogen...
Und sie hoben aus dem Meer einen leuchtenden Schatz, eingehüllt in flüssiges Licht, das die Stricke färbte und die dünnen Maschen des Netzes, so dass sie aufglimmten in gefrorener Glut. Die Seezungen waren kleine silberne Platten von unbekannter Form und die Meersterne gezackte Münzen, die, über Bord geworfen, noch einmal funkelten zwischen den Schaumkämmen und dann versanken...
Dreimal hoben die Männer das Netz während der Nacht. Und als sie es hoben zum vierten Mal, da war es Tag. Dem Monde ähnlich war die Sonne aus dem Meere getaucht – rot, von Wolken verhüllt. Ein kalter Wind blies über das Meer und verscheuchte den Zauber der Nacht. Beim vierten Mal waren die Seesterne grau und unansehnlich und die Meerzungen schlüpfrig und kalt...
Wir fuhren in den Hafen zurück. Am Nachmittag war Versteigerung. Der Patron brachte seinen Fischfang: zwei flache Kisten, etwa dreissig Seezungen und einen Korb mit Meerschnecken.
Es war ein Mann da, der die Versteigerung leitete. Er war rot im Gesicht, und sein Bauch wölbte sich vor. Die flachen Kisten standen auf dem Tisch. Der Mann begann:
«Achtunddreissig achtunddreissig... neununddreissig... niemand mehr?... neununddreissig... vierzig... zweiundvierzig...» Die Versteigerung ging schweigsam vor sich, der dicke Mann kontrollierte

nur die Gesichter der Händler – ein Augenzwinkern genügte... «Zweiundvierzig... fünfundvierzig... fünfundvierzig... niemand mehr?... Fünfundvierzig für Herrn Corbaillon...»

Herr Corbaillon war ebenso dick wie der Versteigerer. Er blieb an seinem Platze stehen. Zwei neue Kisten erschienen auf dem Tisch. «Achtunddreissig... achtunddreissig...»

Der Patron zog mich am Ärmel. Wir gingen eine Flasche Bier trinken. Der Mann, der die ganze Nacht gearbeitet hatte, stiess mit mir an.

«So gehts, Monsieur», sagte er und wischte sich den Schaum von den Lippen. «Auf dem Markte kostet das Kilo Soles dreissig Franken. Ich hab heut nacht vier Kilo gefangen. Haben Sie gesehen, wie silbern sie waren, die Fische, als ich sie aus dem Meer zog? Irgendwo muss das Silber doch klebenbleiben. Schade, dass die Fische so schlüpfrig sind...»

Und er trank sein Glas aus. Wir konnten sein Schiff sehen. Auf dem Deck hockte der Matrose und flickte das Netz.

«Aber schliesslich», sagte der Patron und bestellte eine frische Flasche, «ein Schiff kostet fünfundzwanzigtausend Franken – ein Haus aus Steinen ebensoviel. Mir ist mein Holzhaus lieber», sagte er, «es schwimmt wenigstens...»

INSULIN

Wenn Laien sich erlauben, über wissenschaftliche Fragen nachzudenken, werden sie von den Berufsleuten ausgelacht und verärgert zur Ruhe vermahnt. Fast immer mit Recht. Die heutige Wissenschaft hat sich dermassen in gewisse Spezialweglein zerstreut, dass es jedem von ihnen unmöglich ist, eine Landkarte zu verfertigen, die etwas wie eine Übersicht geben würde.

Zugegeben, die meisten Zweige der Wissenschaft verästeln sich auf so komplizierte Weise, dass der Stamm des Baumes, aus dem sie vielleicht einmal gewachsen sind, schon lange dicht überwuchert ist, so dicht, dass weder die Rinde noch die Wurzeln, die vielleicht einmal über der Erde Luftwurzeln gewesen sind, mehr sichtbar sind.

Tauchen dann plötzlich einmal Menschen auf, wie beispielsweise Paul de Kruif, welche versuchen, auch dem Ungelehrten das gehobene Gut verständlich zu machen, werden sie nicht ernst genommen, sondern als Feuilletonisten, als unwissenschaftliche Laien gerichtet. Die Tatsache, dass der Verfasser der «Männer wider den Tod» selbst «Bakterienjäger» (wie er sich ausdrückt) gewesen ist, rettet ihn nicht vor der Verachtung. Für die Wissenschaftler ist jeder ein Verräter, der sich erlaubt, über ihre Arbeit ein Urteil abzugeben.

Wissenschaftler – plötzlich scheint es mir, als sei meine Behauptung unrichtig. Denn nicht alle Menschen, welche die «Wissenschaft» als Beruf (nicht als Berufung, was immerhin nicht nur ein sprachlicher Unterschied ist) genommen haben, sind so exklusiv. Ein Zweig aber ist es besonders, und da diese Zeilen von seiner Arbeit Kunde geben wollen, so ist es begreiflich, dass besonders an seine Haltung gedacht wird.

Die Psychiater, die man Seelenärzte nennen müsste, wollte man ihnen den bekannten fremdsprachigen Titel übersetzen, leiden am meisten unter der Furcht, ein Laie könne sich über sie ein Urteil, vielleicht nur eine Meinung anmassen. Sie haben Grund zu dieser Angst, zu diesem Unmut. Ihre Stellung ist schwierig. In vielen Fällen ist ihre Macht grösser als die eines Richters, denn ihre Entscheide sind unanfechtbar. Das Gutachten eines Psychiaters kann einem Menschen die bürgerlichen Rechte absprechen, ihn unter Vormundschaft stellen, ohne seine bürgerlichen Pflichten aufzuheben, vermag die Freiheit zu nehmen, indem es jahrelange, sogar lebenslange Internierung in einer Heil- und Pflegeanstalt, Versorgung im Arbeitshaus verlangt, es kann weiter gehen und einen Menschen zwingen, auf sein Liebesleben zu verzichten und ein Leben weiterzuleben, das keines mehr ist.

Wir wollen nicht übertreiben und behaupten, ein Psychiater sei zufrieden, wenn er zum Frühstück zwei Menschen verurteilen und die restlichen fünf sich zum Mittagessen aufsparen könne. So ist es nicht

gemeint. Einzig soll klargemacht werden, dass der Direktor einer kantonalen Anstalt Machtbefugnisse hat, die sehr weitgehend sind. Dass ihm also eine Machtbefugnis gegeben ist, die schwer auf ihm lasten muss, wenn er an die Verantwortung denkt, die ihm aufgebürdet worden ist.
Doch nicht nur dies muss er tragen. Die Zeiten sind noch nicht weit, da über die Chirurgie der Witz umging: «Operation gelungen, Patient tot.» Kein Mensch regte sich darüber auf. Geschieht es heute, dass eine Operation misslingt, wird es niemandem einfallen, den Chirurgen dafür verantwortlich zu machen. Der Tote wird in die fünf Prozent eingereiht, die selbstverständlich sind – sein Schicksal hat seinen Tod verursacht und nicht das Messer, der Äther, das Chloroform. In der medizinischen Branche ist es nicht anders: Dort tritt die Spritze in Aktion – und was gibt es alles, das mit einer Hohlnadel unter die Haut, in die Muskeln, in die Venen eingespritzt werden kann. Nicht ganz unrecht haben die Naturärzte, wenn sie erschreckt die Hände über dem Kopf zusammenschlagen und behaupten, der Körper brauche nicht ganz vergiftet zu werden und könne leichter mit unschädlichen Mitteln, mit Geduld, Tee, Umschlägen, Diät wieder in Gang gebracht werden.
Dies erinnert mich an eine Brustfellentzündung, die ich in dem Spital einer Industriestadt überstehen musste. In der ersten Nacht bekam ich nicht weniger als fünfzehn Einspritzungen, von acht Uhr abends bis sechs Uhr morgens. Es begann mit einer intravenö-

sen, um die Aufregung zu dämpfen – Somnifen. Zehn Minuten später subkutan – unter die Haut – Coramin. Um halb neun Transpulmin. Um neun Uhr wieder Coramin, dann abwechselnd: Transpulmin, Coramin, Transpulmin, Coramin. An Schlafen war nicht zu denken – so dass ich eigentlich nicht wusste, warum man mir ein Beruhigungsmittel gegeben hatte. Aber das war die Regel... Ist es nötig zu sagen, dass ich zwei Tage später die Flucht ergriffen habe, obwohl ich kaum gehen konnte?

Nicht eine wüste Kritik soll diese Erzählung sein, sondern nur eine Feststellung. In jener Nacht, da mir fünfzehn Spritzen einverleibt wurden, starb im Nebenzimmer ein Fünfundzwanzigjähriger. Er war schon am Abend in der Agonie (besser noch: in der Agónie – auf der zweiten Silbe betont), doch das verhinderte nicht, dass er bis zu seinem Tode, trotz seiner Weigerungen, alle Viertelstunden eine Spritze erhielt.

Vielleicht darf man hier noch an jenen hübschen Ausspruch eines grossen Arztes erinnern: «Eine Lungenentzündung dauert ohne Arzt zwei Wochen, mit einem guten Arzt vierzehn Tage, mit einem schlechten vier Wochen bis zum Tod.»

So wenig ein Chirurg, ein Mediziner für einen Exitus – um auch dem Tode ein esperantistisches Mäntelchen umzuhängen – verantwortlich gemacht wird, um so strenger wird ein Psychiater gerichtet, wenn ihm beim Versuch einer neuen Heilmethode ein Patient stirbt. Die Überlegung, die eine solche

Strenge verständlich macht, muss tief unter der Oberfläche liegen, sonst wäre sie übertrieben. Wahrscheinlich denkt man allgemein: Der Arzt behandelt körperlich Kranke. Wir alle wissen, dass der Körper stirbt. Wenn also ein Kranker stirbt, dann ist dies natürlich. Der Psychiater jedoch – schon sein Name verrät dies – beschäftigt sich mit der Seele. Wie darf er sich erlauben, einen Menschen sterben zu lassen, nur um die Seele zu gesunden? Die Seele ist unsterblich, erkrankt sie, so hat dies sicher nichts mit dem Körper zu tun. Und ist die Seele schuld, dass der Mensch stirbt, so ist es eine Sünde, ein Verbrechen des Arztes. Wohl äusserst wenige werden mit dieser Erklärung einverstanden sein, doch sehe ich keine andere. Es ist so, dass alte Glaubenssätze nicht etwa von einer Generation zur anderen in Vergessenheit verschwinden, sondern sie versinken nur, leben weiter unter der Oberfläche.

HEXEN UND ZIGEUNER

Im Appenzellerland, auf einem Hügel, den man «d'Hiesi» nennt, liegen die Häuser an den Rändern der Wälder, welche die Abhänge wie Flecken überziehen, deren Farbe nach den Jahreszeiten wechselt. Die Schindeln sind silbergrau und morsch wie Zunder. Die hölzernen Wände sind weich, und der Holzwurm klopft in ihnen. Die kleinen Mädchen, die in diesen Häusern wohnen, laufen am Morgen zur Schule, klettern um die Mittagsstunde wieder die Abhänge hinauf. In den Wäldern halten die belaubten Äste das Licht ab, und im Winter hockt der Nebel überm Land, spinnt sich um die Zweige. All dies lässt ein wenig Angst in der Luft, darum schwatzen die Mädchen zusammen, denn sie treffen sich am Morgen, und am Mittag verlassen sie zusammen den Schulraum.

Sie reden viel, und besonders von Hexen. Da war eine, die vielleicht keine war, denn in der Umgegend behaupteten alle Leute, sie sei zu dumm dazu. Man nannte sie «Rägelis Bäbi», und sie wohnte zusammen mit ihrem zehnjährigen Sohn und ihrer alten Mutter. Diese alte Mutter aber war bestimmt eine Hexe; man nannte sie «Seppentonis Kathri».

Auf dem Heimweg schlichen die Mädchen an dem morschen Holzhaus vorbei und spähten aus nach Wäsche, die überm Zaun oder an einem Strick

zwischen zwei Bäumen aufgehängt worden war zum Trocknen. Die kleinen Bezopften schlichen sich vorsichtig näher, banden die Beine der Unterhosen zu und füllten sie mit Steinen. War ihr böses Tun beendet, öffnete sich gewöhnlich am Hause ein winziges Fenster, ein dickes Gesicht erschien und stiess Flüche aus: «Suuwar! Suumaatle! Mached, dass er zum Tüüfel chönt!»
Mit klopfendem Herzen standen dann die kleinen Schülerinnen da, flohen nicht, sondern sangen mit zitternden Fistelstimmen:
«Rägelis Bäbi! Het Würm i de Gnägi!»
Dann kreischten sie auf, die fünf oder sechs, die da zusammenstanden, und flohen. Ihre Zöpfe, spitz wie Rattenschwänze, tanzten auf ihren Rücken ... «Rägelis Bäbi! Het Würm i de Gnägi!»
Dann versteckte sich die Bande im Walde unter einem Busch und flüsterte miteinander. Der alten Hexe hätten sie's gezeigt! Die sei nicht ans Fenster gekommen, weil sie Angst gehabt habe. Dann begann «'s Marthi», «G'schichtli» zu erzählen, und während es sprach, kniete neben ihm ein Stadtkind – «'s Hanni» nannte man es, und seine Eltern hatten es hier oben in einer armen und kinderreichen Familie untergebracht, weil sie dem Gof das Verwöhntsein abgewöhnen wollten. Das Mädchen kniete neben seiner Freundin und durchsuchte deren Kleid. Es war geschickt und fand leicht die winzigen braunen Kügeli, die so hoch springen können, aber Blutsauger sind, deren Stich unangenehm juckt. Flöhe gab es in

den saubersten Häusern hier oben, denn die Tierlein liebten die morschen Holzwände. Man mochte fegen, die Ritzen verkitten, die Tierlein waren so klein, dass sie immer irgendwo ein winziges Löchlein fanden, aus dem sie jucken konnten.

Das «Maatli» aber – «'s Marthi» –, welches sich «flooje» liess, erzählte, wie der Bauer Züst einmal die Mutter von Rägelis Bäbi, die alte Hex, fast gefangen hätte. Denn «Seppentonis Kathri» verwandelte sich, wie alle Hexen einmal, von Zeit zu Zeit in eine schwarze Katze, die sich zu den Kühen in die Ställe schlich, ihnen auf den Buckel sprang; dann verloren die Kühe die Haare und gaben rote Milch. Einmal jedoch ging der Bauer Züst spät noch in den Stall, weil er dort Lärm hörte. Er öffnete die Tür, leuchtete mit der Stallaterne und sah ein schwarzes Büsi auf dem Rücken einer Kuh hocken. Da nahm der Züst eine Mistfurgle und erwischte die Katze, gerade als sie zur Tür hinausspringen wollte. Die Gabel traf das Tier am rechten Hinterbein – am nächsten Tag aber wurde der Doktor zu «Seppentonis Kathri» gerufen, weil die Frau mit einem gebrochenen Bein im Bett lag. Sie war – wie sie erzählte – am Abend vorher in der Küche ausgeschlipft und hatte beim Fallen den Schenkelknochen gebrochen. – Ob das nicht ein Beweis sei, fragte die Erzählerin, dass «Seppentonis Kathri» sich in eine Katze verwandeln könne?

Hanni, das Mädchen aus der Stadt, nickte und nickte. Wenn sie gross sei, meinte sie, werde sie ein Buch schreiben über die Hexen. Das würden dann alle mit

Spannung lesen, und vielleicht werde dann die Regierung diesem Übel ein Ende machen...

Doch 's Hanni hat später, als es erwachsen war, keine Lust mehr gehabt, Bücher zu schreiben. Dafür kaufte sie sich einen dunklen Strohhut mit einem roten Band, trug dazu eine Uniform und eine Guitarre an einem Band über der Schulter; zusammen mit ihren gleich gekleideten Begleitern sang sie in den Wirtschaften schöne Lieder, verkaufte dann, wenn der Gesang zu Ende war, den Biertrinkenden den «Kriegsruf» und war glücklich, weil die letzten Jahre vorbei waren. Denn in diesen hatte sie sich verfolgt gefühlt von der Hexe, die sie in ihrer Jugendzeit kennengelernt hatte; sie sah sie manchmal des Abends, wenn sie schlafen ging, über die Strasse humpeln; manchmal hockte die Alte sogar als schwarze Katze auf dem Sims und sprang ins Zimmer, auch wenn die Fenster noch so gut verschlossen waren, setzte sich dem Mädchen auf die Brust – es konnte nicht einschlafen, nicht um Hilfe schreien, sondern musste warten, bis die Hälfte der Nacht vergangen war.

Es fällt eben den Menschen schwer, den Weg zu finden, auf dem sie durchs Leben schreiten können. Und ob sie nun die Saiten der Zupfgeige bearbeiten und dazu singen, oder ob sie die Uniform eines andern Glaubens tragen und diesem dienen mit Musik und Fackeln und Märschen und Tänzen – gewöhnlich steckt doch hinter allem die Furcht vor der Einsamkeit und die Angst, an sich selbst zu denken.

Eine alte Macht hat neue Faschingskleider angezogen; doch immer noch gehören ihr die Stunden der Nacht und die Stunden der Einsamkeit. Nur wenigen gelingt es mehr, das Fremde zu bannen, das als grauer Nebel am Himmel glänzt und über die Städte und Dörfer tropft – kein Regenschirm erweist sich als nützlich. Am seltensten aber werden die Menschen, die noch Zufriedenheit und Lächeln als Waffen besitzen.

Bevor aber das Stadtmädchen den Berg verliess, geschah ihm noch ein Erlebnis. Einmal ging es mit seiner Freundin, dem Marthi, durch den Wald – eine Mittagsstunde des Spätsommers flirrte unter den Zweigen. Da kam den beiden Kleinen eine alte Frau entgegen, die sie nicht kannten. Sie ging gebückt, auf einen Stock gestützt, und hinkte ein wenig. Da flüsterte das Bauernmädchen der Stadtfreundin zu, diese Alte sei sicher keine Hex, sondern eine Zigeunerin – worauf sie eilig an der Alten vorbeilaufen wollten. Doch die Greisin hob ihren Stock und versperrte mit ihm den Weg. Lächelnd begann sie dann eine Ausfragerei: Woher? Wohin? Auf dem Heimweg? Die Schule sei wohl für heute beendet...?

Sittsam und ängstlich antworteten die beiden, und das Marthi vom Land hielt sich fest am Arm des Hanni aus der Stadt. Da griff die Alte in die Tasche und schenkte jedem der beiden ein «Zuckerbölderli», ein gelbes Zuckerstückli in der Form eines winzigen Zitronenschnitzes. Dann stützte die Greisin den Stock wieder auf den Boden und humpelte davon.

Das Bauernmädchen warnte seine Freundin, sie solle nur ja nicht von dem Zeug essen. Das sei sicher gefährlich. Wenn sie es verschluckt hätten, müssten sie dann am Wegrand einschlafen – und dann würde die Alte sie mit ihren Zigeunern holen.
Es war heiss, und die harten Schnitze wurden in den kleinen Händen weich und klebrig. Da meinte das Mädchen aus der Stadt – «'s Hanni» –, alles, was es hier oben gehört und gelernt habe von seinen Freundinnen, sei Lüge. Hexen gäbe es nicht und auch nicht Zigeuner. Dann schleckte es das weiche Zückerli vom Handballen ab, und das Bauernmaatli fürchtete sich so, dass es seine Kameradin an der Hand packte und sie zwang zu springen, bis sie daheim angelangt waren. Dann sassen die beiden Kleinen hinter dem Haus und warteten, warteten – «'s Marthi» wollte den Beweis erbringen, dass seine Warnung keine Dummheit war. Aber dem Hanni passierte nichts; das bisschen Übelkeit, das es fühlte, verging nach dem Nachtessen.
Eine Nachwirkung jedoch hatte das Verschlucken des süsslichen Geschenkes. In ihrem späteren Leben war das Hanni nicht verwöhnt, was das Essen betraf. Es verschluckte alles, was ihm vorgesetzt wurde.
Dem Marthi aber, dem Bauernmaatli, blieb von jenem Sommernachmittag eine Erinnerung zurück, die zwar unterging, so dass es nichts mehr von ihr wusste, deren Wirkung jedoch blieb. Sie schaffte weiter, tief unter der Oberfläche. Im Bewusstsein des Tages jedoch blieb nur eine Überzeugung zurück: Es

konnte schaden, wenn man unbekanntes Zeug schluckte – der Freundin war es übel geworden. Als das Mädchen in seinem späteren Leben eine rührige Hausfrau geworden war, blieb in ihr ein Abscheu: Sie wollte, auch wenn sie einmal krank wurde, beileibe keine Medizin schlucken.

«Sie hilft ja doch nichts... Sie wirkt nicht... Sie kann schaden...» sagte die Frau, auch wenn sie fiebrig und erkältet im Bette lag. Merkwürdigerweise wurde sie auch stets ohne Präparate mit klangvollem Namen wieder gesund. Auch ihre Kinder behandelte sie mit Wickeln und heissem Kräutertee, und sie blieben gesund.

Merkwürdig ist manchmal doch, wie Kindheitserinnerungen, bald vergessene oder lang anhaltende, die Lebenswege verändern.

REISEGESELLSCHAFT

Diplomaten gähnen bloss, wenn ihnen befohlen wird, sofort und sogleich abzureisen in ein fremdes Land, wegen einer dort stattfindenden Konferenz; sie fahren, sie fliegen, sie dampfen ab auf einem Schiffe und werden betreut – des Nachts mit Kissen und Decken, damit ihr übermüdetes Hirn sich ausruhen kann. Am nächsten Tage – oder am übernächsten – steigen sie aus in der Fremde und brauchen den Mund nicht zu öffnen, wenn sie essen, schlafen, trinken oder eine Tablette schlucken wollen, gegen Kopfweh oder gegen eine Depression... Diplomaten werden immer von männlichen Kindermädchen begleitet, welche man gewöhnlich Dolmetscher nennt oder – besser noch – Privatsekretäre... Und in den Hotels, in welchen abzusteigen diese Herren geruhen, die den Weltfrieden zwischen Zeige- und Mittelfinger halten wie eine Luxuszigarette, spricht selbst der Liftboy (und nicht nur das Zimmermädchen oder der Kammerdiener oder der Maître d'hôtel, der darunter leidet, kein «Meister» zu sein) die vier Weltsprachen der Gegenwart, welche da sind: Englisch, Deutsch, Italienisch und Französisch... Wir leben im zwanzigsten Jahrhundert und nicht mehr im achtzehnten. Frankreich ist nicht mehr im ersten Rang zu finden, sondern erst im vierten. So ändert sich die Welt...

Die simplen Reisenden hingegen, die auf einem der

vielen Reisebureaux eine Rundfahrt von zehn oder zwanzig oder dreissig Tagen (das kommt auf die Länge der Ferien an, die der «Chef» jenen Reisenden bewilligt hat) belegt haben und nun in Autocars gepfercht werden, langweilen sich oft. Denn sie müssen mit ihren Begleitern Freundschaften schliessen: Der Prokurist mit dem Zahntechniker, die Modistin mit der Professorengattin, der Psychiater, der einmal den Besuch eines Kongresses verschmäht, mit dem Möbelhändler, der Bankangestellte mit dem Viehhändler, der einmal (ohne seine Gattin) zum Beispiel Italien hat «erleben» wollen.

Erleben... Erleben ist heutzutage teuer und kompliziert. Die Zeiten, da die Devisen einander ähnelten und ihr Name noch in der Zukunft schlummerte, sind vom «Grossen Kriege» zertrümmert worden, und falls ein Begleiter von jenen Jahren spricht, da an den Grenzen keine Pässe gefordert wurden, wird dieser Sprecher scheel angeblickt; denn wenn er so begeistert von verschollenen Zeiten spricht, könnte er vielleicht... wahrscheinlich... ganz sicher... unbedingt... den Anwesenden Unannehmlichkeiten bereiten. Besser man kümmert sich nicht um diesen Schwätzer, sondern hält sich an jenen anderen, dessen Kuttenrevers zwar keine Orden trägt, aber weit wichtigere Insignien, als da sind... Hüten wir uns vor Benennungen und verwechseln wir nicht: Kompromisse und kompromittierende Aufzählungen.

Die Reisenden, die ihre heimatlichen Devisen vertauscht haben gegen die Reiseschecks – diverse Staaten erschufen sie, um Feriengäste anzulocken – sitzen nun in den «Cars», den langen modernisierten Dinosauriern, bisweilen verlassen die Vorsintflutlichen ihre Route, um in einem Bache, Flusse oder See Kühlung zu suchen. Geschieht dies nicht, so entsteht Langeweile. Die Illustrierten sind gelesen, die Zeitungen auch, man hat sich schon genug über geöffnet- oder geschlossen-sein-sollende Fenster gestritten, man gähnt die Landschaft an und ärgert sich über den eingeschlafenen Schenkel oder die Wade, die gern sich wichtig machen möchte, indem sie sich krampfartig betätigt. Und auf den Feldern, an der Strasse stehen Leute und schwitzen, weil das Korn reif ist, gemäht, gebunden, gestaffelt werden sollte oder weil im Stalle, ganz ferne, Kühe brüllen, die hungrig sind und auf das Gras warten, das hoch und ungemäht noch auf einer Wiese wächst...

Sie sitzen im «Car» und gähnen und husten und niesen – daran ist natürlich der Dubel schuld, der keine offenen Fenster will, trotzdem selbst der dümmste Mensch weiss, dass der «Car» von Benzin betrieben wird; dies explodiert und erzeugt dann Gase, welche die Schleimhäute reizen: die Nase, Rachen, Lunge.

Am Abend hält endlich das lackierte, prähistorische Tier vor einem Hotel – merkwürdigerweise heisst es in diesem Lande nur «Albergo» – die Reisekompagnie steigt aus, die Insassen schütteln ihre Beine, treten in einen Vorraum, der das «Bureau» enthält, und müssen dort abgeben: Pässe, Reiseschecks; dann werden sie von einer Höflichkeit umhüllt, die an schlechtparfümierte Seife erinnert... Zimmer... Gott sei Dank fliessendes Wasser! Kaltes und warmes... Enttäuschung: aus dem Warmwasserhahn tröpfelt es nur, nicht einmal rasieren kann man sich!... Klopfen an der Türe. Das Zimmermädchen meldet, es sei Zeit zum Nachtessen...

Die *Table d'hôte* ist nicht mehr modern. An kleinen Tischchen wird serviert. Ausgerechnet mit dem Zahntechniker als Vis-à-vis muss man sich abfinden. Und das Essen? Es ähnelt dem gestrigen, dem vorgestrigen – dem morgigen, dem übermorgigen... Ein Essen ähnelt dem andern. Ein paar Nudeln schwimmen in einer bräunlich-gelben Brühe, die aus Bouillonwürfeln hergestellt ist; der Fisch hat vergessen, sich entgräten zu lassen – warum tat er dies nicht, während er im Meere schwamm? Man schielt hinüber auf die anderen Tische, weil man nicht weiss, wie Artischocken «elegant» gegessen werden. Zum dritten Male: Lob und Preis! Artischocken kann man mit den Händen essen und ihre Blätter aussaugen, nachdem man sie in eine Flüssigkeit getunkt hat, die Mayonnaise heisst und wie ungebrauchtes Schmieröl aussieht.

Da beginnt eine Stimme das Schweigen zu sprengen, das über dem Raume lag. Sie erzählt und alle lauschen:

«Es war Mondschein und ein wenig kühl, nachdem es den ganzen Tag erdrückend heiss gewesen war. Da machte ich ein paar Schritte vors Haus mit meinem Manne, und er war sehr müde, weil er von Padang –

das liegt auf Sumatra – mit dem Motorvelo hinauf in die Berge hat fahren müssen, um dort, bei einer neuen Goldgrube, den Dieselmotor zu reparieren, den die Inländer kaputt gemacht hatten. Vier Schritte hinter mir ging mein Mann, und vor dem Hühnerstall blieb ich stehen, weil ich einen Hahn sah, der tot auf dem Boden lag. Da rief mein Mann: ‹Rösi! Rösi! Beweg' di nid!› Verstehen Sie? Er sprach Schweizerdeutsch und meinte, ich solle mich nicht bewegen!... Ich wusste nicht, was los war, sah ihn nur ins Haus zurücklaufen und mit seinem Gewehr wiederkommen – es war eine ausgezeichnete Flinte österreichischer Herkunft, dreiläufig, und hatte vierhundert Gulden gekostet. Alle Kameraden wollten sie ihm abkaufen, aber er wollte sie behalten, bis jetzt. Ich sah nichts im Hühnerstall, ausser dem toten Hahn. Da kam mein Mann zurück, und ich wunderte mich, weil er die Flinte zusammengesetzt hatte; denn man kann sie in drei Teile zerlegen und schön verpacken in ein kleines Futteral. Auf meine Schulter legte er den Lauf – und da sah ich...»

Andächtiges Schweigen herrschte im Saal. Der Möbelhändler hielt seine Gabel in der Hand, und an ihren Zinken steckte ein bleiches Stück Fleisch, grün umrahmt von einem Salatblatt. Vor den riesigen Fenstern, deren Scheiben bis zum Boden reichten, glühten die Strassen der fremden Stadt. Uniformierte strichen vorbei, kuriose Hüte trugen die Frauen, wie daheim, wie in der Heimat, und ihre Haare waren blond – das war mehr als merkwürdig und sonderbar, unglaublich kurios fast... Hiess es nicht, die Frauen dieses Landes hätten schwarze, bläulich schwarze Haare! Und nun waren sie blond. Bevor die Stimme weiter erzählen konnte, flüsterte eine dickliche Dame ihrer Nachbarin zu: «Sie oxygenieren ihre Frisur, weil die Männer nur ‹Belle Bionde› wollen, verstehen Sie?»

Die andere, einförmig erzählende Stimme aber begann von neuem:

«... ja, da sah ich eine Riesenschlange, eine Python, zwei Meter von mir entfernt. Ihr Körper war aufgereckt, und sie wollte vorstossen mit ihrem Kopf, gegen mich, und meinen Körper umklammern; dann hätte sie mir alle Knochen gebrochen, aber mein Mann schoss – dreimal, aus den drei Läufen –, und der Kopf der Python zersplitterte. Wir haben sie gemessen, alsdann. Zehn Meter lang war sie... Jawoll!»

Höchstens zehn Sekunden blieb im Saale alles still, dann klapperten die Gabeln wieder auf den Tellern, es rutschte und glitt durch den Saal der *Maître d'hôtel* und sein Commis, mit dem Wein. Gläser füllten sich. «Prost!» – «G'sundheit!» – «Santé!» Und zwei, die so tun wollten, als beherrschten sie die Sprache des Landes, sagten «Salute!»

Durch den Raum plätscherte das Reden derjenigen, die tagsüber bequem auf dem Dinosaurier geritten waren, ein Dach hatte ihre Köpfe geschützt. Und zu verstehen waren einzelne Aussprüche: «Auch eine, die einen Ausländer geheiratet hat. Eine Deutsche natürlich!» – «Glaubst du die Schlangengeschichte?

Ich nicht!» – «Erfindung! Jawohl! Auf Sumatra gibt's keine Pythons!» Ein alter Herr jedoch, der vorsichtig seine Scheibe Kalbsbraten zu kleinen Stückchen zerschnitt, blickte über seine Brille und meinte bescheiden, während ein verschluckter Vorwurf, der auch ein Tadel sein konnte, seine Stimme sauer machte: «Doch doch! In Niederländisch-Indien gibt's noch Riesenschlangen!» – Der Zahntechniker jedoch, der ein Schnäuzlein trug wie der Held eines Gangsterfilms, lachte verächtlich: «Wir sind modern! Und glauben nicht jeden Kohl!»
Die Erzählerin sass allein, inmitten des Raumes, an einem kleinen Tisch. Ihre Gesichtshaut war mit kleinen Flecken bedeckt. Und man fühlte, dass die schwache Frau sich schämte: Weil nur ein alter Herr ihr Glauben schenkte, weil sie schlecht erzählt hatte, weil sie einem anderen Volke angehörte, weil ihr Mann fehlte, der ihre Erzählung hätte bestätigen und sie, die Einsame, hätte schützen können...
Das Dessert jedoch bestand aus Bananen, unreifen Orangen, Krachmandeln und Haselnüssen.

JUNI IN NERVI

Am Morgen ist das Meer fast grau, denn draussen steigen Nebel auf, die ein Wind gegen das Ufer treibt. Über den Häusern aber verschwindet der Dunst, denn die modernen Bauten stehen an den Abhängen über Steinmauern, auf denen die Geranien kleben wie gefrorene Wasserfälle. Die Saison ist schon lange vorbei, denn die Wärme ist nur beliebt, wenn im Norden die Kälte vorherrscht; dann ist die riesige Kaserne geöffnet – Hôtel Eden heisst sie, was niederdrückend ist, weil man fürchtet, das himmlische Paradies könne ihr gleichen... Ende Mai hat der Bau geschlossen, an dessen Torbogen die blechernen Schilder aller Autoklubs locken – doch nicht nur die Pforten sind geschlossen, sondern auch die Fenster – grüne Läden verrammeln sie. Rings um die Rabatten steht das Gras hoch, wird gelb, wird grau in der Hitze, und die Blumen in den Beeten verwelken.

So eng ist die Hauptstrasse, dass selbst das vorsichtige Schreiten auf dem Gehsteig das Leben in Gefahr bringt. Nicht breiter als drei Meter ist die «Strada», die den Namen eines berühmten aber unbekannten Mannes trägt. Wenn ein Lastwagen dem Tram vorfahren will, ist dies unmöglich. Doch was schadet das? Die Hitze lehrt Geduld, die Autos sind froh, wenn sie sich bemerkbar machen können, und hupen aus Herzenslust, und der Führer des elektrisch betrie-

benen Karrens ist zufrieden, weil er vor seinen Kurbeln nicht zu stehen braucht, sondern, genau wie sein Kamerad, der die Billette austeilt, auf einem Stühlchen sitzen darf, das mit seiner stählernen Lehne einem modernen Möbel gleicht.
Autos... Autos... Fiat... Fiat... Manchmal summt eine sehr edle Marke, doch dann beweist ihr Schild, dass sie aus einem fremden Lande kommt. ZH, eine vierstellige Zahl hernach, hinter der zwei neue Majuskeln sich breitmachen: CH... Dies sind jedoch nicht die Initialen – die Anfangsbuchstaben – des unglücklichen Reiches der Mitte, sondern die einer Confederatio, die sich lateinischer Wörter bedienen muss, weil sie viersprachig ist. Die kleinen Karren jedoch stottern vergrämt, wenn sie über die Pflastersteine rattern.
...come fratri minor' vanno per via...
und brauchten dies nicht zu tun, denn die Strasse ist flach und eben. Aber kleine Autos ähneln kleinen Menschen – oft sind sie nervös, weil sie meinen, man verspotte sie wegen der paar Zentimeter, die ihnen fehlen... Und wenn sie nervös sind, werden sie aggressiv.
Zwischen einem Gemüseladen, in welchem die Früchte nur halb so teuer sind als bei uns und grosse Körbe beweisen, dass hier die Kirschbäume nicht erfroren sind – und einer Zuckerbäckerei, die farbige Kiesel in die Auslage gelegt hat (saccharinsüss sind sie), führen fünf Stufen in ein Kellerzimmer hinab. Unter dem Bilde des Königs mit der hohen Schirm-

mütze steht eine Kommode, auf deren Platte eine winzige Palme an Gelbsucht leidet; im Lehnstuhl links sitzt eine dicke Frau, im Lehnstuhl rechts ein dicker Mann. Die Gesichter dieser beiden sind gelb wie die Blätter der Palme und ihre Haare grau wie die Mauer. Sie halten die Hände über dem Bauch gefaltet und starren ins Leere, denn sie müssen sich ausruhen. Dreissig Jahre lang haben sie in Zermatt Engländer versorgt mit Alpenstöcken, Postkarten und Edelweiss. Hernach besassen sie genug Geld, um im Süden ein Haus zu kaufen, in welchem es fünf Wohnungen gibt. Diese werden vermietet, bis auf ein Zimmer, einen einzigen winzigen Raum, den das Doppelbett ausfüllt. Tagein, tagaus sitzen sie in diesem Kellerkämmerlein an der Dorfstrasse – ihr Haus aber klebt am Berg – und warten; wenn ein Pärlein oder ein Paar die Stufen herabsteigt, wenden die Blicke sich ab von der Leere, und die beiden erheben sich von ihren Fauteuils, die leise ächzen. Doch lauter ächzen die Dicken, und dann schwatzen sie im Chor: Gilt es doch, eine Wohnung zu vermieten – alle Häuser von Nervi haben die beiden Spinnen eingefangen –, dies ist wichtig, denn dann flattern Scheine durch die Luft. Vermittlungsgeld ist nicht schwer zu fangen, man muss sich nur einige Minuten der Sonne aussetzen und ein wenig Fett verschwitzen. Das Mittagsmahl stellt dann das Gleichgewicht wieder her. Signore und Signora Zucca heissen die beiden – Herr und Frau Kürbis.

Die Sonne… Sie ist so gewaltig, dass sie dem Himmel kaum etwas Südliches lässt, denn von einem hellen Graublau ist er den Tag hindurch; aber ihre Strahlen schenken den Blättern der Olivenbäume – spitz sind sie und flimmern –, den Blättern der Feigenbäume – hölzern klappern sie im Mittagswind, der träge über den Berg kriecht –, den Mandarinen-, den Zitronen-, den Apfelsinenbäumchen satte Farben. Eidechsen gleiten über die Mauer, schneller als Wassertropfen, und die eine bleibt kleben, unten, auf dem grauen Asphalt. Dort sieht sie uns an, lang und prüfend, dann hebt sie die linke Vorderpfote und schüttelt das Händchen mit den Fingern, die dünn sind wie dunkle Haare. Sie grüsst, und ihre winzigen Augen haben mehr Klugheit als unsere Menschenaugen...

Über einem grossen Lebensmittelgeschäft sind riesige Buchstaben auf die Mauer gemalt und verkünden eine sonderbare Ehe: Picasso hat sich mit der Prinzessin Brambilla verheiratet, und diese Verbindung wirkt symbolisch – der Kubismus hat sich mit der Romantik vermählt. Die Auslagen des Geschäftes beweisen dies: geometrische, gelbe Käse schwitzen zwischen roten Mortadellawürsten, schwarze Oliven stehen als spitze Pyramiden auf viereckigen Platten, eingesäumt von Mayonnaisen aus Weissgold und gesprenkeltem italienischem Salat.

Wenn jedoch der Abend der Nacht weicht, kommen die Sternbilder, um im Meere zu schwimmen. Zuerst erkennt man sie nicht, denn als grosser Trupp segeln sie, wie Fischerboote, aus der Bucht hinaus. Dann trennen sie sich – und plötzlich erkennt man den Grossen Bär, den Kleinen Bär, den Orion. Hell leuchten die Lichter, heller als wir sie vom Himmel her kennen. Und sie bleiben still vor unserem Fenster, bis der grosse Wind nach Mitternacht sie vertreibt. Viele Fische müssen sie in der Nacht gefangen haben, denn am Morgen kann man Sardinen, Thun, Makrelen auf dem Markte kaufen, die sicher während den finsteren Stunden vom Krebs, vom Skorpion, von den Zwillingen und vom Wassermann gefangen worden sind.

BIBLIOGRAPHISCH-BIOGRAPHISCHE ANMERKUNGEN

Gesprungenes Glas

Erstdruck: «National-Zeitung», Basel, 30. Januar 1938, Nr. 49. Wieder abgedruckt (leicht verändert) unter dem Titel «Der Sohn» in: Friedrich Glauser, «Beichte in der Nacht. Gesammelte Prosastücke». Artemis Verlag, Zürich 1945. Weitere Nachdrucke: in «Vorwärts», Basel, 12. Juli 1945; im «Gute Schriften»-Sammelband Nr. 307, Zürich 1967, sowie in der «Neuen Zürcher Zeitung» Nr. 276, 1976 (nur zweite Hälfte, unter dem Titel «Gesprungenes Glas! – ein Abenteuer»). Der Abdruck im vorliegenden Band basiert auf dem Erstdruck, übernimmt jedoch zwei kleine Änderungen der Artemis-Ausgabe.
Entstanden ist der Text 1938, in Collioure, an der französisch-spanischen Grenze, oder in Basel. Er ist autobiographisch und behandelt ein Geschehnis aus Glausers Kinderzeit in Wien, wo er 1896 als Sohn eines Schweizer Professors und einer österreichischen Mutter geboren wurde, und wo er die ersten Lebensjahre bis zu seinem Eintritt ins Landerziehungsheim Glarisegg verbrachte.

Schreiben

Erstdruck: «Zürcher Illustrierte», 26. November 1937, Nr. 48. (Als «Einführungsartikel» zum Fortsetzungsdruck von Glausers Roman «Fieberkurve».) Der Nachdruck im vorliegenden Band folgt dem im Nachlass befindlichen Original-Manuskript.
Der Text ist vermutlich im August 1937 in La Bernerie (Frankreich) entstanden, wo Glauser damals mit seiner Verlobten Berthe Bendel lebte. Er behandelt eine Episode der an die Glarisegg-Zeit anschliessenden Genfer Collège-Zeit und ist ziemlich unverstellt autobiographisch. In stärker verschlüsselter Form hat Glauser die Episode bereits 1916, also im Jahr der denkwürdigen

Auseinandersetzung mit seinem Collège-Professor, in der Erzählung «Ein Denker» (Erstdruck: Illustrierte Monatsschrift «Die Schweiz», 1916) behandelt. Die Affäre führte dazu, dass Glauser nach Zürich übersiedelte, wo er die staatliche Matura machte, Chemie zu studieren begann und sich dem Kreis um Hugo Ball und Tristan Tzara anschloss.

Tagebuch aus dem Irrenhaus

Der Text ist bisher unveröffentlicht und befindet sich in einem schwarzen Wachstuchheft in Glausers Nachlass. Die Aufzeichnungen sind handschriftlich, mit schwarzer Tinte ausgeführt. Das Heft diente offenbar zuerst als Notizheft für Biologie.
Glauser war, wie er in «Morphium» selbst darstellt, seit dem Ersten Weltkrieg ziemlich stark rauschgiftabhängig. In Ascona, wo er nach dem Fiasko des Zürcher Dada-Experiments eine Zeitlang lebte, steigerte er den Kokain-Konsum bis zu einer Dosis von einem Gramm pro Tag. Wegen Rezept-Fälschung verzeigt und polizeilich gesucht, will Glauser nach Deutschland fliehen. Aber bereits in Bellinzona wird er verhaftet und ins Berner Gefängnis überführt (Glauser war Bürger von Muri bei Bern). Nach drei Tagen Einweisung ins Inselspital. Als er erneut mit einem falschen Rezept erwischt wird, weist man ihn in die städtische Irrenstation Steigerhubel ein. Aus dieser Anstalt flieht Glauser am 29.8.1920 mit Hilfe seiner Freundin Liso (Elisabeth) von Ruckteschell – der das «Burghölzli-Tagebuch» gewidmet ist. Der Badener Stadtschreiber Dr. Hans Raschle, zu dem Glauser mit Liso flieht, vermittelt seinen Eintritt in die Zürcher Psychiatrische Klinik «Burghölzli», wo Glauser am 3. August 1920 Aufnahme findet. Vorbegutachter ist Dr. Charlot Strasser (Diagnose: «Moralischer Schwachsinn»), Gutachter ist Dr. Alfred Glaus («Trotz allem glauben wir, dass mit Glauser noch einmal ein Versuch gemacht werden sollte, ihn ausserhalb einer Anstalt leben zu lassen.»). Am 2. Oktober wird Glauser aus dem «Burghölzli» entlassen.

Der vierzehnte Juli

Erstdruck: «Nationalzeitung», Basel, 14. Juli 1935, Nr. 318. Der Nachdruck im vorliegenden Band folgt dieser Fassung.
Der Text ist wahrscheinlich unmittelbar vor dem Abdruck entstanden und behandelt eine Episode, die – breiter ausgeführt – auch im Legionsroman «Gourrama» vorkommt. Glauser diente vom 29. April 1921 bis Ende März 1923 als Korporal bei der französischen Fremdenlegion.

Colomb-Béchar – Oran

Erstdruck: «Zürcher Illustrierte», 25. Juni 1937, Nr. 26. Der Nachdruck im vorliegenden Band folgt dieser Fassung.
Der Text ist im Mai 1937 in La Bernerie (Frankreich) auf Bestellung entstanden. Glauser war zusammen mit Edwin Arnet, Hermann Hiltbrunner, Arnold Kübler, Felix Möschlin und Ernst Zahn von der Redaktion der «Zürcher Illustrierten» gebeten worden, auf 20 Druckzeilen sein «seltsamstes Reiseerlebnis» zu beschreiben. Glauser schaffte diese Lapidarität ebensowenig wie die anderen Autoren und kam auf 58 Zeilen. Der Text behandelt wie «Der vierzehnte Juli» eine Episode aus Glausers Legionszeit.

Nachtasyl

Erstdruck: «Basler Nachrichten», 15. Mai 1938, Nr. 20. Zweitdruck im «Burgdorfer Tagblatt» Nr. 21 vom 29. Mai 1938. Der Nachdruck im vorliegenden Band folgt dem Zweitdruck. Der Text behandelt eine Episode aus jener Zeit, die Glauser nach der Entlassung aus der Legion in Paris verbrachte. Der Stoff findet auch in der autobiographischen Erzählung «Im Dunkel» Verwendung, wo er breiter ausgeführt ist. «Nachtasyl» ist vermutlich im Oktober 1937 in La Bernerie entstanden und dürfte auf einen Auftrag der «Basler Nachrichten» zurückgehen.

Störenfriede

Bisher ungedruckt. Acht Seiten Maschinenschrift im Nachlass. Auf Seite 1 trägt das Typoskript den handschriftlichen Vermerk: «Vom Schweizer Spiegel abgelehnt».

Baumschulen

Bisher ungedruckt. 15 Seiten Maschinenschrift im Nachlass. Anhand des Briefwechsels mit «Schweizer Spiegel»-Herausgeber Adolf Guggenbühl lässt sich feststellen, dass der Text für die genannte Zeitschrift gedacht war und vermutlich im Herbst 1933, in der Nervenheilanstalt Münsingen, entstanden ist. Glauser hatte Erfahrungen mit Baumschulen: 1926 arbeitete er als Handlanger in einer Gärtnerei in Liestal – unmittelbar nach seiner Entlassung aus der Strafanstalt Witzwil –, 1930 war er Absolvent der Obst-, Gemüse und Gartenbauschule Oeschberg bei Herzogenbuchsee (Bern). Erfahrungen aus Baumschulen sind auch in den Roman «Der Chinese» und in den «Wachtmeister Studer» eingegangen.

Musik

Erstdruck: «Schweizer Spiegel» Nr. 12, September 1937. Der Nachdruck im vorliegenden Band folgt mit Ausnahme von zwei Kürzungen, die anhand des im Nachlass befindlichen Manuskripts rückgängig gemacht wurden, dem Erstdruck. Auf dem Original-Typoskript ist handschriftlich vermerkt: «Kennwort: Was ihr wollt». Das weist darauf hin, dass die Arbeit ursprünglich für einen Wettbewerb gedacht war.
Der Text ist, wie Gerhard Saner anhand des Briefwechsels rekonstruieren konnte, im Juli 1929 in Winterthur-Wülflingen entstanden. Glauser lebte damals mit Beatrix Gutekunst zusammen, einer Tanzlehrerin, die sich künstlerisch-literarisch betätigte und in eben jenem Sommer 1929 ein Festspiel veranstaltete. Glauser dachte sogar an Heirat – um der Bevormundung zu entkommen! – erlitt aber während der Entstehung der Novelle einen Rückfall in Sachen Opium, was seine Pläne erneut in

Frage stellte. Ausserdem war das Verhältnis zu der jungen Frau von grossen Spannungen belastet. In einem Schreiben an seinen Psychiater steht zu lesen: «Sicher ist an dieser ganzen Minderwertigkeitsphase auch dieses Festspiel schuld, in dem Trix Erfolg hatte und ich mich in den Hintergrund gedrängt fühlte und eifrigst Eifersucht und Leid produzierte.»

Pariser Tanzlokale

Erstdruck: «Der Bund», Bern, 15. Februar 1932, Nr. 76. Der Nachdruck folgt dieser Fassung.
Von «Jänner 32 bis Juli 32» lebte Glauser, wie er in seinem Lebenslauf selber schrieb, «als ‹freier Schriftsteller› in Paris». In dieser Zeit entstand dieses Feuilleton, das er offensichtlich von Paris aus dem Berner «Bund» einsandte.

Morphium – Eine Beichte

Erstdruck: «Schweizer Spiegel» Nr. 2, November 1932. Der Nachdruck im vorliegenden Band folgt dieser Fassung.
Die Arbeit ist im Juni 1932 in Mannheim entstanden. Dorthin war Glauser überraschend aus Paris abgereist, nachdem er sich da nicht mehr hatte halten können. Er fand Aufnahme bei seinem Vater. «Morphium» wurde im Auftrag des «Schweizer Spiegels» geschrieben, der es Glauser frei liess, ob er als Verfasser zeichnen oder anonym bleiben wollte. Er zeichnete mit vollem Namen, schwächte aber, wie aus dem Briefwechsel mit R.J. Humm hervorgeht, vieles ab («Was wollen Sie, ich bin wahrscheinlich so extravertiert, wie Jung sagt, dass ich mich immer bemühe, mich weitgehend an das Objekt anzupassen, in diesem Falle das Publikum.»). Glauser benützte dessen ungeachtet «Morphium» später häufig, wenn er um biographisches Material gebeten wurde.

Sündenböcke

Erstdruck in «Schweizer Spiegel» Nr. 12, Zürich, September 1939. Der Nachdruck in der vorliegenden Ausgabe folgt dieser Fassung, fügt aber die von der Redaktion des «Schweizer Spiegels» – offensichtlich aus aussenpolitischen Überlegungen! – ohne Glausers Einvernehmen (er war damals seit bald einem Jahr tot) weggestrichenen Passagen nach dem im Nachlass befindlichen Originalmanuskript wieder ein.
Der Text ist vermutlich 1934/35 in der Nervenklinik Waldau in Bern entstanden.

Die Strasse

Erstdruck: «Der Bund», Bern, 26. September 1935, Nr. 449. Zweitdruck in: «Basler Nachrichten», Basel, 23. August 1937, Nr. 230. Der Nachdruck im vorliegenden Band folgt dem Zweitdruck, den Glauser eigenhändig verbessert hat.
Entstanden ist der Text vermutlich im September 1935 in der Aussenkolonie Schönbrunn der Berner Nervenklinik Waldau. Glauser war von Mai bis Oktober 1935 zum zweitenmal dort interniert. Im Oktober 1935 floh Glauser aus dieser Anstalt.

Kollegen

Erstdruck: «Schweizer Spiegel» Nr. 7, April 1937. Nachdruck in «Orte. Eine Schweizer Literaturzeitschrift», Nr. 8, April/Mai 1976. Der Nachdruck im vorliegenden Band folgt dem Erstdruck.
Der Text ist wahrscheinlich anfangs 1937 in Angles Gué de Longroi bei Chartres entstanden. Glauser hatte sich dort mit Unterstützung französischer Freunde als eine Art Kleinbauer niedergelassen. Misserfolge und schlechte Witterungsbedingungen zwangen Glauser und seine Verlobte Berthe, das Unternehmen schon nach knapp einem Jahr abzubrechen. Wie der kurz zuvor verfasste Roman «Matto regiert», behandelt «Kollegen» das Thema Irrenhaus. Die Freundin des Pflegers Schluep (er erinnert an Gilgen aus «Matto regiert»), Hanni Zwygart, ist

zweifellos ein Abbild von Glausers Verlobten und Freundin Berthe Bendel. Wie Hanni Zwygart dem Patienten der Erzählung, so hat Berthe Glauser selbst mit ihrer Fürsorge einen Neubeginn ausserhalb der Anstalt ermöglicht. Dieses Aspekts wegen und im Hinblick auf die authentische Schilderung des Irrenhaus-Klimas darf die Erzählung in einem weiteren Sinne sicher den autobiographischen Glauser-Texten zugerechnet werden.

Der vergessene Martyrer

Erstdruck: «Der Bund», Bern, 3. August 1936, Nr. 357. Zweitdruck in: «Luzerner Tagblatt», 27. Juli 1937, unter dem Titel «Der 27. Juli». Der Nachdruck im vorliegenden Band folgt dem Erstdruck, fügt aber eine Passage über Léon Blum wieder ein, welche die Luzerner Zeitung brachte, der «Bund» aber nicht.
Der Text ist im Juli 1936 in Angles entstanden. Am 22. Juli 1936 schrieb Glauser an seine mütterliche Freundin und Gönnerin Martha Ringier von den Basler «Guten Schriften»: «Jetzt knorze ich an einem kleinen Feuilleton für den ‹Bund› über den 27. Juli, der einmal der 9. Thermidor hiess, und Du kannst im Gaxotte über diesen Tag nachlesen. Robespierre wurde damals gestürzt.»

Nachbarn

Erstdruck: «National-Zeitung», Basel, 17. Februar 1937, Nr. 78. Der Nachdruck folgt dem im Nachlass befindlichen Original-Manuskript.
Der Text entstand im November/Dezember 1936 in Angles. «Ein wenig das verfaulende Angles schildern», schrieb Glauser darüber am 9. November 1936 an Martha Ringier.

Dorffest

Erstdruck: «National-Zeitung», Basel, 6. Oktober 1936, Nr. 464. Zweitdruck im Artemis-Sammelband «Beichte in der

Nacht», Zürich 1945. Der vorliegende Nachdruck folgt dem Erstdruck.
Entstanden ist der Text im September 1936 in Angles, wo er unverkennbar auch handelt.

Ein Autounglück

Erstdruck: «National-Zeitung», Basel, 4. September 1936, Nr. 410. Der Nachdruck im vorliegenden Band folgt dieser Fassung.
Der Text muss im August 1936 in Angles entstanden sein.

Der elfte November

Erstdruck: «National-Zeitung», Basel, 17. November 1936, Nr. 536. Der Nachdruck im vorliegenden Band ist mit dieser Fassung identisch.
Der Text ist 1936 in Angles entstanden.

Im Hühnerhof

Erstdruck: «National-Zeitung», Basel, 21. August 1936, Nr. 386. Der Nachdruck im vorliegenden Band folgt dieser Fassung.
Entstanden ist der Text, wie auch aus seinem Inhalt klar hervorgeht, in Angles, und zwar im August 1936.

Sommernacht

Erstdruck: «National-Zeitung», Basel, 17. September 1937, Nr. 431. Der Nachdruck im vorliegenden Band folgt dem im Nachlass befindlichen Original-Manuskript.
Der Text ist im Herbst 1937 in La Bernerie, Bretagne, entstanden. Dorthin waren Glauser und Berthe gezogen, nachdem sie das Gütchen in Angles hatten aufgeben müssen.

Insulin

Der Text – es handelt sich ganz offenbar um ein Fragment – ist bisher ungedruckt und befindet sich auf vier Seiten Typoskript in Glausers Nachlass.
Entstanden ist der Aufsatz im Sommer 1938, an Glausers letztem Aufenthaltsort Nervi bei Genua. Wir bringen ihn hier zum Abdruck, weil er zeigt, wie intensiv sich Glauser mit dem Phänomen Krankheit auch theoretisch auseinandergesetzt hat und wie eigenständig und unkonventionell er, durch langjährige schmerzliche Erfahrung geprägt, seine Gedanken zu diesem Thema zu formulieren vermochte. Mit Insulin machte Glauser selbst im Frühjahr 1938 in der Friedmatt (Basel) seine Erfahrungen, als mit ihm statt einer Schlafkur eine Insulinkur durchgeführt wurde. Obwohl er sich danach sehr schwach fühlte, scheint ihm die Therapie gut bekommen zu sein, und er will sich in der Folge in einem Aufsatz in positivem Sinne über die in Münsingen und seit kurzem auch in der Friedmatt praktizierte Methode äussern. Der Aufsatz, zu dessen Vollendung es nicht mehr kommen sollte, war der «Zürcher Illustrierten» versprochen und richtete sich demzufolge nicht an Fachwissenschaftler, sondern an ein breiteres Publikum.

Hexen und Zigeuner

Erstdruck: «National-Zeitung», Basel, 14. November 1938, Nr. 531. Der Nachdruck in diesem Band folgt dem im Nachlass befindlichen Original-Manuskript. Laut einer Notiz Berthe Bendels auf dem Typoskript ist der Aufsatz im November 1938 in Nervi entstanden. Das appenzellische Lokalkolorit und der Stoff weisen auf jene Wochen zurück, die Glauser im Frühling 1938 in Grub, Appenzell, bei den Pflegeeltern Berthes verbracht hat.

Reisegesellschaft

Erstdruck: «National-Zeitung», Basel, 13. Dezember 1938, Nr. 431. Erschien zusammen mit der Meldung von Glausers Tod,

einem Bildnis des Autors und einer kurzen Würdigung. Der Nachdruck im vorliegenden Band folgt dieser Fassung.
Der Text ist am 27. November 1938, 11 Tage vor Glausers Tod, von Nervi an die «National-Zeitung» abgegangen. Es ist eine Satire auf den Reisebürotourismus und sollte nach Glauser ursprünglich «Wenn Fremde reisen» heissen. Glauser hat, wie er an NZ-Redaktor Kleiber schreibt, «Angst, dass Sie es nicht bringen, um nicht die ‹heiligen Reisebüros›, die bei Ihnen annoncieren, taub zu machen.»

Juni in Nervi

Das unter diesem Titel im Nachlass befindliche Typoskript ist identisch mit dem Text, den die Basler «National-Zeitung» am 6. Juli 1938 in Nr. 308 unter dem Titel «Riviera-Sommer» zum Abdruck brachte. Der Druck im vorliegenden Band folgt dem Manuskript.
Der Aufsatz, der irgendwo zwischen müder Resignation und südländischer Dolce-far-niente-Stimmung angesiedelt ist, vermittelt ein Stimmungsbild von Glausers letztem Aufenthaltsort. In Nervi ist der erst 42jährige Schriftsteller am 8. Dezember 1938 an einer Herzmuskellähmung gestorben. Er war am 6. Dezember, am Abend vor der standesamtlichen Trauung mit Berthe Bendel, zusammengebrochen und nicht wieder aus dem Koma erwacht. Es scheint ihm in Nervi – obwohl man ihn in der Schweiz als «Rivieraschriftsteller» anzusehen begann – nicht gut ergangen zu sein. Im Oktober hatte er an den Redaktor des «Beobachters» geschrieben: «Sie wissen, dass mein Leben nicht immer rosig gewesen ist. Nur bin ich müde jetzt, ich weiss nicht, ob es sich lohnt, weiter zu machen.»

Zwei Frauen sind ermordet worden: Wachtmeister Studers nächster Fall . . .

»Glausers Geschichten handeln von den Zukurz-Gekommenen, den kleinen Leuten. In Glausers Figuren erkenne ich Heimat.« Kurt Gloor, der den »Chinesen« verfilmt hat.

Dieser Krimi spielt dort, wo sich Glauser nur zu genau auskannte: in einer Psychiatrischen Anstalt . . . Zweimal verfilmt.

Der letzte von Glausers Kriminalromanen . . .

GLAUSERS KRIMINALGESCHICHTEN
Originalausgabe im Paperback
Aus dem Nachlaß hg. von Frank Göhre

Ob unter der heißen Sonne Afrikas, in einem muffigen Wiener Hotelzimmer oder in der dunklen Stube eines Schweizer Bauernhauses – immer läßt Glauser seinen Wachtmeister in bewährter Weise seine undurchsichtigen Fälle lösen, auch dort, wo der Wachtmeister noch nicht Studer heißt...
Der Band enthält sowohl bisher unveröffentlichte wie noch zu Glausers Lebzeiten in Zeitschriften veröffentlichte Kriminalerzählungen: die ersten Studer-Geschichten, Kurzkrimis aus der Fremdenlegion, die »Vorstudie« zum Kriminalroman *Die Fieberkurve*.

Nach den Kriminalromanen nun auch Glausers berühmter Fremdenlegionsroman GOURRAMA im Paperback.

»Ich glaube, daß Gourrama eines der besten Bücher ist, das in diesem Jahrhundert in der Schweiz geschrieben wurde.«
Peter Bichsel